吉祥寺ドリーミン
てくてく散歩・おずおずコロナ

山田詠美

吉祥寺ドリーミン

てくてく散歩・おずおずコロナ

吉祥寺ドリーミン　てくてく散歩・おずおずコロナ

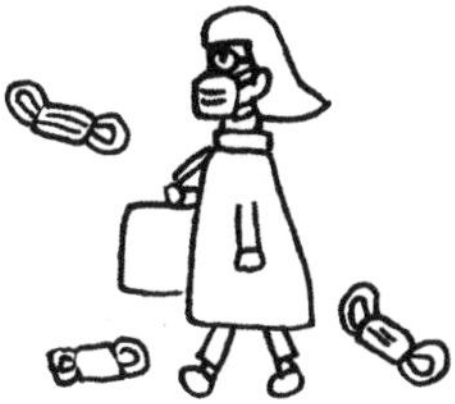

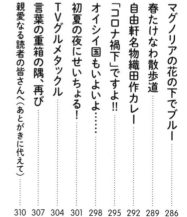

4 Unique Girls

夏の怪奇現象いとをかし

2018/8/9

つい最近のことですが、その日、私は、いつものように仕事場からの帰り道、ぼおっとしながら歩いていました。

猛暑と呼ぶに相応《ふさわ》しい日々が続いていて、連日、熱中症への注意喚起が呼びかけられていました。午後三時過ぎ、私は少しでも陽ざしを避けるべく、線路のガード下に続く人気《ひとけ》のない歩行者用の道を歩いていたのでした。

私は、いつもふらふらと散歩をするように違う道を歩いて仕事場と家を往復して、今日も新しい発見があったー、などと喜んでいるのですが、あまりにも陽ざしが強かったり激しい雨が降っていたりする時には、そのガード下を使うのです。

見通しの良いその通路を歩きながら、私は何となく違和感を覚えていました。その通路脇に面して、小さな公園があるのですが、ここしばらくの暑さで、誰も使用していないようです。地面に雑草が伸びて来てしまっているので解ります。

誰も来ない公園って、すさむよね、なんて思いながら通り過ぎようとして、私は、違和感の正体に気付いたのでした。そこにあるブランコが風もないのに揺れていたのです。それも、何かのはずみで動いたという感じではなく、誰かが漕いでいるかのように、大きく揺れていたのです。

微風すら吹いていないのに、人の姿などどこにもないのに、何で？　その段階ではただ首を傾《かし》げたままで通り過ぎましたが、しばらく歩いて、振り返ってみたのです。すると、まだ揺れていました。振れ幅も速度も、まったく変わらないまま……。

その瞬間、背筋がぞわっとして早足でガード下を抜けました。と、同時に行き交う人々とすれ違い、何か現実に戻った感がしたのですが、あのブランコ、いったい誰が漕いでいたんでしょうねえ。

私自身は、とりわけ霊感が強いとは思っていませんが、それでも、たまに不思議な経験をします。親しい人の死の前後が多いようです。亡くなる寸前の、いわゆる「むしのしらせ」というのや、亡くなった後に会いに来てくれたとしか思えないエピソードには、こと欠きません。

映画の「ゴースト」のような出来事にも何度か遭遇しています。その人が置いて行ったレコードが、ぱたぱたとあり得ない速度で倒れて行ったり、大きな鉢植えが飛びはねるようにして引っくり返り、床中が土だらけになったり。そういう時はラップ音もすごかったりします。

どの場合にも共通するのは、お酒の入っていない、真っ昼間の時間帯であること。だから余計に信憑性がある、と友人にも言われます。

あ、でも、一度、自他共に霊感が強いと認める男友達と都心で飲んだ時に、鳥肌が立つ経験をしました。

もう明け方に近い時間帯、昭島に帰る私は、その友達を途中まで送って行ったのでした。彼を降ろしてタクシーでひとりになった私は、そのまま眠ってしまったのですが、ふと息苦しくて目覚めると、助手席に女の人がいる。私は、え？　勝手にこの運転手さんたら知り合いを乗せてる？　何、それ!?　と怒ったのでした。後で会社に抗議しようと思いながらも、また寝てしまい、次に起きたら、もう女はいませんでした。

翌日、その顚末《てんまつ》を男友達に話そうとしたら、私を遮って彼が言うのです。白いワンピース着た髪の長い女だろ？　最初から乗ってたんだよ。詠美ちゃんに言ったら怖がるだろうから黙ってた。あのあたりで事故死したの知らないで、タクシー乗ってうち帰るつもりだったんだな……だって！　ぎゃーっ!!

流行中？　食の安全ヒステリー

2018/8/16

週刊新潮が何週にも亘って行っている「食べてはいけない国産食品」のキャンペーン、すごいですね。添加物まみれの実名リストが、これでもかこれでもか、とあげられ、読者を恐怖に突き落としています（たぶん）。

そうしている内に、今度は、週刊文春が「『週刊新潮』の食べてはいけない国産食品は本当に食べてはいけないのか」なる特集をトップに持って来ました。新聞広告に二誌のこの見出しが並んだのを見た時には妙な気分になりました。普段なら見る機会もないこの種の広告ですが、今、新聞小説を連載しているもので、どうしても注目してしまう。

で、どちらも読んでみましたが、この種のことって、厳密に考え過ぎると余計に体に良くない気がするんですよ。極端に走って、どんどんヒステリックになって行く。

私は昔、西丸震哉氏が提唱した、昭和三十四年以降生まれは早死にするという「41歳寿命説」の一番の年長者にあたる三十四年生まれですが、まだ生きています。この方の御説は、かなりオカルトじみたものが多いですが、これは科学的合理的説に基づいて、環境汚染の悪影響を憂えたものだとか。今の若者（当時の私たち以降に生まれた人ね）はナチスのガス室に入れられたのと同じと説いたのです。

あの、でも、しつこいようですが、私、まだ生きています。子供時代、食品添加物まみれで育って来て、大人になるにつれて、安全のための規制が出来、なんとなーく体に悪そうなものを敬遠しながらも、ま、いいか、と時に暴飲暴食に身をゆだねて来た輩です。

何ごとも過ぎたるはなお及ばざるがごとしなのではないでしょうか。時たま、ディナーの席で食の安全について、とうとうと話をする人がいますが、何も今言わなくても……と他のメンバーの顔に書いてあるのに気が付かなかったりする。狂信的な人に限って、他者の心の健康には、まったく配慮がなかったりするんだよね。

もちろん、子供のいるお母さんが気にするのは当然のことです。でも、それが過ぎて、お菓子を欲しがって泣く子を店頭で怒鳴り付けているお母さんを目撃したりすると、つらい気持になります。彼女たちから余裕を根こそぎ奪ってしまうのではない記事の書きようってないのかなー、なんて思います。

私は、週刊新潮、週刊文春、どちらにも賛同も反駁《はんばく》もしませんが、新潮の方の記事のこの部分にいや〜な感じを受けました。

ある女性読者の声だそうです。その人は、記事のリストに載った調味料の数にショックを受けたそうです。そして、

〈その日の夕食は煮物にしたのですが、変な調味料はいっさい使わずに、きちんと醤油と砂糖で味付けしました。すると、何だかいつもよりおいしいように感じられて、夫と〝やはり丁寧に作るのが一番だね〟と話しました〉

で、週刊新潮はこう続けるのです。〈本誌記事の影響で、その晩、少なくとも1つの家庭で「古き良き日本の食卓」が復活したわけである〉

……そうですか……良かったですね。私は、市販の「めんつゆ」を便利使いしていますから「古き良き」から程遠い訳ですよね。でも、すいません、言わせてもらって良いですか？私、「古き良き」って言葉、大嫌いなんですよ。アメリカではある種の白人がよく使いますよね。「古き良き時代《ザ・グッド・オールドデイズ》」。しかしね、その頃、黒人は奴隷だったんです。そして、日本では、ある種の女たちが、しいたげられていた。マッチョ極まりないワードだと思っています。

夏の怪奇現象いとをかしⅡ

2018/8/30

前々回、自他共に認める強い霊感の持ち主である男友達と深夜のタクシーに乗ったら、助手席に白いワンピースの女を見た！　という不思議な体験エピソードを書きました。

その時にふと思ったのですが、そういや幽霊談に出て来る女って白いワンピース姿が多いよなあ、と。書いている最中に、なーんか、私もベタなもん見ちゃったってこと？　あんなに、後々、ぞーっとしたのに損した、みたいな。

そうしたら、直後に読んだ伊藤三巳華《みみか》さんの新刊「視《み》えるんです。④」に、やはり白いワンピースの女の目撃談が出ていたのです。

伊藤さんは、実体験ホラーエッセイ漫画を描いている霊感漫画家さんで、その「視えるんです」シリーズや、全国各地のパワースポットを旅して紹介する「スピ☆散歩　ぶらりパワスポ霊感旅」シリーズが大人気。私も大好きで、新しい本が出るたびに購入して、ぞっとしたり、参考にしたりしています。

そして、今回、そこに「白いワンピースの女」に関する話が載っていたのです。私のように友人に便乗して夢うつつの内に見たというものではなく、強烈な目視の体験として。何しろ、女の姿の絵が、すっごく怖い。

実は、伊藤さんも、よくある心霊スポット談に登場する女がかなりの確率で白いワンピースを着ているので、信憑性にかけるなあ、と思っていたそうな。でも、出会ってしまった！　ディテイルははぶきますが、伊藤さんはその霊が自分を見つけて欲しくて目立つ白を身に着け、よくある話の主人公みたいになるのでは、と結んでいます。

……そうなのか。私が見た人もそうだったんでしょうか。事故死の後も、タクシーに停《と》まってもらいたくて、白いワンピースに身を包んでいたのでしょうか。

件《くだん》の男友達は、昔、私の常宿だったホテルに時々遊びに来ていたのですが、そのたびに、うーむ、と唸っていました。嫌な感じなので、尋ねてみると、いつも、この部屋だけど理由あるの？　と返されました。私は、ある特定の部屋を空いている限り指定して宿泊していたのです。理由？　ありません。何故か、その部屋が自分の居場所と定められたような気がしてならなかったのです。

ところが、男友達は言うのです。

「この部屋、変わった方がいいかもなー。間取りが好きなら、せめて、フロアだけでも」

「なんで？　なーんか、ここに来るたびにぶつぶつ言ってるよね？」

「エレベーター降りてから、このはしの部屋に来るまでの廊下に、ずらーっと着物姿の女の人が並んでるんだけど……それも、何か、すごーい昔っぽい着物を着てんだよなー」

ぎょえーっ!! 早速、フロアを変えてもらい、男友達は、グッジョブと親指を立て……でも彼に限らないことですが、霊を見る人って皆、こう言いますよね。

「生きてる人間の方が、よっぽど怖い！」

って。そうかなー。私、どっちも怖いよ！

若い頃、島巡りが趣味だったのですが、国内のある小さな島の人気《ひとけ》のない墓場で、百二十年に一度開くという竹の花が咲き乱れているのを見たことがあります。早朝なのに蟬《せみ》しぐれの降る真夏の陽ざしの中、散歩に同行したバイト関係の男性と共に、何かを感じて立ちすくむ私。そうしたら、その男性、わっと叫んで私を置いて走って逃げてしまったんです。

すまないと思ったのか、その人、毎日、私のためにくさやを焼いてくれました。旨《うま》かった。

しかし、怖かったのは突然立ち止まった私なのか、何かの気配なのか……。

言葉をさぼるメディアさん

2018/10/11

「十八歳の女の子が嘘をつく訳がない！」

とか、

「十八歳の若者があれだけ勇気ある会見をしたのに！」

などという発言をここのところ数多く耳にしました。女子体操の宮川選手や、アメリカンフットボールの宮川選手の告発会見。その後、パワハラ告発された大人たちを責め立てる際に多くのメディアが、この種の文言で彼ら若者の味方であろうとしました。

その気持は解ります。だって告発された側の人たち、皆、絵に描いたような傲岸不遜顔だもんね。権力を持つとああなるのか、と深く頷くことしきりです。いかにも権威的なたたずまい。ちなみに私、本物の権威に対してはリスペクトの念を持ちますが、権威的な振る舞いをする人物には嫌悪を抱くものであります。

だけどさ！

「十八歳の女の子が」とひとまとめにしちゃうのって、どうなんでしょう。私、嘘つきの十八歳も、勇気のない十八歳も大勢知っているんですが。

両、宮川選手（読み方は違うようですが）個人を特定して、その勇気ある真摯な態度を称《たた》えるんなら何も異論はないんですけどねえ。十八歳も、女の子も、若者も、個別の事例に関してはは大ざっぱなキーワードにして欲しくないんですよねえ。選挙権なんかあげたくない十八歳も山程いる訳だし。

この持論を展開した人たちって、今時、こう思っているんでしょうね。

若者＝清く正しい

大人＝汚れていてずるい

あのー、人間って、そういう短絡的な分類は出来ないのでは？　だからこそ、私たち小説家の出番がある訳なんですが。黒か白か、なんて二次元的な物の見方だけで進むと本質を見誤るような気がします。だいたい、オリンピックに向けて精進して来た十八歳と、学校さぼって遊び呆《ほう》けて来た十八歳（かつての私です）は全然違うよ。

わりとよく感じるのですが、メディアの世界で「言葉」さぼってる人たち、多いよね。

スウィーツ特集なんかで、必ず「これは、女子が好きですよねー」と言う人、いますよね。なんで、そこで、女子？　私も、その昔、女子のはしくれでしたが、子供の頃から甘いものが苦手でした。そして、大人になって酒飲みになったら、ますます嫌いになりました。でも、年食って、枯れて来たら、チョコレートやチーズケーキ、はちみつなど偏愛する甘味の種類も増えて来ました。

どうです！　たかが私ごときにだって、ちゃーんと個人的甘味遍歴があるのです！　それを「女子が好き」のひと言でまとめて欲しくないんですよ。はっきり言わせてもらいます。

「これ、女子が好きですよねー」とTVの画面などではしゃいでいるリポーターの人たち、憎いです。芋類とかも同じ扱いしますよね。私、こっちも苦手なんですが。

その昔、カフェバーで、クレープシュゼットを頼んだ女子の隣りで、ワインのつまみにブーダンノワール（豚の血のソーセージ）を選んだ私。その選択を笑って、おまえ、それでも女かよー、と言った男共への恨みをいまだ忘れてはいないのです。若い女をステレオタイプに語るな！　豚の血は偉いんだ！

と、まあ、過去の遺恨をここで晴しても仕様がないんですけどね。そういや、私の友人で、蕎麦屋に行くと「上燗！　アテはぬきがいいや」と頼む女子がいるんですが、どうしたもんでしょう。玄人過ぎますかね。女子的に。

おにぎりせんべい放浪記

2018/10/18

　またもや神戸に行って来ました。実は今、純文学系の文芸雑誌に「ファースト　クラッシュ」という小説を書いているのですが、登場する重要人物の中に神戸から東京にやって来た少年がいるのです。

　そのための事実確認旅行であり、夫婦のなごみ旅行でもある今回の滞在だったのでした。いつものように案内係は、西宮生まれの夫です。私は、ものすごい方向音痴で、彼の引率がないとどこに行ってしまうか解らない不安が常にあります。何しろ、仕事場から家までの帰り道でも迷うことがあるというていたらく。歩いていない道を歩いてみよう！　というコンセプトを常に念頭に置いているので、あっと言う間に、私はどこ⁉　な状態に。

　しかし！　夫さえいれば、不慣れな関西も楽勝です。マダム御用達とかいう「いかりスーパー」もこらしめて来ました。購入したのは、イカリソース（い、いかりと関係なし）とパンケーキミックス。別にそれ、いかりスーパーでなくても良いのでは、と言われればそうなんですけどね。旅先では、常に地元のスーパーを覗きたい私。

　そういや、昔、ロシア旅行でモスクワのスーパーをわざわざ見て回り、イタリアの塩を買うという馬鹿なことをして、同行の島田雅彦に散々笑われましたっけ。

今回、私には、どうしても買わなくてはならないものがありました。それは「おにぎりせんべい」。

「北のダンナと西のヨメ」という横山了一さんによるエッセイ漫画があるのですが、その中で妻が言うのです。

「コレを知らずに育ってきたなんて損してるわ～～」

そして、サクサクとおいしそうに夫の前で食べて見せる。すると、夫は、しょせん、ただのせんべいでしょ……とか言いながらサクッとひと口。その瞬間、妻と共に叫ぶのです。

「おにぎりせんべい、めっちゃ旨《うま》いわ～～!!」

食い意地の張った私としては、ええっー、何それ⁉　と思うじゃありませんか。食べたい、絶対に食べたーい!!

そう思って、「おにぎりせんべい」を捜す旅に出た私。いかりスーパーには置いてなかったので、コンビニ巡りをしたのです。そして、ローソンにて発見。すぐさま、サクッとひと囓《かじ》り。

めっちゃ旨いわ～～とまでは思いませんでしたが、悪くありません。昔、食べたグリコの「コメッコ」を彷彿《ほうふつ》とさせる……などと思わず呟いたら、夫は、それは違う！　ときっぱり。

彼も「おにぎりせんべい」は幼い頃からの馴染みの味なんだとか。そして、コンビニで手に入れた小袋のやつは邪道だと申し立てるのです。小袋入りは、ギターのピック大なのですが、本来は、もっと大きいのだと。だって、おにぎりなんだよ？　と。

はー、「おにぎりせんべい」に一家言ある兵庫県人。あの漫画と同じです。

北海道は釧路出身の夫と神戸の山側で育った妻のカルチャーギャップを描いた「北のダンナと西のヨメ」、「県民性マンガ」というサブタイトルが付いているのですが、〝あるある〟に満ちていて、本当におかしい。

うちにも沢山あるんです。ギャップが。父の転勤であちこちに移り住んだ私は、その土地の言葉に馴染むことなく標準語を喋るようになった……と自分では思っていたのですが、食事が終わるとつい夫にこう言ってしまうのです。

「お皿、冷やしといてねー」

シンクの洗い桶につけといて、という意味の栃木弁なんです。

質の向上は焼きそばで！

2018/11/1

「女性の能力は年々上がっているから、さらなる質の向上やモチベーションを上げる環境を作って行く」

……これ、この間の沖縄県知事選で落選した前宜野湾市長、佐喜眞淳候補（自民、公明、維新などが推薦）の発言なんですが……すごいですね、女性の質の向上ってさ……自民党杉田水脈衆院議員の「ＬＧＢＴは子供を作らないから生産性がない」に続く、唖然呆然発言です。

あのさー、質とか生産性って、工業製品なんかに使う言葉なんじゃないの？　およそ人間を表現する際に使用する言葉とは思えないんですけど。このコラムで、散々書いてるよね？政治家さん、言葉をさぼってますよって。ま、私のような一介の物書きが片隅でぶつくさ言っても、何の影響力もないんだけどさ。でも、言い続けるよ。税金分だけ言葉の正確さを学んで下さい。言語能力もない政治家に偉そうにされたくないよ！

思うんですけど、この種の人々って、「女」とか「ＬＧＢＴ」とか、安易に人々を仕分けしたがりますよね。「女の質の向上」ってさ、すなわち、今現在、女全般の質は低いということですよね。ねえ、その言い回し、間違ってますよ。特定の個人にするならまだ良いんです。「山田詠美という女の質の向上」をトピックにするなら受け入れましょう（聞く耳持たないけどな！）。

「女」とひとくくりにして、そこに「質」という言葉を持って来る、その無神経さたるや……おい、女に謝れ……いや、これでは大雑把過ぎるな……沖縄の女に謝れ……もっと言うなら、がんばって家計を支えている沖縄の女に謝れ……さらにきちんと声が届くように、ハンビーの裏手にある安アパートで孫たちの面倒を必死に見ていたおばあ（知り合い）に謝れ……と、言いたくなる。人々をひとまとめにして扱った雑な言葉は、多種多様な人間性への侮辱なのです。

　月刊の文芸誌では、ようやく杉田水脈への反論が掲載されて来ています。なかでも、集英社の「すばる」十一月号の榎本櫻湖さんによる「それでも杉田水脈はわたしを差別していないと言い張るのだろうか」という論文は読みごたえたっぷりです。

〈わたしたちは生殖のために生まれてきたのでも、生きているのでもない。子孫繁栄という近代主義的な大義名分のために個々の自由が侵害されるべきではない。〉

〈性的指向や性自認が個々人に帰属するもので、他者はそれについて異議を唱える権限を有さない。〉

なんてあたりは、ほんと、しびれます。

また「文學界」十一月号では、武田砂鉄くんがこう書いています。

〈人間の痛みを知らない人、知ろうともしない人、どこかで痛む人が生じるかもしれないと想像できない人は、公の場で文章を書くべきではない――（中略）――言葉を返すことができない誰かを痛めつける文章を、無配慮に記す行為を許すことはできない。〉

ほーだ、ほーだ！（栃木弁）と尻馬に乗る私ですが、言葉のデリカシーとは無縁な政治家さんたちが文芸誌なんて読む機会なんてないかも、と暗い気持にもなるのです。ほら、文学なんか、それこそ生産性ないしさ。でも、言葉の質の向上とやらは、政治家さんたちよりもはるかに真面目に目指してる訳よ。

今、我が家は焼きそばの質の向上を目指しています。麺の片面だけをぱりぱりに焦がして隠し味に桜海老を使うと良いみたい。神戸で購入したイカリソースで味付けすると美味！幸福の生産性も倍増だよ！

金沢旅行甘露怒露

2018/11/22

年に一度、金沢市主催の泉鏡花文学賞の選考委員を務めています。選考会自体は東京で行なわれるのですが、授賞式やそれに伴う行事は金沢で。ちょうど食べ物もおいしくなる季節、ということで、翌日から夫と二人、金沢観光も楽しみます。箸が転がってもおかしい中年男女であるのをモットーとする私たち、行き当たりばったりのコースをてくてく歩き、ローカル線に乗り、げらげら笑ったり、時には喧嘩したりして、充実した休日を過ごしました。

とりわけ今年は、お務めが終わった後、先輩選考委員の金井美恵子さんとお酒を飲んで、お喋りに興じるという幸せが待っていたのです。もう、帰って来てから、早速、知り合いに自慢しまくりですよ！　あの唯一無二の存在であり、作家が憧れる作家である金井さんと夜更けまでお酒を御一緒出来るとはねー、ほーほほほ、ふう、私もようやくここまで来たか……と、すごく意味不明に誇らし気な気分になっていました。

膨大な知識と教養が金井さん御自身の中でチャーミングによじれて独自の層を成している。そこから生まれる楽しくて辛辣で美しい言葉の数々。その魅力は、書き言葉にも話し言葉にも変幻自在に形を変えて宿っている。そんな印象を受けました。

しかも、お酒が強い！　格好良過ぎますよ、もう！　後で合流した夫も、あれぞ文学者って感じだなあ、と感に堪えない様子でした。

さて、その至福の夜の翌日、私たちは前回も行った内灘《うちなだ》を目指していました。昨年は嵐で、しかも時期が遅かったせいで真冬の寒さだったんです。タクシーの運転手さんに内灘砂丘から続く海辺に向かって下さいと言った時には、何を酔狂な、という顔をされましたが、今回は金沢には珍しいと言われる上天気続き。リベンジです（意味ないですが）。

そして、予想通り、美しい夕陽を見ることが出来ました。ほとんど人気《ひとけ》のない砂丘は四駆のドライヴコースになっているらしく車輪の跡で固められていて、私は、昔行ったフロリダの浜辺を思い出しました。そこは、地元のサーファーやファミリーが集うのどかな場所でした。しかし、内灘には、どこか不穏な雰囲気も漂っています。ここは一九五二年に米軍試射場に接収され、反対闘争が展開された土地でもあるのです。何となーく、色々なことを考えさせられるローカルトリップではありました。

このように充実の金沢旅行だったのですが、帰り際にはしゃいでいた私は、雑貨屋さんの店先の段差に気付かずに転んで、癖になっている箇所をまたもや捻挫してしまったのでした。年甲斐もないからなのか、年寄りだからなのか……ぐすん。でも、休ませてもらった喫茶店の御主人やタクシーの運転手さんに親切にしていただいて、本当にありがたかったです。良い人、多いなあ、金沢……と、言いたいところなのですが……聞いて下さいよっ、奥さん！

（誰？）

授賞式が終わった後、二人のおっさん（私より年下ですが）が自分たちの間に若い美人を座らせて御満悦になっていたのです。末席でのけ者状態のまま、ワインのフルボトルを手酌で傾けていた寂しくもワイルドな私は、聞くともなしに彼らの会話を聞いていたのですが……やれやれって感じでした。……え？　おばさんのひがみ？　ええ、そう呼ばれるのは百も承知ですが、全然違うよ。私は、二十年以上も前に同賞を受賞した頃のことを思い出していたのです。まだいたのか、自分が常に接待される側と信じて疑わない男が……って。「偉い人」と「お偉いさん」は、全然違うとつくづく感じました。

遊廓風味のオムライス

2018/12/20

夫の実家の法事で関西に行って来ました。あちらの親族と会食をして一泊した後、翌日は、その京阪電車沿線である京都の橋本駅で下車。今も残る旧橋本遊廓跡を散策してみたかったのです。

きっかけは、新潮社から出ている「遊廓に泊まる」という本を読んだこと。関根虎洸さんというフリーカメラマンの方による写真と文章で、元遊廓を取材した貴重な記録です。

それによると、遊廓が消えて六十年以上を経た今も、旅館として生まれ変わった現役営業中の宿がわずかながらも全国各地にあるというのです。しかも、女性ひとりでも気軽に泊まれるとか。

写真を見ると、その独特の建築様式が、ひどくエキゾチックでそそられます。遊女たちが顔見世のために並ぶ朱塗りの階段や、丸窓に木製の欄干。はめ殺しの窓にステンドグラス。板張りと組み合わせたタイルの外壁などなど。中には有形文化財として登録された飛田新地の「鯛よし百番」のように、料理屋として、その絢爛《けんらん》さを今も保っている場所もあります。

それらの写真をじっくりながめながらページをめくっていた夫が、あ、橋本だ、ここは何度か歩いたことがある！　と言ったのでした。案内係がいるなら訪れない手はない、とばかりに、私たちは橋本で降りて散歩がてら昼ごはんを食べることに。

駅前にたった一軒だけある洋食屋さんの名は「やをりき」。橋本遊廓の歴史と共に歩んで来た老舗の食堂だそう。昔は二階がダンスホールだったというそこは、レトロムードいっぱい……いや、ムードじゃなくて本物のヒストリーが刻まれた空間なんですよね。

夫はカツカレー。私は、オムライスを頼みました。創業当時から続くメニューだという名物オムライスは、デミグラスソースのかかった関西風。ごはんもケチャップを使わないキリッとした味つけ。これが、ものすごくおいしいんです。一緒に酎ハイを頼んだのですが、すごく合う！　この酎ハイも銀のカバーと取っ手が付いたグラスに入っていて、店の雰囲気とベストマッチ！　なんか今にも蓄音機からのメロディが聞こえて来そう。

私、実は、お店でオムライスを頼んだのなんて子供の時以来だったんです。基本的にお皿や丼で一話完結している食事が好きではないので、大人になってからは御無沙汰だったのでした。メニューが三、四種類しかなく、ま、いっか、と思って選んだオムライスでしたが、旅の途中に出会った美味として、ずっと記憶に残ることでしょう。夫の食べたカツカレーも味わい深かった。どちらも子供の味じゃあないのね。

私たちの隣のテーブルでは、近所で解体工事をしているという若者たちのグループがやはりオムライスとカレーをわしわしと食べていました。古くからの常連らしいいなせなおばあちゃんたちと軽口を叩き合っていましたが、そこには土地と店への深いリスペクトがあるように感じられて、とても良いんです。敬語上手！

　壁に貼られた判別出来ないくらいに色褪せたポスターの女優が誰なのか、皆で首を傾《かし》げながらスマホで検索しても答えを見つけられず、内のひとりがおばあちゃんに、あの人は誰なんです⁉　と尋ねました。すると、おばあちゃんは平然と答えたのです。

「あれ、あたしや。綺麗かったやろ？」

　……ぶぶっ、浅田美代子さんなんですが……。もう味わえないかもしれない素敵なランチでした。

日本語探偵に学ばせていただく

2019/1/31

昨年末、本誌で武田砂鉄くんと対談した際、「させていただく」問題が浮上し、お互いに、あれ嫌だよねーと意見の一致をみたのでした。ほら、芸能人カップルなんかの交際発覚時に、こんなふうにコメントを出したりするじゃないですか。

「親しくお付き合いさせていただいています。あたたかく見守っていただければ幸いです」

なんての。いったい誰にへりくだってんだって話ですよ。どうして関係のない人間が温かく（暖かく？）見守らなきゃならんのか、と感じている人は少なくないと思うんです。この「させていただく」問題に関しては、私、あちこちでぶつくさ言ったり書いたりしていたんですが、武田くんも同じと解って、ヤッホーという気分になったんです。

しかし！

私も、この間、使ってしまったんです。しかも、とても自然に、かつ真摯な気持で。

実は、私が師と仰いだ作家の故・宇野千代さんの名作「色ざんげ」が、もうすぐ岩波文庫で復刊されるのです。そして、私は、その解説を頼まれたのでした。

その瞬間は、誇らしい気持ながらも冷静にお引き受けしたのですが、実際に書き進めている内にリスペクトが増して来て、最後の最後でこう結んでしまったのです。

〈そう信じて、私は、この文章を書かせていただきました。〉

やってしまった……あれほど難癖を付けていたのに……しかも、言うのではなく書いてる……どうする？　私⁉

あれこれと逡巡しましたが、結局、直しませんでした。ようやく宇野先生の解説を書く機会に恵まれたのだと思うと、「書かせていただく」と表現するしかないじゃん！　と思ったのです。と、同時に、不特定多数の無関係な人々に対するその言葉と、本当に敬愛するひとりのために口から出るそれは違うんだなあ、とも改めて感じました。

なあんて、色々な感情が交錯している最中《さなか》に、「月刊文藝春秋」で、おもしろいコラムを見つけました。

国語辞典編纂者の飯間浩明さんによる「日本語探偵」という連載なのですが、その号のサブタイトルは「【さ】『させていただく』に私たちは助けられている」というのです。個人的には何ともキャッチー！

それによると、私たちは「させていただく」に敬語の欠陥を助けてもらっている恩義があるというのです。

敬語の基礎は、動詞の尊敬形と謙譲形を使い分けること（例、㊕お尋ねになる、㊖お尋ねする）なのですが、この㊕と㊔の形がそろっていない動詞が大量にあるそうです。

その一例が、私を困らせた「書く」。㊕が「お書きになる」。でも、謙譲語がない。そこで「書かせていただく」が活躍。つまり、「させていただく」は、謙譲形のない動詞の特効薬なんだそうな。へえ〜、目からウロコ。

ただし謙譲語のある動詞やへりくだる必要のない場合に使用するのはＮＧ。そして、どんな表現でも、何度もくり返されれば気になるものである、と。またまた、へえ〜〜。重箱の隅つつき隊、日本語探偵に破れたりか!?　……しかし、自分の男女関係に「させていただく」を使う奴らは、やっぱり許さんよ！

あ、そういや女子フィギュアの紀平梨花選手の素晴らしい演技に対して、某ベテラン女性キャスターの方が「開いた口が塞がらない」と言っていたんですが……言葉は時代と共に変化するもの、とは言え、あなたには似合いませんよ。

とくダネ！さん、さようなら

2019/2/14

年に二度の大仕事である芥川賞選考会が、ようやく終わりました。今回の受賞は、上田岳弘さんの「ニムロッド」と町屋良平さんの「1R《いちラウンド》1分34秒」の二作。どちらも圧倒的な票を集めた文句なしの受賞でした。

選考するということは、選考委員自身が選考されることでもあります。ですから、私たちも出来る限り、真摯に一所懸命、取り組まざるを得ません。大変な仕事なんですよ、これ。自分の好みで選んだ楽しみのための本に対峙するのとは、全然、訳が違う。たまに、まったく評価出来ない作品ばかりが並んだりすると、本当に苦役です。でも、今回は良かった！　小説世界に分け入って行く楽しみを存分に与えてくれる受賞作たちです。皆さんも、ぜひお手に取って下さいね。

そう言えば、同時に、フジTV「とくダネ！」のコメンテーターを務める社会学者の古市憲寿氏の小説「平成くん、さようなら」も候補作でしたが、すごいことになっていましたね。

古市氏をファミリー（サンジャポ化か）と呼んで、発表当日の朝は番組内で長い時間をさいての大声援。金屏風まで用意するほどのはしゃぎっぷり。何年か前の受賞者で、今、バスに乗る旅人になっている羽田圭介くんが御親切にも芥川賞について解説してくれていました。その姿を見ながら、この人、メイクしなくてもデスメタルな顔をしているんだあ、とつくづく思った私。化粧品代がかからなくて羨ましい限りです。

これネガティヴキャンペーンじゃないですか⁉　と古市氏は困惑して見せていましたが、いいえ、そんなことはありません。発表前のお祭り騒ぎなんて、これまで数え切れないほどくり返されて来ましたし、私の時だって意味合いは違えど、外野がかまびすしかった。その最中《さなか》に、私もずい分と生意気な発言をしたりもしました。だから、「ぼくが候補になることで日本文学が盛り上がるのは良いことだ」みたいな古市氏の言葉も若造の不遜さ故と看過出来ます。

しかーし！

発表後が良くなかった。翌朝、またもや「とくダネ！」では、トップで古市氏を扱っていた。稀勢の里引退のニュースを差し置いてです。どうやらファミリーのぼくちゃんが受賞を逃がしたのが、よほど不服だったようです。

「純文学はうじうじする主人公が多いけど、ぼくのは自己肯定があるので駄目だった」てなことを御当人はほざい……もとい、おっしゃっていましたが、自己肯定じゃなくて自己過信の誤りでは？

選考委員の奥泉光の記者会見を一行だけ切り取ってボードに貼り付け、まったく異なる文脈で語り、選考自体を批評するという暴挙もありました。きっと、番組をあげて、見る目のない選考委員を能なし呼ばわりしたかったんでしょうね。他者へのリスペクトまるでなし。

でもね、私自身について言えば、新人賞も含めて選考委員歴はもう三十年以上にのぼるんです。僭越《せんえつ》ながらプロと自負して、誠実にここまで向かい合って来たんですよ。

あ、こんなふうに向かっ腹を立てているからと言って、古市氏の次作が候補になった際には何も引き摺《ず》りません。ニュートラルな気持に戻って選考する所存です。

だってさ。プロというのは、ベテランであると同時に新人の気持を持ち続けることですもんね。謙虚さは大事。ちなみにこのわたくし、芥川賞候補に三度なりながら、一度も受賞してはおりません。島田雅彦なんて六度、候補で、結局無冠（ぶぶっ）。

バタバタ禁止令

2019/2/21

幻冬舎から出ている内館牧子さんの「女の不作法」、「男の不作法」という二冊の新書を読みました。両方共、うんうんと頷いたり、そうだそうだ、と快哉《かいさい》を叫んだり、ああーっと身につまされたり……と、とても役に立つ本なのでした。

この種の分野は、ほんと、内館さんの独壇場なんだなあ、と思った私は早速、夫にも読ませました。すると、いっきに読み終えた彼が、大変役に立ちました、と殊勝に言ったので、良し！　我意を得たりと満足。しかし、彼は、こう続けたのです。

「『女の不作法』の方がおもしろいよな〜」

全然身につまされてはいないようです。男と女の間には〜〜♪（故・野坂昭如兄貴の歌った「黒の舟唄」ですが、フェミニストの方々に文句付けられそうなので以下略）

この本の中で、いくつか自分にも思い当たる節があり、大変反省したのですが、そのひとつが「バタバタして」という言い訳。ここにある例のように、さすがに仕事では使ったことはないのですが、わりと便利使いしがちなこの言葉。軽く不義理しちゃってるなー、と思った相手に対しては、つい出てしまう。反省。

などと思っている最中《さなか》に、親しい男性編集者から久し振りに電話があったのです。開口一番に彼は言いました。

「いやー、すいませーん、なーんかバタバタしちゃって」

おい。我身を差し置いてかちんと来てしまった私は言いましたよ。

「あのさー、バタバタしてって使っちゃいけないって内館先生の本に出ていたよ」

「……あ……」

彼は、版元である幻冬舎の編集者。ぐうの音も出ない……と思ったら、こんな言い訳をするのです。

「バタバタって便利なんですよう。色々まとめられちゃってさ。いちいち説明しなくても良いっていうか」

おい。夫といい、彼といい、私の周囲の男は、どうも能天気に過ぎるようです。親しい間柄の不作法は、時に魅力に変換されるものですが、それは根底に正しい作法の概念があってこそ。親しき仲にも礼儀ありってことでしょうか。そして、何をもって礼儀とするかによって、親しくなれるか否かが決まる。

私は、「道徳」を学校教育の必須科目にすることには断固反対ですが、公衆道徳やマナーに関しては絶対に教えて欲しいと思うものです。この「女の不作法」「男の不作法」、どうせ道徳の授業をやると決めたのなら、これら二冊を副読本としたらどうでしょう？　え？　子供には難しい？　いいえ！　子供だからこそ、おもしろがって身に付けることが出来るんです。私は、昔、ブッキッシュなガキだったので、そのことがよおく解るんです。子供を見くびってはいけない。

あ、そうだ。最近読んだお役立ち本が、もう一冊ありました。それは、俳優一家、髙嶋家の長男である髙嶋政宏さんの「変態紳士」。

この中で、髙嶋さん、ヨーグルトのおいしい食べ方を紹介しているんです。それは、プレーンヨーグルトのパック（大）にドライマンゴーをこれでもかと差し込んで三日ほど置くというもの。すると、マンゴーがちょうど良く戻って、フレッシュマンゴーヨーグルトになるのです。マンゴーの放置プレイですねっ⁉　と思った私は、即実行。口に運んでみてびっくり。本当に美味なんです。「変態」の自分をカミングアウトして楽になったという髙嶋兄。でも、ただの変態じゃなかった！　美食変態というニュージャンル！

貧すればどん！　警報発令中

2019/2/28

あのー、のっけから、うるさいおばさんのようなこと言って申し訳ないんですけど……昨年からずっと、吉祥寺西友のメインのライトのひとつが切れたままになってますよ。

バス通り側の入口には、店の看板とも言える大きな「ＳＥＩＹＵ」のライトがあり、日が落ちると同時に灯《とも》る筈なんですが、その内の一文字が点《つ》かなくなってるんです。それも何ヵ月も。そんなんじゃあ、足許見られちゃうよ？　あ、もう、とっくに見られてんのか……。この号が出る頃には、明るい西友を取り戻していてもらいたいものです。

それと、私が、いつも散歩の途中で立ち寄るデパートメントストアなんですが……どんどん雰囲気悪くなって来ているんです。

何しろ従業員の女性二人が、エスカレーター前で、あたりをはばかることなく立ち話をしているんですから。それも、ひそひそと、ではなく、大声でお喋り。その様子は、道端でばったり会ったおばちゃん同士のよう。あーら、○○さんの奥さん、ね、××さんとこのだんなさんの話、聞いた？　……と、言っていたかは定かではありませんが、そんな感じのトーンで、私語の応酬が止まらない。

実は、このデパートに関しては、昨年も別のエッセイで書いたことがあったのでした。贈り物を包んでもらっている私の前で、平然と自分たちごとではしゃいでいる若い女性従業員のことを。何、これ……私、透明人間!? と感じて非常に不愉快だった時のことを。きーっ、あの時、きちんと抗議しておきゃ良かった！ でもさ、クレームを付けるのって勇気がいるんですよね（書くけど）。

デパート好きの私としては、住む街にひとつある（残っている？）というだけで貴重なんです。お世話になった方への贈り物やおつかい物に、とっても重宝しているんです。そこには、数多くのテナントで成り立っているショッピングビルにはない矜持《きょうじ》がある筈と信じているんですが。

私と夫は、その日、お世話になった年配の方にカシミアのストールを贈ろうと思い、店内を物色していたのでした。そして、寒い季節に心まで温めるような、というテーマにぴったりの品物を見つけ、店員さんに包んでもらうよう告げました。

すると、その店員さんは、目隠しされた商品用の棚をごそごそ探って、こちらが同じものですね、と私に差し出したのです。

ええ、確かに同じ色、同じブランドの品でした。だけどさ、それ、ぐしゃぐしゃに皺《しわ》が寄ってるんだよっ！ 店頭にディスプレイされたものが、いくらきちんと折りたたまれていても、売りもんがこれじゃ意味ないっての！

前は、ちゃんと教育受けた感じの良い従業員の人たちがいっぱいいたのになあ……貧すれば鈍するって、このこと？　デパート、まずいことになってますよね。いや、往年のデパートだけでなく、ファッション系ビルもね。折りしも前日に、私の実家のある宇都宮のパルコ閉店のニュースが飛び込んで来て、妹と嘆いていたばかりです。大成功のサイン会の思い出があるだけに寂しいです。

そういや、昨年、プチセレブ奥様（錯覚だよ！）御用達の婦人雑誌（死語）にエッセイを寄稿したのですが、まだ原稿料をもらっていません。別の会社の編集者に問い合わせてもらったら、何の手続きもされていませんでした。その担当は、問い合わせた編集者にお詫びのメールを送って来たそうです。私には何の連絡も、まだありません……これも貧すれば鈍？　こんな不義理してると、雑誌、つぶれるよ！

誰が総理になろうとも……

2019/3/7

千葉で十歳の女の子をしつけと称して虐待死させたとしてその父親が、そして、それを止めずにいた母親も逮捕されました。事件の詳細が知れるにつれ、その残虐さが明らかになり、たまらない気持です。まさに地獄と化していたであろう日常の果てに、女の子は何を思いながら息絶えて行ったのか。

時々、神様はその人が耐えられない苦しみは与えないんだよ、などと当事者でもないのにしたり顔で語ったり書いたりする人がいますが、嘘ばっかり！　人間の運命は理不尽でとてつもなく不公平である、とこういう事件が起きるたびに思います。

千葉のケースは、児童相談所の致命的なミスが大きな要因となっていますが、もちろんそれのみではなく、大小のさまざまなひずみが、転がる石に付いて行く泥のように、どんどん本質を覆って行ったように感じます。そして、女の子の叫びは封じられてしまった。

ここで、ふと思い出すのは、ブランド価値が下がるからと言って、近隣に児童相談所が入った「港区子ども家庭総合支援センター」が建設されることに大反対している南青山の住人たちのことです。

今回の事件について、あの方たちは、どんなふうに思うのでしょうか。「子供の死に関わる施設なんか、やっぱり冗談じゃない！」でしょうか。「紀ノ国屋でネギも買えない家だから、ああいうことが起きるのね」でしょうか。「千葉みたいにブランド価値のない土地だから起きたことでしょ？」……かもしれませんね。

あの方たちの意見が正しくないのは、虐待というものが、裕福な家庭では起こらないと思っていることです。どこにでも有り得ることなのに……。もしかしたら隣のリッチな邸宅で、静かな修羅場がくり広げられているかもしれませんよ。私は、そういう例を知っています。

近くの紀ノ国屋のネギの値段に優越感を持つビンボ臭い奥様が、この問題についてどう考えるのかを、ぜひ聞いてみたい気がします。ま、なんも考えてないか。

この間、夫と二人で東京駅の前を歩いていたら、にこにこといかにも愛想良い感じで、男女が近付いて来ました。何かの勧誘!?　と身構えた私たちですが、彼らはこう言ったのです。

「文化放送ですが、次の総理大臣には誰が相応《ふさわ》しいと思いますか？」

夫と私、思わず顔を見合わせてしまいました。いつも政権に関してぶつくさ言っている割には、次の総理の名なんて、ぜーんぜん思い浮かばなかったのです。

もう誰にも期待してないんだなあ、私たち、と思いました。誰が総理になったって、子供の虐待死のニュースは報じられては消えて行くに違いありません。かくして、ヒューマニズムは、自分と関係のない場合にだけ、熱く語られる……あーあ（溜息）。厭世観。

道端のコメントを断わって、気を取り直した私たちが向かった先は、秋葉原。神田川に万世橋が架かっている一画は赤レンガがとてもエキゾティック。その側の旧万世橋駅の二階ホーム跡に実に素敵なカフェがあるのです。何と両脇がガラス張りで線路にはさまれているのです。雪見酒ならぬ通り過ぎる電車見酒！

大好きな松本英子さんの「謎のあの店」というエッセイ漫画で、このカフェが紹介されているのを読み、どうしても一度来てみたいと思っていたのでした。

昼下がり、通り過ぎる中央本線の列車を見ながら白ワインを啜《すす》っていると、神田川の上をカモメ（？）が飛翔する。シュールです！

ガッカリ発言三連発

2019/3/14

競泳の池江璃花子選手が白血病と診断されたのを公表し、多くの人が衝撃を受けている最中《さなか》に、あろうことか桜田義孝五輪担当大臣のあの発言。「がっかりしている」とか、「盛り上がりが下火にならないか心配」とか。

たちまち非難ごうごうです。病を患って、それでも前向きになろうとしている人に対して何という無神経なコメントか、と。ですよね。ただでさえ失言の多いこの人。大臣の資質に問題ありという意見に私も同感です。でも、鬼の首を取ったかのような野党ってどうなの？

こちらはどうでしょう。ＪＯＣ橋本聖子副会長によるイベント講演でのこの発言。ざっくり要約しますが。

「（スポーツ界は）ガバナンスやコンプライアンスで悩んでいる場合じゃない。神様がオリンピック、パラリンピックを大きな視点で考えなさいと、池江の体を使って叱咤激励している」

……うえーっ、何で池江さんの体が使われなきゃならないの？　私が池江さんの親だったら、ふざけんな！　と怒鳴り込んでいたことでしょう。だいたい、何の神様？　どの宗教？

人間の体を使って叱咤激励って……そのために何だって選手の体を犠牲にしなきゃならないの？

何かここに大昔から受け継がれて来た日本のアマチュアスポーツの嫌〜な部分が表われているような気がするんですが。だって、同じオリンピック出場選手でも、何億も稼いでいるプロには言わないでしょ？　神様が体を使って、とかさ。私、この発言、ウッカリ大王の桜田大臣のものより気持が悪いんですが。

あ、そうだ。こんなのはどうでしょう。この間、芥川賞候補になったと言って、TVで大騒ぎしていた社会学者の古市憲寿氏の発言。「文學界」という文芸誌の対談の中でのものです。「終末期医療、特に最後の一ヵ月」について彼はこう語っているのです。

「『最後の一ヵ月間の延命治療はやめませんか？』と提案すればいい。胃ろうを作ったり、ベッドでただ眠ったり、その一ヵ月は必要ないんじゃないですか、と。」

……何様なんでしょう、この方。プチ麻生？　ただ寝ているだけでも良いから生きていて欲しい。目の前の人に対して、そんなふうに感じる場合もあるとは、まったく想像も出来ないんでしょうね。たぶん、「かけがえのない」という存在を持ったことがないんでしょう。でも、そんな人間が、他者の最後の一ヵ月について語る資格があるんでしょうか。だいたい、一ヵ月後に何が起こるかなんて、誰にも解んないじゃん！　もしかしたら奇跡が起きているかもしれないし、その奇跡を信じたい、と一縷《いちる》の望みにすがる人たちの気持はどうなるんでしょう。

一ヵ月後に死ぬ見込みの高い人間は、役に立たないから消えて良し……こんなふうにも取れますが、誤解ですかね？　でも、政治家と言論人の意見には誤解を招くような部分があってはならないと思うんですが。

この御三方に通じるのは、他者に対する想像力が、まるでないこと。情けは人のためならず、というのは、本来、人に情けをかけると回り回って自分に戻って来るという意味ですが、この情けに「想像力」を当てはめても良いと思います。他人に想像力を働かせれば、自分にも働かせてもらえる。その時、想像力は「思いやり」とでも言えるものに姿を変えていることでしょう。私も、夫への想像力を駆使して、今晩はフツーのカレーライスを作ってみます（本当はスパイスを乱舞させたい！）。

萌えてる自衛官大募集中

2019/4/11

先頃、人気アニメ（らしい）の女性キャラクターを描いた自衛官募集のポスターが物議を醸しました。

それは、超ミニワンピースの女の子三人が空にジャンプしているというもの。彼女たちのスカート丈はぎりぎりで、下着が見えるか見えないくらい。ひとりの女の子は、別の娘の肘で、かろうじて隠されている。でも、見ようによっては、あれ？　はみ出してる？　と思えてしまう。

自衛官募集のポスターには、色々なヴァージョンがありますが、どれもアニメの、いわゆる「萌えキャラ」。やはり、意味なくヘソ出ししていたり、ノースリーヴで脇の下のくぼみをリアルに描いたり、多くの女たちの神経を逆撫でするものになっています。いえ、日本の防衛について真面目に考えたことのある人たちなら、男女を問わず、首を傾《かし》げるかもしれません。

これ、セクハラじゃないの？　とか、女性蔑視でしょ？　とか、真面目にやれーっ、とか、問題視する意見は色々あると思います。そういや、二〇一六年に、三重県志摩市が海女さんをモチーフとした、これまた「萌えキャラ」を公認キャラクターとしてポスターを公開し、大批判を浴びました（その後、公認取り下げで非公認）。

彼女の名前は「碧志摩《あおしま》メグ」。パッツパツの海女さん着（というのか）が、大きな胸をこれでもか、と強調しています。

このキャラクターを見て、やれやれ、と思った私が思い出したのは、昔、アフリカ系アメリカ人の男と結婚していた時のこと。夫やその男友達は、チリン（chillin'）とかハンギン（hangin'）とか称して、部屋にたむろして、ビールを飲みながらスポーツ観戦や与太話に興じるのが常でしたが、その時に必ず出るのが、この疑問。

「日本の男って、なんで女の胸に、あんなに執着するの？　そんなにママが恋しいの？」

そして、げーらげーらと笑う。彼らが愛《め》でる女の体のパートは、なんたってお尻。私が聞き耳を立てているのも知らずに、女の尻談議にうつつを抜かすこと数知れず。でも、私も、いわゆるガールズトークでの男の品定めを酒の肴《さかな》にしていましたから、まあ、イーヴンでしょう。

でもね、それって、男同士、女同士、LGBTそれぞれの内輪同士のことなんです。ひとりでも異なる性的指向の人がいたらしない仲間トーク。だから、セクハラかどうかなど気にすることもありませんでした。これ、同じ人種同士でするエスニックジョークと似たものがあります。

　で、話は、「萌えキャラ」ポスターに戻りますが、私には、セクハラとか女性蔑視以前に素朴な疑問があるんです。それは、

「あのー、皆さん、そんなにアニメが好きなんですか？」

ってこと。しかも、その中の「萌えキャラ」ばかりをポスターに使うのって、何故なんでしょう。「マジンガーZ」や「ガンダム」じゃ駄目なんですか？　スーパー戦隊シリーズの誰かじゃいけないんですか？　国を守り、災害時のレスキューとして重要な役目を果す自衛官募集に、何故、肌もあらわな女の子？　しかも、あの「萌えキャラ」たち、鼻がないんですが……。生身じゃないのね……なんで、それを見て自衛官になりたい人が呼び寄せられると思うのか……誰か、教えてーっ!!

　ちなみに、私たち夫婦の白くてふわふわやわやわの「萌えキャラ」はコリラックマ。ローソンの新スウィーツにコリラックママシュマロとか良いと思うんですが。

R.I.P. 愛すべき困ったちゃん

2019/4/18

内田裕也さん、お亡くなりになりましたね。私が初めてお会いしたのは、まだ小説家デビューしたばかりの二十代。裕也さんがホストを務めていた雑誌平凡パンチの連載対談に呼ばれたのでした。

これを言うと、皆、ええっ、よくもそんな恐ろしいことが出来たね！　と呆れるのですが、さらに私、その対談に大遅刻してしまったんです。

電車の中で、スカートの裾がほつれ始めて、当時住んでいた福生《ふっさ》から都心まで出る間にひどい状態になり、慌てて途中下車して駅の売店で針と糸を買い（売ってた！）、トイレで、まつり縫いを開始したのでした。でもさ、これがもうあせって全然進まない。ひーっ、誰か助けてくれーっ、と心の中で絶叫し、ようやくどうにかした時には、冷汗をぐっしょりかいていました。

初対面で大遅刻した私を裕也さんは、こわーい顔で迎えましたが、ここが私の図々しいところで、無駄な言い訳はきかないだろうと思ったのでお詫びの後、開き直って言いました。

「みっともないスカートのまま、殿方にお会いすることはどうしても出来ないと思ってしまったので」

こいつ、しれっとしていやがる、と裕也さんは笑い、その日は、ごはん──→撮影を兼ねた散歩──→お酒をはしご、と長ーくて興味深い一夜となったのでした。

連載対談は、長い時を経て、芥川賞作家のモブ・ノリオくんの文章と共に一冊の本に収められたのですが、その相手の方たちたるや……右翼のレジェンド、故・赤尾敏氏を始めとする強面《こわもて》の男ばかり。女は私だけ。しかも小娘。ほんと浮いてました。

でも、対談をお引き受けして良かった。あれ以来、彼とは、飲み屋やホテルのロビーなどで、ばったり会っては、立ち話をするような間柄になれました。仲良しだったか？　いいえ、全然。じゃ、嫌いだったのか、と聞かれれば、好きだったとしか言いようがない。何と言うか……非常にアンビヴァレントな感情を抱かせるんです。内田裕也さんという男は。濃いんだよなー、色々と。

ある日、私は、ひとりホテル・オークラのバーに立ち寄りました。上の階で出版社のパーティが開かれることになっていたのですが、早く着き過ぎて時間を持て余してしまったのです。で、親しい編集者を呼び出して一杯やろうかと目論《もくろ》んだのですが、バーに足を踏み入れた途端、すごい圧を感じたのでした。

フロアのソファエリアに黒いスーツの軍団がいる！　なんか解んないけど、池上遼一の漫画みたいな光景が広がっている！

今さら、外に出て行くことも出来ずに、そおっと隅のテーブルに腰を下ろすと、声が飛んで来ました。

「こらっ、山田！　こっち来ーい!!」

ひぇーっ、と思いながら、そちらに行くと、裕也さんが待ちかまえていたのでした。そして、私に命じたのです。

「猪木さんに御挨拶しろ」

アントニオ猪木さんは、とても優しい笑顔で対峙してくださいましたが、私のことなど知る由もなく……っていうか、私、舎弟かよ!!

次々と懐かしいエピソードが脳裏をよぎります。あの時、順番に「よう！」と言って片手を上げて挨拶や会釈を返してくださったのは、安岡力也さん、加藤和彦さん、ジョー山中さん……皆さん、ロケンロール天国で裕也さんを待ちかまえてるんでしょうね。私も、やがてあちらに行ったら、やっぱり、あの愛すべき困ったちゃんの先輩に呼ばれちゃうんでしょうか。こらっ、山田、こっち来ーいって。

R・I・P．愛すべき困ったちゃん‼

2019/4/25

ショーケンこと萩原健一さん、亡くなっちゃいましたね。前の号で、内田裕也さんのことを書いたばかりだというのに、また訃報。しかも、またまた愛すべき困ったちゃん。誰もがモラルを振りかざし、コンプライアンスとやらに一家言を持つ御時世、ああいう絶滅危惧種とでも言いたくなる破天荒な魅力を持った人たちがいなくなるのは、本当につまんないです。

実は、私、ショーケンの「約束」という映画が大好き。主演の岸惠子さんが何年か前に出した「わりなき恋」という長編小説の文庫解説を書かせていただいた際、そこでも、この映画について触れているのです。北に向かう夜行列車を決して演歌にしない傑作だと（演歌をけなしてる訳ではありません。あちらは別世界）。

あの映画の中の二人のやり取りが良いんだよなあ。たまたま乗り合わせた訳ありの年上の女とちんぴら。ショーケンは、欠食児童よろしくガツガツと駅弁をかき込むのですが、お箸の持ち方がとっても綺麗で清潔な感じがするんです。

そして、岸惠子さんもいい！　旅の途中、新聞を読みながら、いぎたなく眠りこけてしまったショーケンを見て、自分の髪からピンを抜く。そして、ずり落ちた新聞を彼の胸許に、そっと留めてやるのです。

その後、あらかじめ不幸を背負った二人は、もの哀しい結末へと流されて行く。くーっ、観た当時、まだ小娘だった私は、大人の世界に漂う情感みたいなものにノックアウトされてしまったのでした。

あれが、ショーケンの初めての映画だったとは！　しかも、当初、出演予定ではなく、サードの助監督として現場入りしていたとは！

以来、「青春の蹉跌」や「化石の森」、「もどり川」……と、いくつもの彼の主演映画に魅了されて来ました。親しくなった映画関係者たちから、さまざまな艶聞やそれにまつわる騒動についても伝え聞きました。時には、悪口雑言に近い言葉も。

ある女優さんが言っていました。

「あの人はね、野良犬なのよ。それも、世にもセクシーな野良犬」

……おおーっ、と思いました。そういや、今、いないよね、魅力的な野良犬感を醸し出してる俳優。まあ、それを貫くのは、当人も周りも、ものすごく大変なんでしょうが。

TVの追悼特集を観ていたら、晩年は、とても穏やかな感じ。人生の最後に最愛の女性と出会って、ようやくその境地に辿り着けたんでしょうね。レスト　イン　ピース！

あ、一時的にせよ、コカイン使用で姿を消してしまったピエール瀧のことを思うと、本当に残念です。映画「凶悪」での存在感とかすごくて、大好きな俳優だったのですが。

彼がユニットを組んでいる電気グルーヴの曲で、アイスバー「ガリガリ君」への応援歌があるんです。でも、その歌詞が、とってもシュール。〈ガマガエルを手掴みディスコでうた寝ガリガリ君〉とか、〈死のガリガリ君Ｄｅａｔｈガリガリ君〉とか……これって、ビートルズの「ルーシー　インザ　スカイ　ウィズ　ダイヤモンズ」みたいなイメージで聴けば良いんですかね。うちにあるＣＤジャケットは、あのアイスのパッケージと同じイラストなんですが。どうする⁉　赤城乳業‼

ゲイの友人に、ピエール瀧ってセクシーだよね？　と言ったら、二丁目でそんな意見はこれっぽっちも出てないわっ、と言われました。そして、それより、こっちよ、と送られて来たのは、自分の彼氏の写真。遠くのピエールより、近くのガリガリ（頭）君ですね。

お花見日和に新元号

2019/5/2

新しい元号、決まりましたね。「令和」だそうです。意味は、命令には和をもって従うべし……なんと！　今の世の中にぴったりではありませんか!?　……なあんて、嘘です。戯言《たわごと》です。「令」は、清らかで美しいという意味だそう。今はまだ馴染んではいませんが、その内、自然と口をついて出るようになるのでしょう。かつて「平成」がそうだったように。

……なんて、もっともらしいことを言っていますが、実は、私、この元号って全然馴染めないんです。これ、外国人と結婚していた人は、たぶん、ほとんどの人がそうなんじゃないでしょうか。元号と西暦をイコールで結ぶことが非常に苦手なんです。

まだ昭和までは良かったんです。自分の生まれ年を引いたり足したりして、昭和と西暦を照らし合わせることが出来た。でも、アメリカ人と結婚してから、何だか良く解んなくなっちゃったんです。そして、そのまま思考停止状態。「平成」が必要な時には、近くにいる人に「今って平成何年ですか？」と聞いていました。

元々、病的に数字というものが苦手な私。人生の半分以上は、ほとんど西暦だけを使って生きて来てしまったのです。

だからといって、もちろん元号というものをないがしろにしている訳ではありません。日本という国の時代の節目のための大事な名称（？）という意識はあります。

でもさ。元号って、あまりにも便利づかいされていませんか？

平成になってからひんぱんに使われるようになった文言に「それって昭和だよね」というのがあります。でも、耳にするたびに、昭和全部をひとまとめって大雑把だよなーと思ってました。戦前と戦後じゃ全然違うだろ？　と。

天皇陛下の生前退位が決まってから、あらゆるメディアで平成という時代を総括する特集が組まれていました。驚いたのは、ある種の人々が、激動の昭和と比べると平成は比較的なだらかだったととらえていること。オウムによる地下鉄サリン事件のような凶悪犯罪も、大地震、大災害も、みーんな平成というすべすべした風呂敷で引っくるめて、一緒くたにしてるんでしょうか。犠牲者の数だけ悲劇があるのにね。

そして、湾岸戦争や同時多発テロなどは、平成ではなく西暦の管轄だと思っているんでしょう。つまり、他人事。当時アメリカ軍人と結婚していた私のような人間にとっては、「本当の戦争」が起き得るのだと知った衝撃の出来事だったのですが……。私にとっては、昭和より平成の方が激動の連続だったんですよ。

まあ、でも、世の中のめでたい騒ぎに逆らうことなく、「令和」の誕生で例年になく盛り上がるお花見まっさかりの井の頭公園に行って来ました。

前にも書いたのですが、私たち夫婦の花見は、宴会で盛り上がる公園を抜けて玉川上水のほとりを歩くのです。そして、太宰治の心中した「むらさき橋」に辿り着き、その横のコンビニ前のベンチで一献。

今回は、愛読する霊感漫画家、伊藤三巳華さんの新刊「視《み》えるんです。⑤」に出ていた太宰の魂を捜すというミッションがあったんですが、私たち俗物夫婦には、残念ながら見つけられませんでした。

帰りは、三鷹駅まで歩き、「豆狸《まめだ》」でおいなりさんをお土産に買って帰りました。わさびいなりで大人気の豆狸、東京駅ではいつも大行列ですが、実は三鷹駅でも買えるんですよ!!

並ぶ必要なし!

2019/5/9

五十、六十ふざけるお年頃

夫が、この間の誕生日で五十代に突入しました。信じられない！　を連発していた彼ですが、最後にこう付け加えたのです。

「あなたと同世代っぽくなってる！」

ええ、ようやく一世代違いみたいになりましたね、ほほほ……というのも、私たち、この二ヵ月の間、六十代と四十代だったのです。

二月の誕生日で、いよいよ還暦を迎えた私と、四月に五十になった夫。日頃、十歳違いなんて全然意識しない私たちですが、やはり、六十代と四十代の開きはすごい感じ。それに改めて気が付いた夫は、意味なくはしゃいでいました。そして、何かに付けて、得意気に言い放ったのです。「あ、おれ、まだ四十代だから」

しかし、五十代を迎える数日前から、段々しょんぼりして来たのです。もう五十……と、ミッドライフ・クライシスさながらに溜息をついたりするのです。

そんな夫の様子を見て、人生の先輩である私は、思いやりを持って励ましたのでした。

「大丈夫だよ！　五十代なんか、あっと言う間に過ぎて、すぐ六十代になるから！」

全然慰めになってませんでしたが、これ、ほんと。光陰、矢のごとし。

「あー、この私が、還暦を迎えたなんて、実にめでたいことだよ。まさか、この年齢《とし》まで生きられるとはねー、ほら、美人薄命とか佳人薄命とかいう言葉あるじゃん！　心配してたんだよね」

図々しく言い放つ私を見て、夫は、のけぞって叫びました。

「ぎょうへーい！　なりひらばし!!」

どういうリアクション？　と首を傾《かし》げた私が尋ねると、漢字表記を教えてくれました。

「業平《ぎょうへい》、業平橋《なりひらばし》」

だそうです。……駄洒落だったのか……以来、二人の間で、この言葉が大はやり。驚愕した時、同時に叫んで事を荒立てるのです。名付けて、夫唱婦随ごっこ。男尊女卑けしからん！　とか政治的な正しさを持ち出さないで下さいね。常に二人でふざけることが、我家の家訓。くだらんことに身をやつすのが信条の山田家です。

年食ってからの結婚ですので、私たち夫婦は、なるべく一緒にいることを大事にしようと心がけています。しかし、くっ付き過ぎて自家中毒状態になることもしばしば。

互いの時間が空いている時には、必ず一緒に夕食の買い物に行くのですが、この間は、こんなことがありました。

いつも行く、その安売りスーパーの一角にセール品の「チーズかまぼこ」が積み上げられていました。懐かしいなあ、と思った私は、近くにいた夫を呼びました。

「ねえねえ、このチーかまってさあ……あんたの……」

そこまで言ったところで、夫は、怒り出したのです。そして、私を残して、ずんずん歩いて行ってしまった。何？　どうしたの？　私が追いかけると、彼は振り返りざまに抗議したのです。

「止《や》めてよ！　あんなところで‼」

はい？　顔が真っ赤です。

「何、怒ってんの？　あんたの食べてた給食のメニューにチーかまあったかって聞きたかっただけなのに」

「ええ⁉　そうなの？　あなたのことだからソーセージっぽいもの指差したら、必ず、おちんちんを話題に持って来ると思った……」

ぎょうへーい！　業平橋‼　ソーセージ＝おちんちんが常にインプットされていると夫に思われている妻って……。

言葉の小姑うっかり躓《つまず》く

2019/5/23

我が家から歩いて行ける範囲内に、おいしい（であろう）レストランが軒をつらねています。その内の何軒かには足を運びましたが、おおいに気に入った店あり、損した気分になる店あり……と、色々です。

この間、通り掛かるたびに気になっていたイタリアンレストランに予約を取って訪れてみました。いつ覗いても、すいているようなので、何故かなあ……と思っていたのですが。

結論から言うと、料理は全然悪くなかった。いえ、むしろかなりおいしい部類だった。しかーし、接客する女の人の口の利き方とその態度が……なっとらーん!!　ドン!!（テーブルを叩く音。叩きませんでしたが）

最初にメニューの前菜の欄を見て、あーでもないこうでもない、と選んでいた私たちにその彼女は言ったのでした。ええ、仏頂面で。

「盛り合わせ、いただいたらどうですか？」

……あのさー、仮にも接客業でしょ？　客に対しては「召し上がったら」でしょ？「いただく」は謙譲語。そのくらい勉強しろーい！　ついでに言わせてもらえば、笑顔はホスピタリティの基本でしょ？　にこりともしないのは、どういう訳？

……と、文句を付ければキリがないので、こちらで勝手に楽しむことにして、心を鎮めました。お客は、私たちしかいませんでした。さもありなん、です。だって、少しも楽しい気分にならないんだもん。

え？　いちいち敬語云々《うんぬん》って、うるさいですか？　そうです。私、うるさいんですよ。あるレヴェル以上のレストランでは、サーヴィスは有料なんです。そして、そこには敬語も含まれる。その分を上乗せして、こちらもお金を払うんです。安居酒屋で、ぞんざいに扱われても、気分を悪くなんてしません。それが味でもあると思うから（でも、にぎわっている店には、客へのリスペクトがちゃんとあるよね）。

大人《おとな》気ないと言われようと、ある種の言葉の使い方には、いちいち向かっ腹を立てている私です。いい年齢《とし》して、自分の親を「お母さん、お父さん」とか呼んでる輩は許さんよ。親しい友人同士なら問題ないのですが、公的な場で平然と言うタレントさんなどを目にするたびに好感度は急降下します（ま、私の好感度なんか何の影響もないでしょうけど）。

……なーんて、偉そうにしていた私の前に、このような本が！

「ヤバいほど日本語知らないんだけど」

朝日新聞のベテラン校閲記者である前田安正さんという方が書いた本です。

読んでみて、ガーン!!　私、いばってる場合じゃなかった。間違って覚えていた言葉づかいがいっぱいあったーーっ。言葉を扱う職業に就いているというのに、このていたらく。

たとえば〈〜が輩出する〉。私、ずっと〈〜を輩出する〉だと思ってたんです。

「一人の有名実業家を輩出した学校だ」

みたいに。でも、「輩出」は次々に世に出るの意で、本来、自動詞として使うそう。

「多くの有名実業家が輩出した学校だ」

が本来の使い方とのこと。私、TVで、この本来の使い方をしているアナウンサーなどに、ふん、変な言い方しやがって、と毒づいていたんです。あー、恥ずかしい。誰に謝って良いのか解んないけど、ごめんなさーい!

突然、殊勝になった私は、近所のドラッグストアで買って来た安売りのカップ麺「マルちゃん麺づくり鶏ガラ醤油98円」をその日の昼食としました。化学調味料の苦手な私ですが、これは旨い!　いえ、おいしゅうございました（敬語）。

どうなってんの？　全員集合！

2019/6/6

ツイッター、やってらっしゃるんですね、とよく聞かれます。いかにも意外だ、という感じで。この間は、マメに更新してますよねえ、と感心されました。

……あのー、私、SNSとかに何の興味もない女なんですが……小説もいまだに原稿用紙に手書きだし……どうなってんの？　チェックしたことはないのですが、私の「つぶやき」として公開されてるなら、どうか穏便に（？）頼みますよー。

どうなってんの？　と言えば、近頃、短い文章の原稿料や、推薦のコメント料などを払ってくれずじまいのところが増えているんですが……。こちらから問い合わせない限り、完全に知らんぷり。映画のコメント料なんて絶対に払ってくれません。

秘書もマネージャーもいない私は、間に入った編集者に尋ねてもらったり、時には自分で連絡したりするのですが、だいたい答えは「うっかりしてました」なんです。

短いものだから簡単に仕上げた、とか、このくらいのものはただでも良いんじゃない？　とか思っているんでしょうか。依頼だけは熱心なくせにさ、どうなってんの？

この間、平成から令和に年号が変わる時、某女子アナが、何かのイヴェントに関してリポートしていたのですが、その時、彼女がこう言ったんです。

「平成と令和をまたにして行なわれる訳です」

……またにして？……「またいで」の言い間違いか……と、ここで、思い出したことがあります。

もう、ずい分前のことになりますが、やはり女子アナさんが言ったんです。

「やはり、男性は、男を立たせる女性が好きなようです」

……男を立てる、と言いたかったんだと思います。この時、一緒にＴＶを観ていた男友達が、我意を得たり！　と言わんばかりに大喜びしていました。

「おれ、好き！　男を立たせる女、大好き‼」

その様子を隣で見ていた私は、おかしいやら腹立たしいやら。そして、ちっ、こんな男に付け込む隙を与えやがって、と思ったのでした。まったくもう！　よりによって、こんな言い間違い……どうなってんの？

あ、これは私の聞き間違いなのですが、朝、ＴＶを点《つ》けたまま、掃除をしていたら、ある女優さんが、この言葉をくり返していたのです。

「ロジョーチュー」

アクセント的には「芋焼酎」とか「麦焼酎」とかと同じなので、きっと焼酎の種類に違いないと思い、手を止めて画面をながめてみて、びっくり。女優さんは、嬉しそうにこう連呼していたのでした。

「路上チュー」

……実は、私、昔からセックスを「エッチ」とか呼ぶのを忌み嫌っているのですが、「チュー」も、またしかり。キスや口づけを「チュー」と呼べてしまう人のセンスが全然理解出来ずに、耳にするだけで鳥肌が立ってしまうんです（チュッという擬音はオッケーです。むしろ好き）。特に、いい年齢《とし》した男女がにやにやしながら、そう発声する瞬間、なんか聞いちゃいかんものを聞いてしまった、と汗をかいてしまうのです。どうなってんの？　その卑猥な響き……赤面を禁じ得ません……。

沖縄にニューオープンするホテルレストランの紹介記事を読んでいたら「食材への愛と思いやりに満ちたシェフ」とやらが豚を「豚さん」と呼んでいました。愛情の証明？　でも、どうせ殺したやつ食わせるんだろ？　どうなってんの？

R.I.P. 極私的レジェンド監督

2019/6/13

昨年から今年にかけて、個性あふれる方々の訃報が相次いでもたらされていますが、ついこの間、アフリカ系アメリカ人映画監督であるジョン・シングルトンが急逝したのは、私にとっての重大事件でした。享年五十一……早過ぎる……。

「ボーイズン・ザ・フッド」、「ポエティック・ジャスティス」、「ハイヤー・ラーニング」……私、彼の初期の作品の大ファンだったんです。九〇年代のブラックフィルムに普遍性を与えたのは彼の功績と言って良い。スパイク・リー作品のメッセージ性とは一線を画す、胸を打つものがありました。

初監督作の「ボーイ……」で、アカデミー賞の監督賞と脚本賞にノミネートされたのは史上最年少の二十四歳。そして、アフリカ系アメリカ人としても初。ここで、主役を演じたキューバ・グッディング・Jr.は、後にトム・クルーズ主演の「ザ・エージェント」で、ナイスなフットボール選手を演じて、見事、アカデミー助演男優賞をゲット、元夫婦を演じたローレンス・フィッシュバーンとアンジェラ・バセットは、「ティナ」でもアイク・アンド・ティナ・ターナーというレジェンド夫婦を演じてアカデミー主演男優賞、女優賞、共にノミネートされました。

つまり、シングルトン監督は「ブラックフィルムの枠に囚われないブラックフィルム」の道をかなり早い時期に形にした人物なのです。「ポエティック・ジャスティス」のジャネット・ジャクソンのぱんぱんのほっぺの可愛らしさと言ったら！　ダイエットの必要も整形の必要もなかったのになー。

あ、そう言えば、ここでジャネットの親友を演じたレジーナ・キングは今年のアカデミー助演女優賞を「ビール・ストリートの恋人たち」でとりました。今をときめくアフリカ系の俳優さんたちが、シングルトン監督の作品の中で、キャリアのスタートを切っているのです。

ただ、晩年に近付くにつれて、私にとっての興味の持てる作品は少なくなって行きました。そして、ほとんど思い出さないでいたら、この訃報。

やっぱり悲しいです。彼のいくつかの作品は、確かに極私的レジェンドの一角を成している。スクリーンでくり広げられていたフッド（neighborhood＝縄ばり）の少年たちの光景を思い出すたびに、NYはブロンクスの映画館の空気の匂いがはっきりと甦ります。あの、埃っぽくて懐かしい記憶の宝物。九〇年代に思いを馳せたひとときでした。

はー、時代は変わって行くんだなー。でも、この人がいなければ、今、この波は来ていなかった……そんなふうに感じられる存在が心の中に増えて行くのも、年を取る醍醐味のひとつかもなあ、なんて思いました。

ところで、話は変わりますが、自他共に認める私の妹、武田健くんが、この間、「マツコの知らない世界」に出演したんですよっ、奥さん！（誰？）万年筆とインクのコレクターとしてなのですが、話には聞いていたものの、あんなに膨大な色のインクを所有していたなんて、びっくり仰天でした。

そして、万年筆インクの世界に対する愛を語る彼の饒舌《じょうぜつ》なことと言ったら！　人には人の数だけ熱狂の種類があるんだなあ……と改めて感じ入った次第。

でもさ、彼の昔の写真が大写しになった時、隣の私の顔にモザイクがかけられていたのは何故なんでしょう。食べていたガリガリ君を、思わず落としてしまいましたよ。私の顔、公序良俗に反していたんでしょうか。

センチメンタルTVジャーニー

2019/6/20

「集団左遷!!」というドラマを観ています。で、毎回思うんですが、怪人めいた常務取締役を演じる三上博史さんの顔、ジャズトランペットの巨匠、マイルス・デイヴィスにどんどん似て来てませんか？　特に「アガルタ」以降のバリバリに電気入ったあたりからの……って、ジャズに何の興味もない方には、すいません、な話なんですが。

実は、私、最晩年のマイルスを間近に観ているんです。彼、目黒に新しいジャズクラブがオープンした際の柿落《こけらおと》しのために来日したんです。

私と前の夫、そして、先輩作家の北方謙三キャプテン、編集者の四名で、わくわくして出向きましたが、やはり体力の衰えは隠せず、大部分をサックスのケニー・ギャレットにまかせていました。

しかし、存在感は、やはり帝王！

休憩時間、私たちが外に出て煙草を吸っていたら、お付きの者に支えられたマイルスがゆっくりと歩いて来たのです。その迫力たるや……佐藤孝信さんのアーストンボラージュに身を包んだ御大は、近寄りがたいほどのオーラを放っていました。でも、近寄って、衣装に触っちゃいました。へへ。

その時のことを北方さんも、どこかで書いていらっしゃったのですが、マイルスが彼に煙草の火を貸してくれと言ったそうな。……あのー、それ、マイルスじゃなくて、うちのアフリカ系の元夫じゃありませんでしたか？　マイルスは、体の具合があまり良くないらしく、ライヴ会場に入って来るなり「おい、まさか誰も煙草吸ってねえだろうな」みたいなことを、ドスの利いた声で念押ししていたのですが……。アフリカ系で顔、似てたからか……。ま、いっか。深く追求するのは野暮でしょうね。マイルスも、あの時、一緒にいた編集者も、もうこの世にいない。そして、元夫になってしまった男も、私ワールドの住人ではない。まさに、タイム　フライズ。現在の夫とマイルス・三上の演技に呆気に取られながら、過ぎ去った日々を思い出してみるのでした。

夫は、私が「遠い目！」と言うと、私の代わりに遠い目をしてくれるので便利です。郷愁を彼に押し付けて、こちらはのうのうと出来るからです（すいません。夫婦のくだんない遊びです）。

ケーブルTVのFOX　HDで「POSE《ポーズ》」というドラマが始まり、夢中です。舞台は八〇年代後半のニューヨーク。毎週、ゲイクラブで開催されるボール（パーティ）でのモードバトルに命を賭けるドラァグ・クィーンたちの人間模様がくり広げられます。あの頃、あの場所でのファッション・音楽、そして、ゲイピープルたちの苦悩。もう、これ、私にとっては郷愁どころではありません。メイン　スクィーズな思い出。

まだＬＧＢＴＱなんて言葉もない時代。かろうじてヘテロの私たちを仲間に受け入れてくれるゲイクラブを愛して止《や》みませんでした。

「パラダイス・ガラージ」、「エイリア」、そして、伝説の「ザ・ワールド」……やがて、マドンナによってブームとなるヴォーギングというダンスがはやり始めていました。「パリス・イズ・バーニング（邦題：パリ、夜は眠らない）」という映画も公開され、ゲイカルチャーは最高潮に達しようとしていました。

でも、あの頃の人気者たちも、もうほとんど天国へと旅立ってしまいました。ヴォーグのトップモデルよろしくＰＯＳＥを決めていた麗しき人々。ＴＶ画面をながめながら、とっぷりと感傷に浸って、クラブ帰りのスライス（チーズだけのピッツァ）の味を思い出しています。

出来た奥さん、アウトとセーフ

2019/6/27

「原田、アウトって言ってくださいました」

何とも珍妙な受け答えをしていたのは、俳優の原田龍二氏。会見をごらんになった方も多いと思いますが、複数の女性と車のバックシートで性的関係を持ったことを謝罪してるんです。で、それを知った妻の言葉が、その「原田、アウト」だったとか。

私は、自分に無関係の人物の不倫を糾弾する気など、はなからない人間。赤の他人の不倫は野次馬になって見物すべし、というのが信条。

いつも書いていることですが、本当は、不倫という言葉も気に食わない。倫理にあらずって、誰が決めること？　なんて思っています。ま、便宜上、仕方なく使っていますが。

でも、世の中の多くの人々は、そうではなく、当事者を責め立てる。しかも、平等に責めるのではなく、責め立ててもオッケーと共通認識を持てた人だけに集中砲火を浴びせる。

今回の場合は、真摯に謝罪し、しかも失笑を誘うほどの生真面目さで記者たちの質問に答えたということで、好感度がかえって上がったそうな（はー、マジですか）。

観ていたら、夫であり父親である男性がその立場にあるまじき悪さをした——→家族にも公の場で謝罪した方がいいよ――→そのためには、我々マスコミがこの場所を設けてあげるね……みたいな感じになっていました。

車のバックシートで、たった十分のセックスをして、あー、さっぱりした、と思っていたら、大勢の前で謝る羽目に……なーんか、ペーソス漂ってます。

その昔、ふかわりょうの「小心者克服講座」で、「え？　きみんち、割り箸も洗うの？」と尋ねるネタがあったのですが、なんか、久し振りに思い出しました。どういう連想なのか、自分でも意味不明なんですが……いや、たぶん、「情けなさ」という共通キーワード故なのかもしれません。哀切な感じ（大袈裟？）がして、私にはとても非難することなど出来ません。

しかーし！　私は別の意味での罪状を問い質《ただ》したい！　「言ってくださいました」とは何です。いい年齢《とし》した男が身内に対して敬語を使っちゃいかーん！　「妻に〜〜と言われました」で良いではないですか。

でもさ、もしかしたらこれ、天然を装って巧妙に仕組まれた敬語ミスなのかもね。だって、その後、妻は、大変出来た人なのでって続けるんだもの。出来た妻、心の広い妻、太っ腹の妻……尊敬せずにはいられない……だから自然に敬語が出ちゃったんですよっ、奥さん！

（誰⁉）

あのー、浮気した夫を寛大に許す妻を、「出来た奥さん」と崇めるの、もう止《や》めませんか？　いや、崇めても良いんだけどさ、それ、自分んちでやればいいじゃん。

また、そういう他人の奥さんを、あらかじめ自分のための予防線を張るかのように誉めたたえる世の夫連中も嫌。そんな妻をりっぱと思うのって、私の知る限り、日本のある種の男たちだけのように思う。あ、でも、そういう男たちの拠り所になりたい女たちも少なからずいるよね。女神願望？　車のバックシートでクィッキー（英語の俗語で急ぎの短いセックスをそう呼びます）にうつつを抜かしてた男のために？

日本には不実を正当化する便利な言葉がいっぱいありますよね。「手の平の上で遊ばせてもらってる」とかさ。セーフと言ってくださってるんでしょうね、その奥さんたち。

歓喜と反省のサイン会ロード

2019/7/18

新刊「つみびと」のパブリシティもひと通り終わり、芥川賞の候補作を読んだり、次作に思いを馳せたりするのどかな日々が続いています。

「のんびり」とか「退屈」とか「だらだら」などを人生の目標に掲げる私ですが、その時だけは、率先してハードスケジュールに身を投じる。それが新刊の発売前後のインタヴュー取材、そして、何よりもサイン会。読者の方々に直《じか》にお会いして、御礼を伝えられる唯一の機会ですから、大切にしています。

本来、照れ屋で、人前で話すのが大の苦手の私。講演会などは、すべて断わり、芥川賞の選考委員スピーチでも、どうにか逃げてしまおうと画策して、吉田修一くんに権利を譲渡するとか言って却下されているのです。そんな私故、初めの頃は、サイン会と聞いただけで、緊張のあまり引っくり返りそうになっていたのですが……。

あれから三十数年が経ち、今でも直前には足が震えてしまうほどですが、それ以上の至福に浸れる瞬間も訪れるのを身をもって知りました。しかも、毎回！

地震などで被災しながらも、山田詠美の本を読む自由だけはまだ残っているんだ、と自分に言い聞かせたと言ってくださる方、不治の病にかかりながらも、前よりあなたの本を読む時間が出来て嬉しいと笑う方……そして、今回の子供の虐待死を扱った作品に関しては、専門家の方がこう言って下さったのでした。

「これ、うちの学生すべてに読ませるつもりです」

もう、作家冥利に尽きるとはこのことか、と思って、泣いてしまいました。いらしてくださった皆さん、本当にありがとう。この場を借りて御礼を申し上げます。

……と、殊勝な気持で、小説家としての襟《えり》を正した私……だったのですが、大阪でのサイン会の後、他社の編集者たちも他の仕事にかこつけて、続々とホテルの私の部屋に集結していました。そして、床に新聞紙を敷いて、コンビニで調達して来た酒とつまみを広げ、学生飲み……いいえ、今時の学生さんは、こんな飲み会開いたりしないかもしれません。

貧乏学生飲み、とでも言いかえた方が良いかもしれません。新聞紙の上には、広げられたポテトチップスの袋や、たこ焼き、チヂミ、ファミチキ、紙コップの酒に缶ビール……あ、でも、リッチな大人を証明すべく東京から高級ワインを運んで来た人もいたし……と、これは、何の言い訳にもならない、大人げない飲み会がくり広げられたのでした。

さすがに大人ですから騒いだりもせず、終了後の片付けも完璧なのですが……私のベッドは、始めから究極のリラックスぶりを発揮した男共に占領され、後日、送られて来た写真を見ると、短パンにはき替えて立て膝になった私が中指を立ててロックオンしていました。

……殊勝な文学者になったわたくしであるのに何故……あ、あああ……と頭を抱えても後の祭りなので、過去は忘れて新しい気持で人生をやり直そうと思います。あそこにいた皆もそうするのよっ!!

今回、新大阪駅の新幹線のりばの奥に、ちょっと変わった売店を発見! ありきたりの大阪土産ではない食べ物を扱っているのです。たとえば京都のソウルフードと言われるSIZUYAの「カルネ」。スライス玉ねぎとハムの素朴な丸パンサンドウィッチなのですが、私の大のお気に入り。そして、黄身がトローリとした愛知出身ゆで玉子の「タマゴロウ」。関西版特別出汁《だし》の「どん兵衛」なんてのもあったよ。

偉いぞ！　カロリーメイト

2019/7/25

すごい発見！　とばかりに、今、私は有頂天になっているのです。もし、ネット情報などで当り前に認知されていたりするなら、ほんっとごめんなさいなのですが……。

その日の晩ごはん、私は、夫の大好物であるハンバーグをメインにしようと思い合挽肉を購入。我が家のハンバーグは、あれこれとつなぎを工夫したオリジナル……と言えば聞こえは良いですが、行きあたりばったりにあれこれ混ぜ込んだアドリブ料理なのです。

牛乳で湿らせたパン粉、玉子、玉ねぎは言うまでもなく、鶏肉の場合は、絹ごし豆腐や紫《し》蘇《そ》、ゆかりなども一緒に手でこねてしまいます。一〇〇パーセント牛肉、というのは、よほど良い肉で調理しないと、ただの肉々しい塊になってしまうので、家庭のハンバーグは、つなぎが命！　と思っています。

ちなみに玉ねぎは、その味自体が大好きなので炒《いた》めません。これは、サラダなどに使うオニオンスライスの時も同じで、水ではなく、空気にさらして使います。え？　辛くないのかって？　そこが良いんじゃないですか！

と、いう訳で、粗みじんにしたたっぷりの玉ねぎと挽肉、玉子をボウルで合わせて、ふと重大なことに気付いたのです。

パン粉がない！　パンもない！　これ、私のハンバーグには重要な役目をになっているのですが、なんと買い忘れていたのです。

あれー、困ったな。何か代わりになるものはないだろうか……クラッカーとか、おせんべとか……とにかく、何か粉もん由来のもの……でも、その日に限って何もない……と台所を見渡して、とうとう見つけたのです。

「カロリーメイト（チーズ味）」

というものを！　これ、災害時の非常食として常備しているものなのですが、もしかして使えるんじゃない？　粉もんの一種だもんね、レッツ　トラーイ！

という訳で、二本分を指で粉々にして、いわゆるクランブル状態に。そして、ひたひたに牛乳を注いで、どろっとしたところを挽肉のタネに投入。塩、胡椒で強めに味つけした後、しばらく寝かせて成形してから焼いてみました。カロリーメイトがチーズ味なので、蒸し焼きにする際、スマートチーズの欠片《かけら》をのっけて追い打ちをかけます。

そして、出来上がったものはと言うと……これが……うまーい!!

うちは、いつも夕食を多めに作って、翌朝、夫の朝ごはんにするのですが、すぐに小さめのハンバーグ六個ほどが全部なくなってしまいました。カロリーメイト……恐るべし。

たっぷりの玉ねぎと相まって、かなり風味豊かになるので、ソースは使わないで調理します。私は、淡路島ソースをオン・ザ・サイドに添えて、時々付けながら食べました。

この淡路島ソースも天才なんです。淡路島産のおろし玉ねぎと鳴門オレンジで作った甘めのソースなのですが、神戸で捜しても見つからずがっかりしていたところ、何と東京の某スーパーに置いてあったのでした。私の妹は、たっぷりの野菜を混ぜたオムレツにかけていましたが、これまた美味！　前にTV番組で、森山直太朗さんだったかが納豆にかけて、恋した！　とまでおっしゃっていたので私も真似してみましたが、うーん、これはどうかなー。

そういや、カロリーメイトって大塚製薬なんですよね。かつてのあそこの社長さんは私よりひとつ年下で、その昔、銀座の某所でお会いするたびに意地悪な姉のようにかまっていました。この愛すべき人物の享年は五十四。あーあ、この話を伝えたかったよ。えっへんって感じで。

顔面相似形覚え書

2019/8/1

アメリカNBAで日本人初のドラフト一巡目指名を受けた八村塁選手が注目の的となっています。大のバスケットボールファンとは言えない私も、何となく気になってTVのニュースを観ていました。

で、思ったんですが、八村選手って、ミュージカル俳優の山崎育三郎さんに似てませんか？　もう既に誰かが発見してるのかもしれませんが、どうせ週刊文春年末企画の「顔面相似形」に送ってもボツになるでしょうから、今の内に言っときますよっ！

あ、それと、これは誰もまだ気付いてないでしょうけど、同じNBAの渡邊雄太選手、韓国人俳優のユ・ジテにそっくりです。

ついでに、まったく関連のない相似形を上げたいんですけど……深夜のラップバトル番組「フリースタイルダンジョン」に出場しているラッパーの呂布《りょふ》カルマくんと、ハゲーっと秘書を恫喝《どうかつ》する音声を録音されて一世を風靡した（？）、元国会議員の豊田真由子さん。二人の昆虫っぽい顔の上半分のルックスがそっくりです。触角みたいな眉毛とか……って、まあ、こんなところで話を蒸し返されてる豊田さん、本当に気の毒なんですが。

と、相変わらず、しようもないことを思い付いてひとり膝を打ってる、それこそしようもない作家である私。

しようもないついでに、もうひとつ発見して、歓声を上げているんですが、八村塁くんの誕生日は、なんと二月八日！　私と一緒なんです！

と、いうことは、デザイナーの山本寛斎さんとも同じ！　亡くなった作家の船戸与一さんとも同じ！　ジェームズ・ディーンもね！

そして、「海底二万里」や「八十日間世界一周」を書いたフランスの偉大なる冒険小説家、ジュール・ヴェルヌとも一緒なんです。つまり、冒険的精神に満ちた人たちなんですよっ、二月八日生まれは。

昔、角川書店から出た「誕生日事典」という本を皆で夢中になって回し読みしていたことがありました。それは、古今東西の有名人をピックアップし、誕生日の日付だけで、さまざまな角度から人物を分析するというもの。これが、けっこう当たってるんですよね。で、山本寛斎さんとかに妙に親近感を持っちゃったりしてね。八村くんに対しても同じです。何の接点もなく、あちらの与《あずか》り知らぬことですけどね。

顔面相似形と言えば、私はかつて、週刊文春に二度載ったことがあります。日本人大リーガーのレジェンド、野茂英雄氏とシンガーの宇多田ヒカルさんに似てるということで。嘘つけ！　と言いたい方もいるでしょうが、どちらもうんと若い時で、それらの写真は、よく似ていました。

でも！　本当は、もっと私に似ている人がいるのです。それは、六〇年代から七〇年代にかけて、「渇いたブルースを歌わせたら右に出るものはいない」と言われた伝説的歌手の故・浅川マキさん。

前から似ていると言われ、自分でもそうかなーと感じていたのですが、この間のサイン会で読者の方に、マジ似てますよ、というメッセージ付きでライヴのパンフレットをいただいたのです。それを見て、びっくり！　ほんとだーっ！　角度によっては生き写しじゃん!!

あ、そのサイン会の後で、出版社の営業の青年が若い頃の東幹久に似ていたので伝えたところ、よく言われるそうな。でも、懐かしいねー、オクトパスアーミー！　と言ったら、その場の誰も知らなかった……私、おばあさん？　映画にもなった有名洋服屋だよ！　彼が渋谷のチーマー役をやってたの！

趣味です！　顔面考

2019/8/8

前号で、私の気付いた顔面相似形を得意気に羅列しましたが、もうひと組付け加えさせてもらいたいんですよっ！

と、いうのも、この間、久し振りにＴＶ番組で生で歌ってる世良公則さんを観たのです。昔と変わらぬすごい迫力のマイクパフォーマンスでしたが、私は、年月の刻んだ目尻の笑い皺《じわ》に目が釘付けでした。笑顔でロックンロール……あれ？　誰かに似てるよ？　と思って見詰めていて、ようやく気付いたのですが……。

世良さんの笑顔とマラソンの福士加代子選手のそれって、似てませんか？　ねえ、どうして、そんなにエネルギー全開で笑えるんですか？　と素朴な疑問をぶつけたくなる、「満面」という言葉に相応《ふさわ》しい、あの笑顔……っていうか、笑い皺。ひねくれもんの私には、とても真似出来ない……いや、誰も望んでないでしょうけど。

そうだ！　ついでにもうひと組。これは、ある瞬間だけ似ている！　と思ってしまうのですが、元テニスプレイヤーにして、ＴＶの人気コメンテーターの沢松奈生子さんと、元卓球世界チャンピオンの丁寧選手。ある瞬間とはいかなる瞬間ぞや、と聞かれたら、どうにも答えようがないのですが……。

人の顔っておもしろいですよね。ここで、あれこれあげつらっているのでもお解りのように、私は、人の顔を観察するのが大好き。そこには、美醜とはまた別のさまざまな価値が備わっているのです。

ここで重要なのは、美人美男であるのと、その人が魅力的であるか否かは必ずしも一致している訳ではないということ。つまんない美人もつまんない美男も世の中には大勢いる。私は、美醜にかかわらずニュアンスの漂う顔が好きです。たぶん、世で言う「メンクイ」とはまるで無関係の趣味を持っているのでしょう。

その昔、若い女優との不倫がばれて世の中（と、同業者の妻）から大バッシングをくらった当時の人気俳優が、事実無根と言い訳するために、こう発言したのでした。

「彼女は、床の間に飾っておきたいような女の子なんですから」

例によって、倫理の観点からは、この俳優を糾弾する気など、まったくなかった私ですが、この言葉によって、彼の株は大暴落（当社比）。床の間に飾る……うちの実家の床の間には、いただき物でどうすることも出来ずに、鮭をくわえた熊の彫り物が埃にまみれて飾られ……いや、置きっぱなしになっているのだが……と思い出して暗い気持に。

時々、あの人は美人っていうだけで価値があるから、何もしなくて良い、などという褒め言葉を使う人がいますが、これ、言われた方も内心忸怩《じくじ》たるものがあるんじゃないでしょうか。ましてや、床の間に飾っておきたいと言われて、いくら時代が違うとはいえ、その彼女、嬉しかったとは思えないんですけど。

床の間＝神聖＝肉体関係なし、という言い訳の三段論法。床の間に飾っておきたいほど清らかなお顔のお嬢さん。なーんか、つまんなそう。でも、豹変したら楽しそう。

顔、と言えば、私の夫って、すごく目つきが怖いんです。ライン入りのジャージの上下着て立っているだけで、日本一、木刀の似合う男との異名をとるほど（当社比）。迫力の無駄づかいと私は呼んでいるのですが……。

ほら、今も、まるでスナイパーが獲物をねらうような目つきで、ＴＶのラーメン特集を見詰めているではありませんか。ほー、豚骨か……と呟きながら……。

TV番組演出の怪

2019/8/15

何か事件が起った時、近頃はツイッターに寄せられた声というのを立て続けに紹介して行きます。私、実は、これが我慢ならないんですよ。

いいえ、実際に寄せられて画面にあげられている意見のことではないんです。私がイラッとするのは、それを読んで行く際のTV局側の音声の話。なんか、すごーく素人臭いイントネーションをわざとらしく付けてないですか？　どれもこれも、ほんと、頭悪そうに不平不満を言いつのっているように聞こえる。あれ、なんで？

事件の被害者が子供だった時には、その子を代弁して、大人がわざとらしい子供声を作って訴えかけたりする。メモが残っていたりしたら、わざとたどたどしく読み上げて、悲しみを演出しようとする。あれ、なんで？　プロのものじゃないですよね？　あの人たちの声。だったら、普通のナレーションにすれば良いのに。

これ、前にもどこかで書いたことがあるのですが、小さな女の子が痛ましい事件によって命を奪われてしまった時、現場で実況しているリポーターが悲痛極まりない声で言ったのでした。その日は、七夕。

「○○ちゃんが、笹の葉に飾った願いは、とうとう叶えられることはありませんでした」

でもさ。その笹の葉に飾られた短冊にはこう書かれていたんです。

「プリキュアになりたい」

あのー……生きていたら、プリキュアになれる人っているんですか？　いい加減だなー。

私は、いつも、家事をしながらＴＶを点《つ》けっぱなしにしていて、ラジオのように音声を聞きながら、気になる部分だけ観ています。朝が多いので、だいたいはニュースや情報番組が主です。

で、どうして、現実問題をピックアップする時に、こんな演出をするのかなー、などといちいち首を傾《かし》げてしまう訳です。リアルとほぼ同時進行で、これやるのって御苦労だなあなどと思ってしまいます。

たとえば、悲惨なニュースにＢＧＭを流すのって、どうなんでしょう。速報として入って来た時には、もちろん、そのままアナウンスされます。しかし、再び情報番組でそれが流される時は、もう過剰な演出がなされているのです。その時間差のわずかなことたるや、ものすごい反射神経で感心してしまうほどです（ええ、皮肉です）。

悲劇は、こうして消費され、見せ物になって行くのでした。あの、三・一一の東日本大震災の時もそうでしたね。私たちがＴＶの前で言葉を失っている間に、某局は、津波の映像と共に、おどろおどろしいドラマティックな音楽を流し始めていました。そして、いつのまにか現地に飛んだアナウンサーが泣きながら被災地を歩いていた。CMより、こっちの演出過多を自粛して欲しい……と思ったのは私だけでしょうか。

ある殺人事件で子供が変わり果てた姿で見つかった時、その種の専門家らしいコメンテーターが言いました。

「普通だったら、家からもっと遠いところに遺棄するんですけどねえ」

普通……この場合の普通って、どういうことだか言ってみなさーい!!

と、まあ、点けっぱなしのながらTVの前で、ひとり井戸端会議を開いているんですが、

そんな私が好きなのは北斗晶さんの「おびゴハン！」。どれも簡単でおいしそうだし、何しろ、北斗さんの笑顔で幸せな気分になります。そして、本日のおさらいのところで流れるBGMが私の青春時代のソウルミュージックなのだ！

言葉が印象操作する

2019/8/22

お笑い芸人さんにも吉本興業にも、まーったく詳しくない私ですが、所属芸人のヤミ営業をめぐる岡本社長の記者会見は、見るともなしに見てしまいました。途中、食事の約束があったので家を出たのですが、何と五時間半も続いていたとか。

翌日、グダグダ会見とか言って、どの情報番組でも総力特集していましたが、ほんと要領を得ない隔靴《かっか》掻痒《そうよう》感に満ち満ちていて、思わず、孫の手持って来ーいと言いたくなるものでした。あ、孫の手は背中を掻くのか。

TVを観ていたら、色々な芸人仲間やコメンテーターの人々が呆れたり憤慨したりしていました。で、私も、なっとらん！　どん!!（机を叩く音）と、糾弾したくなったのですが、実は、例によって全然違うポイントでイラッとしていたのです。

皆さん、あの、のらりくらりとした責任転嫁ぶりに腹を立てていたようですが、私が指摘したいのは、岡本社長が何度か口にしたこの言葉。

「ぼく的には〜〜」

……あのさあ……あなたいくつ？　私、いい年齢《とし》した大人が、その言葉使うの大嫌いなんですよ。そういう物言いは、若者と馬鹿者にまかせておけば良いんじゃないですか？　大勢を率いる立場の会社の社長ともあろう人物が……あ、社長が馬鹿者であった場合ですか？　うーん、仕方ないのか。

まあ……いずれにせよ、公の場での言葉の使いようで、人は自身のイメージを上げることも下げることも出来る。いや、自ら下げたい人はほとんどいないでしょうけど、はからずもそうなってしまう場合は多々ある。そして、それに気付かずにいる鈍感な人間がどれほど多いことか。

私は、毎回、新刊が出るたびにさまざまなメディアでインタヴューを受けます。いわゆるパブリシティというやつなんですが、この時、単なる宣伝と思って作品アピールをすることはありません。

読んでもらえれば解る、と基本的には思っているものの、インタヴューアーの質問には、とても真摯な気持で答えます。このやり取りがきっかけになって、ひとりでも多くの方が自分の本を手に取ってくれれば、と切なる願いを込めて話すのです。

そして、素晴しいインタヴューアーの問いかけによって、書いている時には意識していなかった深層心理が導き出されることもある。そういう時は、まるで感度良好なジャズのセッションに参加しているような気分になり、出会いに感謝したくなるのです。

デビューから早三十数年。そんな出会いを何度くり返して来たことでしょう。冥利に尽きる対話を持てたこと、数知れず。

しかーし！　好事魔多し、です。時々、自分の仕事に何のプライドも持たず、インタヴューイーの私をわざわざ嫌な気分にさせるために来るような人たちもいるのです。今回も一件ありました。某男性向け週刊誌からやって来た男女二人です。

意図的なのか、そもそも人に敬意を払う格好ではないんです。しかも、渡された名刺には、別の会社と雑誌名が記載されている。尋ねると、そっちの仕事もしているんでー、だって⁉︎これ身分詐称じゃないですか。雑誌も持参してないし。そして、私に関しても何も知らない。

私、日頃、自分自身にリスペクトを強要することなど絶対にない人間なんですが、この時は叫びたくなりました。もっと真面目にやらんかーい‼︎　と。でも、作り笑いで耐え抜きました。相手、「センセ〜、今度はいつ事件モノやるつもりですかあ？」と悪びれずにへらへらしていました。くーっ‼︎

あおり聖域《サンクチュアリ》の人々

2019/9/19

あおり運転殴打事件の宮崎、喜本容疑者に関するニュースが連日流されていました。その奇っ怪さにおいては、いよっ、御両人！　と声を掛けたくなるようなお似合いぶり。後続の車をストップさせて降りて来る時の服装やたたずまい、あの威嚇の仕方など、池上遼一先生の漫画の登場人物を彷彿《ほうふつ》させて、被害者の方には大変申し訳ないのですが、思わず吹き出しちゃいました。

自分たちがイメージしている「絵」というのがあるんでしょうね。でも、悲しいことに、はたから見ている現状は、ただの奇矯なおっさんとおばはん。本人、池上先生の「サンクチュアリ」の登場人物のひとりである渡海《とかい》になり切っているに違いないんです。

あ、ちなみに、この「サンクチュアリ」というのは、数ある池上先生の傑作の中でも、私たち女子（当時）の心をつかんで離さなかったというスペシャルな作品なんです。カンボジアのクーデターで地獄をくぐり抜けて日本に帰国した二人の少年たちが、ひとりは表舞台で、もうひとりは裏社会で、共に日本という国を導いて行こうとする物語。

何人もの魅力的な男たちが登場するのですが、私の周囲には、それぞれにファンがいました。それを知るたびに、へー、人の好みって色々なんだなあ、と呆れるやら感心するやら。私の推しは、弁護士から政治家に転身する浅見なのですが、これはわりと普通のインテリ眼鏡男子好きのテイスト。

驚いたのは、世の中には渡海好きも一定数いるということでした。この男は、反社会的勢力（やくざじゃ駄目なんですかね）の構成員。常に人々を威嚇し、女と見れば、すぐにトイレに連れ込んでことに及ぶ、ほんとどうしようもない奴なのですが、時々、チャーミングな表情を覗かせる人たらし。でも、迷惑な奴には変わりないんです。

宮崎容疑者も、セルフイメージは、あんなだったんだろうなあ。高級外車と帽子とサングラスという自分にとっての三種の神器で万能感のスウィッチを入れていたんでしょう。そして、そこに波長を合わせた女が付いて来る。二人だけの世界で完結してりゃ良かったんですが、自意識が過剰過ぎて外にはみ出しちゃったのね。通じないのに……。

六〇年代に公開されたアメリカンニューシネマの先駆的作品に「俺たちに明日はない（原題“Bonnie and Clyde”）」という格好良過ぎの映画がありますが、男女の銀行強盗、ボニーとクライド症候群の男女って、たまーにいますよね。まあ、後のタランティーノ監督の「トゥルーロマンス」症候群に続いているとも言えるんですが、悪事をくり返して逃避行を続ける二人。でも、日本では、おうおうにして、その悪事がしょぼいので全然さまにならないんです。だからさー、もう止《や》めようよ。威嚇とセットのクレーム。教育現場でも少なくないようです。福田ますみさんの「でっちあげ」（新潮文庫）なんて、まるっきりホラーです。

　実は、私も若い頃あおり運転による交通事故に遭って女三人、救急車で運ばれたことがあるんです。高速で、私の女友達が運転していたら目を付けられ、これがもうしつこいの何のって……震えながら八王子第二出口で降りてハンドルを切った途端、車は横転し、そのまま急カーブを数十メートル。逆さになった車の砕けたフロントガラスの間から這い出した私たち。少し前まで、ペイデイ前の東京は全然いい男いないねー、横田に帰ろっかーなんて、ビッチな発言をしていたのですが、突然、しょぼーん。道路、凍結してたら死んでたよ、と警察の人に言われました。頼むよ、宮崎さん！（仮名）。

私、炭水化物の味方です！

2019/9/26

残暑はいつまで続くのか。暑い内に心おきなく！　とひとり意欲を湧かせて拳を握りしめる私。……えっと……何に対してかというと、冷たいそうめんの食べおさめに……なんですが。すいません、相変わらず能天気で。

ここのところ、炭水化物をまるで毒のように扱うのが流行していましたが、ふん、そんなの関係ないね。日本人が大昔から伝えて来た食文化を全否定するなんて間違ってますよ。米がそんなに体に悪いなら、もうとっくに日本人なんて滅びてるんじゃない？

食の流行って、ほんと入れ替わりが激しいですよね。特に、そこに健康に関する要素が入ると、皆、一家言あるかのごとく語りたがる。何でも極端な方向に行くのは良くないと私は思うのですが。

私くらいの年齢《とし》の人なら、まだ記憶に残っているでしょうが、二十数年前、某女性ファッション雑誌が火付け役となり、「世にも美しい」と銘打った糖質制限ダイエットが一大ブームを巻き起こしたのでした。主食は青菜。エネルギーを補うのは大量のバター。そして、ミネラルたっぷりの塩をふんだんに。

提唱者の女性作家は、自身がそのダイエットの成功を身をもって証明し、彼女のスタイリッシュな文章とパートナーであるイラストレーターの方のお洒落な絵に皆、夢中になったのでした。ええ、もちろん私も。何しろ仕掛け人の編集者が親しい人だったので、なかば強引にやらされていたのです。すぐに挫折しましたが。

そのダイエットは何しろ速攻で効果が出るので、あっと言う間に広まって行きました。周囲の人々は、どんどん痩せて行きましたが、サンドウィッチの中身だけとか、はがした鮨の上の魚介だけとか、そんな食べ方をする知人を見て、やだなーと私は感じていました。しかし！　ダイエットの成果は品格を凌駕《りょうが》する！　もう、止まらないのです。

ブームが最高潮に達したある日、提唱者の女性が急死しました。すると、あちこちから一斉に、そのダイエットの問題点を指摘する声が上がり、あっと言う間にブームは終了。私の周囲の人々は、すぐさま、プクプクとした体型を取り戻し、幸せそうに再びごはんやらうどんやらに舌鼓を打つようになったのです。

提唱者の女性が亡くなったのが自ら作り上げたダイエットメソッドのせいかどうかは不明ですが、あまりにも狂信的な事柄が、心にも体にも良くないというのは真実だと思います。しかしなあ、ニューヨーク帰りの女って、どうして、あんなにも断定的でファナティックになるのか……さまざまなツールのおかげで、こんなにも世界が近くなった今でも、そう。この間も、私、ニューヨーク在住の日本人女性の本を読んで、その自己肯定ぶりに呆れたばかりです。まあ、あの街出身の男と結婚していた頃の私にも似たとこありましたが。

話は、そうめんに戻りますが、近頃、これまでのそうめん常識の間違いがあちこちで指摘されていて、びっくり。いわく、ゆでる際の差し水は歯ごたえをそこなうとか、氷水にそうめんを浮かせては味と風味が解らなくなるとか……。

でもさ、びっくり水（差し水）は調理の目安として便利だし、小さい頃、ガラス鉢の中の氷水で冷え冷えになったそうめんと、そこに浮かんだ果物の彩りに夏の喜びを感じませんでしたか？　私はトラディッションを守るもんねーっ。

我家の定番は、めんつゆを豆乳で割って、たっぷりのオニザキのすりゴマとラー油を入れた冷やしタンタンそうめん。旨《うま》いよー。

R.I.P.惜別の夏は過ぎ

2019/10/10

はーっ、今年の夏は友人知人が次々と亡くなりました。七名ほども。とても残念ですが、よく考えるとどなたも七十代後半以上。きちんと寿命をまっとうなさったと拍手で送って差し上げたいです。

でもねー、皆さま方、私がデビューした頃から、三十余年に及ぶお付き合い。記憶のクロゼットから思い出を引っ張り出してあれこれ偲んでいると、やはり深い喪失感に襲われます。年取って来てるんだなー、私も、とつくづく感慨に耽《ふけ》ったりして。

唐代の詩人の詩で「勧酒」というのがありますが、井伏鱒二の名訳で有名ですね。

「花発多風雨（花発《ひら》けば　風雨多し）

人生足別離（人生　別離足る）」

これを井伏さんは、

「ハナニアラシノタトヘモアルゾ

『サヨナラ』ダケガ人生ダ」

と訳しているんです。若い時から、同年代の人たちより多くの親しい他者の死に目に遭って来ている私ですが、嘆き悲しんだ後には、いつも心の中で、このフレーズを反芻《はんすう》していま す。おまじないみたいなもんですかね。

とはいえ、寂しい気持なのは変わりありません。この間も、安部譲二さんが亡くなった時は、ずしんと来ました。

亡くなって、すぐに奥様から連絡をいただき、最後まで仲良くしていた数人、そして、夫と御自宅まで会いに行って来ました。安部さんは、私たち夫婦のプロポーズの目撃者でもあったのです。ま、偶然で、しかもその直後に「ヒロちゃん（夫）、結婚前にもっと遊んどけ！」といらぬアドヴァイスをするという困ったおっさんで……ああ、彼に関するエピソードを語り始めたらきりがない。

私は、死をもって自分の前から去って行こうとする親しい人に対峙すると、地団駄を踏んでこう訴えたくなるのです。

「ちょっとー、まだ話し足りないんだけどーっ」

そして、こんな我儘《わがまま》を言ってむずがりたくなる。

「なんで、今な訳？」

口にしても詮ないことなのにね。ついでに、既に故人となりつつあるその人と飲み食いした記憶が次々と甦る。食いしん坊の本領発揮というところでしょうか。

安部さんとも、ほんと色々なものを一緒に食べました。アメリカンスタイルの部厚いプライムリブ、安部さんの箸の先では、まるでおままごとのように見える雅《みやび》な懐石料理、気楽なオステリアのイタリアン、ちょっと気取ったビストロのひんやりとしたヴィシソワーズ。私の手料理も何回かありました。そうだ！　画家の故・佐野洋子さん心尽くしの酒肴が並んでいた夕べも堪能しましたっけ。でもでも、一番、安部さんが好きだったのは、吉祥寺の「武蔵」という居酒屋さんでした。

武蔵は、作家の故・吉村昭さんも愛した吉祥寺の名店で、炙《あぶ》り焼きが名物。「武蔵二刀流」と呼ばれる魚一匹を半身に分けて刺身と焼き物にしてくれます。私たちは、いつもノドグロを頼んで舌鼓を打ったものです。安部さんは、奥様にたしなめられながらも、この日だけは、と日本酒に喉を鳴らしていました。

去年行ったのが最後になってしまいましたが、本当に楽しい夜でした。酔っ払って肩を組んでいる私たちの写真が、今、手許にあります。三十余年の付き合いが凝縮されているみたいな御機嫌ぶり。「サヨナラ」ダケガ人生ダ、なんて呟きながらも、私がいずれあちらに行ったら、安部さんはこう言ってくれると信じているんです。詠美ちゃん、何飲む？　って。

PTA会長のパパ絶賛使用中！

2019/10/17

この間、週刊新潮を読んでいたら、ある記事に目がとまりました。それは、ハリウッドセレヴや歴代総理のヘアメイクも担当して来た日本人の有名ヘアメイクアーティスト（以下アーティスト）が、アカデミー賞授賞式後のいわゆる「アフターパーティ」を巡って騒動の渦中にいるというもの。

被害を受けたという女性たちは、そのアーティストの名前をブランドと信じ高額チケット（50万円!!）を買って参加したのに内容があまりにもお粗末だったと訴えているのです。

いわく、有名俳優なんて来なかったし、ただ食事をしながら授賞式の途切れ途切れの生中継をホールで観るだけのイヴェントで、その食事もまずく、水を頼むのも別料金。そもそも、千ドル（約11万円）を払えば誰でも参加出来るパーティだった……と非難ごうごう。

それに対してアーティストは、チケットを仲介販売した後輩と主催者側の落度を強調し、自身の責任は否定。すると、今度は、その後輩が自分はまったく悪くないと反論。さて、どちらの言っていることが正しいのか……と、概要はこんな感じ。

取り上げといて、何なんですが、私、この騒動の内容自体は、ほんと、どうでも良いんですよね。50万もするパー券とは無縁だし、アフターパーティで俳優の顔を拝みたいと思ったこともないので。客も、アーティストもその後輩も、たぶん私とは無縁の人々だと認識してますし。

実は、気になったのは騒動自体ではないんです。このアーティストが安倍総理夫妻と仲良しで、インスタグラムに有名人とのツーショットと並んで、安倍昭恵夫人との親し気な写真を載せている。そして、夫人がアーティストのオリジナルブランドを愛用しているとしっかり宣伝しているそうな。

……いや、しかし、私が、おおっと驚愕したのは、この事実ですらないんです。騒動を取材していた記者にアーティストが言ったというひと言なんです。

「こんなことになるなんて、安倍総理に相談しようかしら。少なくとも昭恵さんには報告したほうがいいわね」

……あのー、これ本心から出た言葉なんでしょうか。それとも記者を牽制したんでしょうか。私には、権力者が付いてるんだからね、とか何とか。いずれにせよ、これ、今年、私が目にした、最も不快な発言でした。虎の威を借る気まんまん。

これが本当なら、お尋ねしたいんですが、一国の総理が個人の騒動に便宜を図るという、そして、それを錦の御旗として振りかざす人々が周囲には集まっている。この国はここまで、あからさまな権威主義がはびこっていたんでしょうか。

なあんて……そうですよね。ずい分と、青臭いことを言ってしまいました。人間社会って結局、権力者と、周囲にいる自分もその権力は使い放題であると思い込む阿呆が牛耳って行くものなんですよね。

でもね、私、このアーティストみたいなことを何の逡巡もなく言ってのける人とは、まったく相容れず、嫌悪の対象になってしまうんです。本物の権威はリスペクトしていますが、権威主義とそれを取り巻く有象無象にはぞっとする。

大昔の少女漫画では、「私のパパはPTA会長よ!!」といばる性格の悪い美少女が登場したものです。今となっては、それがどうした！の笑い話ですが、現実社会では脈々と続いて来てるのねー。はっ、あのモリカケもパパがPTA会長だったのか……（皆さん、もう忘れてますすね）。

セクスィー環境相小泉さん

2019/10/24

この間、天気が悪くて買い物に出るのも億劫になってしまったので、夫に言ったのです。

「今晩のごはん、残り物料理みたいになっちゃうけどいいかなー」

すると、夫は、もちろんだよーと物解り良さげに反応した後、こう続けたのです。

「残り物料理は知恵が付くからね」

……あのー、もしもし？　作るの私なんですけど……私の足らない知恵について何か言われたくないいんですけど……。

その後すぐに、うっかり口にしてしまった自分の発言がおかしくて、げらげら笑った夫。

ええ、知恵を絞って夕ごはんを作りましたとも！

これからの季節、残り物料理と言えば、やはり温かいスープですよね。冷蔵庫の野菜室に放って置かれて残念なルックスになってしまったのを片っぱしから刻んで、ベーコンなんかと一緒に鍋に放り込んで煮込む。時々、蓋を開けて、ほわっと立ちのぼる湯気に視界をくもらせながら、おたまでかき混ぜる時にいつも思うんです。愛する家族や友人たちのために作る料理の湯気って、一番、肌に良いんじゃないの？　って。高価な美容スチーマーみたいなのより、ずーっと効果あり。

そんな時の鍋の中の具材は、溶け合って寄り添い、とってもセクシー……ええ、これから、私が誰に難癖を付けようとしているか、もうお解りですね。気候変動への取り組みをガラビー（GOT TO BE）・セクシーと力強く語ったあの御方。

私が改めて説明するまでもなく、新しく環境大臣に就任した小泉進次郎さんが国連の気候行動サミットの場で物議を醸したのは「気候変動のような大きな問題は、楽しく、クールで、セクシーに取り組むべきだ」という発言。この場でセクシーとは？　という周囲の疑問に、いや、英語ではニュアンスが違って、「格好良い」「イケてる」みたいに使われることもある、とか、そもそも、隣にいた女性前事務局長の発言を引き取ったものである、など、擁護する意見も聞かれました。確かにあのおばさんと目配せしてたもんね（あ、おばさんって、私、おじさん同様、蔑視用語とは全然思ってないので、そこのところ、よろしく）。

でもさ。確かに、アメリカで〝ｓｅｘｙ〟という言葉は、格好良くて人目を引く場合に使われますが、でも、そこには必ず「そそる」みたいなニュアンスが伴うし、それに、カジュアルな場でしか耳にしたことはありません。あったとしても濃い内容ありきの外しテク。この場合、私には、すごく奇異に感じられました。まあ、学のある人々の英語は違うのかもしれませんが。

もう、多くの皆さんには忘れられた昔話になっているでしょうが、二十年くらい前に港区のホテルで五十歳の若さで自死した新井将敬という政治家が「エロチックな政治―生きるため死ぬための言葉」という著書を出したことがありました。この時、彼の標榜した〈エロチックな政治〉という表現にも、ものすごく違和感を覚えたものです。

私、政治って言葉だと思ってるんですよ。どんなに政治家としての才覚があろうとも、言葉に対するセンスやデリカシーがなければ、その座を追われてしまうのです。しかし、もっと、駄目なのは、いかにもセンスやデリカシーがあるように装って、実は、具体的なポリシーが何もない場合。小泉さん、「寄り添う」とか「心を寄せる」とかいう言い回しが好きそうですね。往年の人気女性R&Bシンガー、シェリル・リンの大ヒット曲で、“GOT TO BE REAL”（ガット・トゥ・ビー・リアル）というのがあるんですが、使うなら、むしろ、こちらでは？

秋のおやつ革命勃発！

2019/10/31

　ガリガリ部の一員です。発売前から気になってたまらなかった「ガリガリ君リッチ たまご焼き味」をついに購入。早速、食べてみました。

　あー、なるほど。悪くはないです。宅配寿司の玉子を凍らせた味がします。リピートしてもいい。何しろ、あのナポリタン味の大失敗がありましたから、心配していたんですよねー、余計なお世話でしょうけど。

　もう六年近くになるでしょうか。うちの近所のスーパーが閉店するので在庫一掃セールをやったのです。その時、冷凍食品のコーナーに、大量に売れ残ったナポリタン味のガリガリ君が並んだのです。その様は、壮観とも言えるもので、目にした瞬間、思わず溜息をついてしまったほどです。

「はー、こんなに仕入れていたのか……そして、こんなに売れ残っちゃったのか……」

　ガリガリ部としては、せつない想いで胸がいっぱいになりましたが、買わずに通り過ぎました。すると、他のお客さんたちも一瞥《いちべつ》するのみ。大量に売れ残ったナポリタン味は、売れ残ったまま有終の美を飾ったようです。

母さん、僕のあの帽子……じゃなかったガリガリ君ナポリタン味、どうしたんでせうね？
……これ、映画「人間の証明」にキャッチフレーズとして使われた西条八十《さいじょうやそ》の詩の一部をもじってみたんですが（お若くて知らない方は御自分で調べてみて下さいね。今は亡きジョー山中が出演、そして主題歌を歌う、角川映画にしては〔失礼！〕とっても良い出来なんです。松田優作もいい感じ）。

ほんと、あそこに並べられてたナポリタン味、どうしちゃったんでしょう。きっと廃棄されてしまったんでしょうね。でも、そうなるのは運命だったかもしれません。赤城乳業さんの攻めの姿勢は素晴しいとリスペクトしていますが、あのナポリタン味を見かけた子供がこう言ったんです。

「ママー、これ、ゲロの味がするよね？」

心の中で、やれやれ子供は正直だなあ、と思いました。ほんと、はるか昔の学校給食の冷えたナポリタンを食べた瞬間にこみ上げて来る胃液の味。

今の給食は、私たちの時代と違って、ずーっとおいしくなっているとは聞きますが、でも、ゲロの味は変わっていないんですね（しつこい）。その前に発売されたコーンポタージュ味の新鮮なおいしさに感動していたので、面食らってしまったのです。これ、販売に踏み切るって、すごくない？　って。

私が、今、大好きなのは、ローソンのウチカフェシリーズのアイスバー。とろけるフルーツの食感がたまらない。特に、ラ・フランス！　秋の定番のガリガリ君梨味をお休みして、こちらに浮気しています。巨峰&シャインマスカットも完熟感がすごい。チョコレートバーもとろっとろです。

若い頃、私、果物ってほとんど食べなかったのでした。え？　メロン？　生ハムをのっけてくれたら食べてやってもいいよ、とほざく不遜さでした。

でも、年を取るにつれて大好きに。そして、あれこれと試す内に、色々と新たに知ることが増えて、目から鱗が落ちてばかりです。

皆さん、西瓜《すいか》の種って食べた方が良いのを知ってましたか？　たんぱく質の代謝を促したり免疫系維持にも重要な役目を果たすヴィタミンB6がたっぷり含まれているそうな。あと、葡萄《ぶどう》やプラムに付いている白い粉は、熟した新鮮な果実に付くブルームと呼ばれる天然物質だそう。私、農薬かと思って親の仇みたいにごしごし洗ってました……無知。

台風一過で憂鬱残す

2019/11/7

台風一過の朝、澄み切った青空の下、この原稿を書いています。普段だったら、秋晴れで気持良いなあ、などと呑気に頬杖をつくところですが、一夜明けて、各地の被害の現状をニュースで知ったばかりなので、暗澹《あんたん》たる気分です。

昨晩は、心配で、ずっと宇都宮の実家で両親の介護をしている下の妹と連絡を取り合っていました。幸い実家は、被害をまぬがれましたが、ものすごい雨風に、少しも気を抜けない様子だったようです。私の実家は、築四十年以上の古い家なので、自然災害の危機にさらされるたびに、本当にはらはらするんです。

今回も、宇都宮駅前の田川や佐野の秋山川が氾濫したと聞き、ずい分と気をもみました。田川のあたりって、確か、前にも浸水したんじゃ……。

駅から繁華街方向に行ったところに宮の橋という橋が架かっているのですが、常々、もう少し整備すれば良いのにと思っていたんです。川沿いに遊歩道とは名ばかりの小道が続いているんですが、有効活用されているとは、とても言えない感じ。この街って何だか派手なところばかりに優先順位をおいてお金を使ってる感じがしてるんです。

私の実家の周囲も、近代的な施設を建設するために、ものすごい本数の木々が切られてしまいました。それまで、防風林の役目を果たしていたものが綺麗さっぱり失くなってしまったので、台風などで強風、突風が吹いた場合の心許なさといったらないんです。ゴォーッゴォーッとすごい音がする。たぶん、いつか、私の実家のようなボロ家は、「三匹の子豚」のわらの家のように吹き飛んでしまうでしょう。でも、行政には関係ないのね。死に行く老人の住む家だから。

最近、この日本という国自体が間違ったところにばかりお金をかけているような気がしてなりません。ピカピカしたものにばかりお金を使って見せびらかすのを、昔は「成金」と呼んで馬鹿にしたものなんですが……まあ、貧乏のどん底にいた作家志望の若者であった頃から、お金に関して考えることが大の苦手だった私ですので、あんまり大きなこと言えないんだけどさ。

バイト代入って、急に御大尽な気持になり、ぱーっと行こうよ！　私、宵越しの銭は持たぬ主義だもーん、と言って友人にたしなめられたこともありました。そういう台詞《せりふ》は、もう少しだけお金を稼げるようになってからね、って。しゅーん、ごもっとも。

千葉を襲った前回の台風で家が半壊し、まだ修復のめども立たない内に、再び避難を強いられることになったおばあちゃんが、怖い怖いと泣いている映像をＴＶで観て、こちらも苦しくなってしまいました。オリンピック以前にすべきことは山程ある。

自然災害だからどうにも出来ない、と言われればそうなのですが、重要なのは、その後《あと》。（被災者に）寄り添って、とか、心を寄せて、と口当たりの良い言葉を発する政治家の顔が見えるよう（皆さん、チェックしてみましょう）。そんな言葉を使わずにプラクティカルに問題を処理解決してくれる人物がいたら、と切望して止《や》みません。クールでなくても、セクシーでなくてもいいよ。当然のことながら楽しんでやる事案でもない。あー、私は、また、あの、ポエマー政治家を揶揄《やゆ》しようとしている！

あ、まったく余談なんですが、よく映画で、激しい雨の中、ずぶ濡れで抱き合ったり口づけを交したりするラヴシーンがありますよね。あれ、なんで？　何故わざわざ野外で傘もささず……自転車二人乗りの恋人たちの場面と同じくらい謎です。

ノー宴会、ノーライフin大阪

2019/12/19

新刊「ファースト　クラッシュ」発売記念サイン会のために、大阪、名古屋に行って来ました。例によって宿泊先には親しい編集者たちも駆け付けてくれて、私の部屋の床に新聞紙を敷いて学生飲み。この後、寝るだけだし～～と言わんばかりの格好でくつろいでいる人もいました。

もうずい分と昔に見つけたお隣のない部屋。他の宿泊客に迷惑をかけないために捜し出した大発見……なのですが、普通の人には、さぞかし使いづらいかと。気づかいある大人としてがんばってる……でも、何故、わざわざそんな気づかいを必要としてまで飲み会をする……もう、よく解りません！　私たち、このまま行こうねー、と誓い合うこのグループの掲げるスローガンが、

「NO　ENKAI（宴会）、NO　LIFE！」

もしくは、

「ENKAI　OR　DIE！」

後日、参加者が送って来た写真では、やはり、変顔を通り越して威嚇顔になった面々が、

イエーイ・ロックオーン！　とばかりに指を立てていました。もちろん、私も、短パン、Tシャツの海辺のちんぴらみたいな格好をして両手を上げたバンザイ　PS・ファックユーみたいなポーズでのけぞっていました。それを見た友人が呆れて言ってました。

「あんたら、KISSか⁉」

あー、ほんとだ。私、まるっきり、ジーン・シモンズじゃん！　……何故でしょう……全然ソウルフルじゃない……「ソウル・ミュージック　ラバーズ・オンリー」な私であるのに。

朝、起きたら、あれだけ飲み食いしたというのに、部屋は驚くほど片付いていました。ゴミは、ゴミ袋にちゃんと分別され、部屋の隅にまとめられていました。さすが、大人の所作です。でもさー、ゴミ袋を持参してまで、大阪に宴会しに来る人たちって……ええ、エコです。クールです。セクシーです（Ⓒ某環境相）。

名古屋に向かう新幹線の車中で、昨夜のはしゃぎ疲れを払拭すべく、ランチで栄養補給しようとする私たち。座席を回転させ、四名で向かい合って舌鼓を打とうとした時、ひとりが失策を犯したのです。

新大阪駅にある某サンドウィッチ店は、お洒落で高級そうな感じ。その店構えに引き付けられて、いつも列が出来ています。

駅の売店をクルージングするのが大好きな私は、担当編集者の男子と、その店を通り掛かった際に耳打ちしました。

「ここのサンドウィッチ、見てくれだけでめっちゃまずいから買っちゃ駄目だよ」

するると、大阪出身の彼は、我意を得たりとばかりに賛同するのです。

「そ、そう！　そうなんですよ。ぼくなんか、こんな並んでるのに、こんなまずい筈はない！　と思って、リピートして、失敗までしているんですよ」

「……実は、私もなのよ。たまたま、私の買ったのがそうなんだと思って……」

で、車内で、もうひとりの担当に、それを告げると、なんと彼女も、激しく同意するのです。やっぱり？　だよねーなどと盛り上がっていたら、残りのひとりがあおざめていたのでした。よりによって皆の御弁当調達係の彼は、そのサンドウィッチのイメージ戦略にだまされて購入してしまったのでした。

周囲の笑いながらの罵詈雑言《ばりぞうごん》を浴び続けた彼は、衝撃のあまりか、具沢山でおつゆたっぷりの出汁巻き（紅生姜入り！）を誤って、床にぶちまけてしまいました。それは、誰かが吐いたゲロに生き写しでしたが、おしぼり、お手拭を総動員して、すみやかに処置した私たち。大人……なのか何なのか、もう解りません！　こんな私たちのために足を運んで下さった皆さん、本当にありがとう。

想像力なしのやな感じ

2020/1/1

ようやく新刊のパブリシティも終わり、年末に向けて書き溜めなきゃいけない原稿について考えている……と言いたいところですが、なーんか気が抜けちゃって、ただただサイン会の思い出に浸っています。いただいたプレゼントやお手紙を前に、ぼおっとするばかりの日々。

デビューして三十四年も経つというのに、自分の小説を読んでくれる方々のいる幸せにいつまでたっても慣れない。サイン会で泣いてくれる読者の方を前に、いつもこちらももらい泣き。そして、自宅で、順番にペーパーナイフで手紙の封を切る時（このナイフもサイン会でのいただきもの！）、今度は自分の方からしみじみと涙ぐむのです。

香水のふきつけられた手紙が何通もあり、そのひとときには部屋じゅうに甘い匂いが漂います。そして、選び抜かれた美しい便箋に手書き。今時、紙なんて、と馬鹿にする向きも多いようですが、私にはその意見、向けないで下さいね。思いをのせた紙の手触りへのフェティシズムを知らない人々にあれこれ言われたくないのよ。

このところ思うのですが、物事を黒か白か、ありか無しか、だけで語る人って多くないですか？　そして、その基準は、得か損か、便利か不便か。自分の好みのものしか目に入らないワールドで生きているから、他者の価値観を全否定する。

あなたにとってのくだらないものが、他の人には大事なのかもしれないという思いに至らない。そんな光景にたびたび出くわします。他者への想像力が働かないんだよね。

たとえば、吉祥寺駅のタクシー乗り場。高架下にあるここは、目の不自由な方々を誘導するための黄色い点字ブロックが敷かれています。でも、誰も、それを意識して気づかうことなどない。その側に邪魔な立て看板があり、何故か、そこの後ろに並んだもん勝ちのような格好で人々はタクシーに乗り込んで行くのです。ええ、点字ブロックに導かれて待とうとする人など無視して。

ねえ、どうなってんの？　すぐ前に交番があるのですが、警察官の人たちもいっさい関知しない決まりのようです。

人々を間違った位置に並ばせている看板は、タクシー運転手さんに向けた運転方向に関する指示だったか、待つ人への説明だったか、何十年もそこを通り掛かっている私にすら思い出せないものなので、もちろん、他の人々も同じでしょう。ねえ、あれ、必要なんですか？

昨夜も、点字ブロックに沿って正しい位置に並ぼうとしていた人が、看板の陰にいた男から「横入りすんなよっ！」と怒鳴られていました。これが住みたい街ナンバーワンの街なのか……（あ、もう他にそのステイタスは譲ったようですが）。

今の日本てさ、

1．都会に住んでいる

2．健常者である

3．若い（年を取り過ぎてない）

4．経済的余裕がある

という条件を満たしていると自認している人が優先されて当然、みたいになってますよね。あ、もうひとつ、自分だけは災害被災者にならないと信じ込んでいる人。

強大な台風被害の直後に、家に置いた現金を取りに戻ると被害に遭うに違いないのでキャッシュレスは推奨すべき、と言った女性弁護士がいましたが、地域の大停電に加え、何もかも流されて住む家すらもなくなった人々に、それ、言うの？　想像力まるで欠如の高学歴馬鹿。やれやれ……。

そして、神戸トアロード

2020/1/9

　ボヘミアンな俳人、西東三鬼《さいとうさんき》先生の復刻された名著「神戸・続神戸」に導かれて、またもや神戸に行ってまいりました。

　この「神戸・続神戸」は、第二次大戦下の神戸トアロードにあった風変わりなホテルを舞台にした三鬼先生のいわば私小説。そこに住みついたさまざまな国の人々がくり広げる祝祭なのか、死への前夜祭なのか解らない魑魅魍魎の日々を描いたエキゾティックな傑作です。解説を書いている森見登美彦さんが、〈西東三鬼流の『千一夜物語』〉と書いていましたが、まさにその通り（この解説自体もいいのだ！）。

　どうしようもない人たちがいっぱい出て来る。今の人権意識に照らし合わせれば、登場させてはいけない彼らかもしれませんが、しかし、確かに「いた」のです。そして、三鬼先生独自の触覚でつかみ取ったものを、正確に描写している。その言葉の使い方は、現代では、クレームを付けるに値する差別意識のあらわれと取られるかもしれません。でもさ、私、こういう文章に、今時の「コンプライアンス」とか持ち出して欲しくないのよ。「神戸」の末尾は、こう結ばれています。

〈ただ一つ判っていることは、私がこれらの死者を心中で愛していることだ。〉

ブラボー、西東三鬼先生！　……という訳で、夫と二人、半日かけてトアロードを歩き回りました。

スタートは、神戸で最も古い「ドンナロイヤ」というイタリアンレストランのランチ。創業は、なんと一九五二年だそう。映画「ゴッドファーザー」に出て来そうな重厚なリストランテですが、ランチはお手頃で、神戸の歴史を誰よりも知っていそうなマダムが、迷い込んだ子供を相手にするように、フレンドリーに接してくださいました。うちのパンは、ドンクの本店のものよ、と得意そうにおっしゃるので、あー、私たちの住んでいる吉祥寺の駅前にもありますよーと口を出したら、ぴしゃりと言い返されてしまったのです。

「ドンクの本店は、他と全然味が違うの！　本店の方がずーっとおいしいのよ！」

……そ、そうなんですか？　いつも思うのですが、神戸在住の人の神戸愛ってすごくないですか？

ともあれ、美味なるランチときらきら輝く泡の立ちのぼるスプマンテで、すっかり良い気分になった私たちは、トアロード方向に歩き始めました。

そして、驚くべきものを発見！　ラヴホテルを通り過ぎようとした時、表に出されている看板に目立つ文字で「学割」と書かれていたのです。そして、その下には、こんな応援メッセージが。

〈青春は二度ともどらないぜ〉

最後の「ぜ」が、関東方面からやって来る学生さんを意識したようにも思えますが、今時、あんまり「〜〜〜だぜ」とか使わないかもよ（私は、八〇年代の名残なのか、うっかり使っちゃうんですけどね）。

そういや、肝心のトアロードに、ビルの一階に素敵なガラス張りのカフェレストランを発見！　ニューヨークはマンハッタンのチェルシー地区あたりにありそうなクールでありながら温かみのある内装。外のテラス席も良い感じ！　と入ってみたのですが……従業員（バイトか）のあまりにもやる気のないひどい接客に、もう唖然呆然。急いで洗ったらしくワイングラスはびしょ濡れだし、トイレは汚ないし……この実態、オーナーは知っているのか……領収書、店の控えの分も渡してくれちゃいましたが……「ザ・場所（仮名）」、もう行かない。しくしく。神戸、泣いてどうなるのか〜（Ⓒ内山田洋とクール・ファイブ）。

マイ偏愛フード探求

2020/1/16

不思議なマシュマロがあるんです。吉祥寺の某ビル内の色々な地方の自慢食材を扱うセレクトショップで見つけたのは、もう一年近くも前でしょうか。最初は、山積みになっていたそれが、あっと言う間に姿を消し、品切れなのか再入荷されることもなくなってしまい残念に思っていたのですが……。

復活したんです！　普通、マシュマロと言えば、筒状のものを二、三センチの幅にカットした状態でランダムに袋詰めされていますが、浜松の相馬パンという会社で製造されているのは、小さめの石鹸大で、帆立の殻のような筋が入れられています。そして、ココナッツがたっぷりとまぶしてある。六個入り、三五〇円。

これが……何と言うか、手に乗せて見ているだけで幸せな気持になるんです。うちでは食べるミルと呼ばれています（ミルとは、夫が手塩にかけて古びさせているコリラックマの小さな縫いぐるみです）。

昔、「ラビット病」というラヴストーリーを書いたことがあるのですが、そこに登場する妙なカップルは、「すあま」に特別な思いを抱いてしまいます。正確に言えば傍若無人な女主人公が「すあま」が可愛くてたまらなくなり、恋人の男が彼女の思いに引き摺《ず》られて行く……。

すあま。ええ、あのお祝いなんかで配られる紅白のポッテリとしたお餅です。ちょっとイチジク浣腸にも似たルックスの……変な小説と言われちゃうのは百も承知ですが、あれ、可愛くないですか？　私、どうも、ああいうものに偏愛を覚えてしまうんです。

手頃な値段で、おいしくてチャーミングな食べものを見つけると、色々な人に得意気に吹聴し、差し上げたくなる私。ちょうど、うちの近所で飲み会があり、食事の後、我家で二次会になると予想していたので、人数分のマシュマロをあらかじめ用意して配りました。本心から喜んでくれたかどうかは疑問でしたが、とりあえず珍しがってはくれたようです。夜食として大鍋に作っておいた豚汁ほどにはありがたがられませんでしたが。

相手の負担にならない安くておいしいものを押し付けるのは私の身勝手な幸せです。で、少しでも喜んでもらえれば、ＯＫ。そんな自己満足の品々が少しずつ増えています。

たとえば、玉木屋の「世界のふりかけ」。佃煮で有名な玉木屋ですが、このふりかけシリーズが、ほんと、おかしいんです。イタリアントマト、グリーンカレー、トムヤムクン、焼肉カルビ、ベーコンエッグ……などなど。特にグリーンカレーなんて、笑っちゃうほどグリーンカレーなんです。そして、味もいける！　自分用に何種類かピックアップするのと同時に、近々会う予定のある人のために詰め合わせを購入することも。

でもね……やっぱり、たかがふりかけ……前に、ある方に差し上げた時、ちらりと中を覗いたっきり、ふうんという感じで興味なさそうに傍らに置かれたことがありました。しまったなあ、と思いました。親しみを込めたつもりの私でしたが、安っぽいものと感じられたのかもしれません。ちょっとだけ（ちょっとだけね）傷付きました。そりゃ、九谷焼の容れ物に入った「錦松梅」なんかの足許にも及ばないかもしれないけどさ。私の持参したのは、ごはんの上で世界中行けるふりかけなんだもんねー。

そういや、永谷園の御当地ふりかけのパックってありますよね。私もよく旅先で購入するのですが、沖縄で買ったやつにパイナップル味というのが……存在理由が解らない……。

押し付けグルメの悦楽

2020/1/30

　仕事場でのお弁当用に、ずっと気になっていたサーモスのスープジャーを購入！　たっぷりの380㎖サイズを選んだので、色々な汁物料理に使えます。だいたい残り物のスープを温めて注いでおくのですが、かなりの時間が経っても熱々のまま。冬は嬉しい！

　一番ラクチンで腹持ちが良いのが即席雑炊。解凍したごはんと理研のわかめスープと熱湯を入れて、そこに玉子を割り入れるだけ。仕事場で、さあ腹ごしらえという時には食べ頃になっています。後は、コンビニでサラダでも調達すれば完璧でしょう。なんか、この種のアイディアを思いつく時って幸せな気持になっちゃいます。理研のわかめスープの代わりに、永谷園のお茶漬け海苔でもおいしいよ。大きな梅干しもぽとりと落としてね。

　高級食材がおいしくあるべきなのは当り前だけど、そうでもないものの美味を発見すると得意になってしまう私。クリスマスには、夫と二人、とっておきのシャンパンを開けて乾杯しましたが、ふと思いついて、新神戸駅で買ったハッピーターン、サワークリームオニオン味というのをつまんでみたら、これが大正解。

「おおーっ、合う！　シャンパーニュにはキャヴィアより、ハッピーターンだね！」

「山田家の味覚革命だね！」

大喜びする自宅ハッピーアワーなのでした。素晴しきマリアージュ！　あ、でも、たぶんサワークリームオニオン味だけだと思います。シャンパンでこれを流し込む時だけ、ハッピーターンは、Senbei Brothers（センベイ　ブラザーズ）トリュフ塩味を越えるのだ！　ちなみにセンベイ　ブラザーズというのは赤字続きだった老舗煎餅屋さんを再建した兄弟二人の手作り煎餅。かるーい食感が旨《うま》さを運ぶ逸品ではありますが、あまりの人気に今では入手困難だとか。私は幸運にも、いただき物で何度か味わうことが出来ました。

前回でも書きましたが、ささやかだけどおいしいものを見つけると、人に吹聴して押し付けるというお節介の誘惑に駆られる私。でも、これ、私だけではないようなんです。

私が師と仰いでいた大先輩の作家である故・宇野千代先生は、カニカマの存在を知った時、狂喜して色々な方たちに送り付けてしまったとか。送られた方は、皆、まさか本物と勘違いしてないよね、と困惑していたそう。でも、ついに、作家仲間の故・立原正秋氏が宇野先生に言ったそうなんです。

「あれ、偽もんですよ」

きーっ、と宇野先生、激怒。以来、カニカマは話題にものぼらなくなったようです。……カニカマ、その偉大なる発明よ……でも、宇野先生が感動したカニカマは、まだ初期のものだったと思うんです。いかにも、カマボコあがりですよん、って感じの。ああ、お元気でいらしたら「香り箱」の存在を先生に教えて差し上げたかった！　ルックスも匂いも蟹以上に蟹らしい、あれ。三島由紀夫に見せたら、きっと卒倒してたね。三島は、大の蟹嫌いで、もはや恐怖症の域だったんです。この「蟹」という漢字を見るだけでも震えるほどだったそうな。英語で呼ぶところの「フォビア」ってやつですね。

ところで、お正月に実家に帰ったら、妹が「ビスク鍋」というのを作ってくれました。無印良品のビスク鍋の素というレトルトをベースにしたごった煮の鍋なんですが、こ、これが旨い！　大人買いして、またもや友人たちに押し付けるつもりです。正しいあり方ですよね？　宇野先生！

ホラー過ぎだよ荻窪カレー

2020/2/6

その恐怖のカレー屋は荻窪にありました。散歩の途中、初めて立ち寄った店ですが、存在は知っていました。料理雑誌のカレー特集などで、昔からたびたび取り上げられていたからです。

私は、そうでもないのですが、夫は、大のカレー好き。どうしても気になるようなので、付き合って入ってみることに。まさか、あそこまで不愉快な思いをするとは想像もしていなかったもんね。

でも、実は、最初から嫌な予感はしていたんです。店の外側には、雑誌の紹介記事がこれでもかとベタベタ貼られ、従業員は何が気に入らないのかにこりともしない。メニューを開いたら、いきなり「山本益博さんオススメ！」の文字が……。

いえね、山本さんには、何のやな感じも抱いてはいないんですが、メニューに食のプロの名を掲げるってどうなんでしょう。ここは、「当店オススメ」とか、「店主自信作」とか載せるべきなのでは。

いきなり虎の威を借りてるよ、と呆れたものの、私たちは、ハーフデキャンタのワインとおつまみ代わりにア・ラ・カルト料理二品、そして、その後、カレーを、という流れでオーダーしました。

客は、私たち二人。他に空いているゆったりとした席があるにもかかわらず、料理も置けない小さなテーブルに座らせられ、窮屈な思いをして、食べ始めることになった私たち。しかも、全然おいしくない。

「……取り皿って、頼めないのかな」

「置く場所ないじゃん」

……そうなんです。他に席はいくらでも空いてるのに、私たちは、グラスを置くことも出来ずに困惑したままだったのです。

奥の厨房《ちゅうぼう》から、まったく私たちの前に姿を現わさない店主とおぼしい大声が。

「ダンチュー・ドットコムだよ！　知らないか‼」

えーっと、ｄａｎｃｙｕ．ｃｏｍ……のことですか？　それ、従業員相手の振りして、私たちに聞かせてる？

などと思っていたら、お客さんが入って来ました。いかにもお金持ちそうな身なりの良い年配のカップル。すると、それまで姿を隠していた店主がするすると出て来て、にこやかに、初めてでいらっしゃいますねと挨拶をして、メニューの説明をし始めたのです。

それは、今時、どんなフレンチレストランでもしないような、ださくて長い口上で、しかも私たちの横で聞こえよがしに声がデカ!! さらに呆れることには、ここでも有名人の名を出すのです。私の知り合いの人気作家も使われていました。いわく、このカレーは、〇〇さんが大好きでいらして、云々《うんぬん》……。

いつまで経っても終わらない。そして、あまりにも、うるさい。私たち、透明人間? 業を煮やした私が途中で遮って言ってみました。

「すみません、私たちも初めてなんですけど」

店主は取り繕うこともせず、偉そうな態度でそのまま厨房に消えてしまいました。ちょっと! いらっしゃいませくらい言いなさいよ!! どうなってんの? この客差別。別に私たちグランメゾンにジャージで来た訳じゃないんだからさ。バッキャロー、貧富差別ハンターイ!!

メインのカレーもおいしくなかったので途中で出てしまいました。あの店主の傲岸ぶりに今でも怒りが収まりません。たぶん自分に「たかが」を付けたことのない人なんだろうなあ。自らのなりわいに「たかが」を付けられない人間は卑しいと思う。私? ええ、たかが物書き、一介の小説家です。もう二度と行くもんか、「香辛料(仮名)」!!

女性政治家ワザだらけ

2020/2/20

「今、かわいいお子さんが手を振ってくれました。わたくしは全然かわいくありませんが、名前は、かわいいあんりです」

と、こんなふうにアナウンスしながら、選挙カーで街中を流していた河井案里氏。御存じ、ウグイス嬢に対しての報酬疑惑で、公職選挙法違反疑惑がかけられている御方。夫の元法務大臣・河井克行氏共々、二ヵ月間の雲隠れの後、ようやく姿を現わし、記者に追いかけられています。まともな弁明はしちゃいませんが。

で、私も彼女のことがおおいに気になっているのですが、政治記者でも何でもないので、どうしても別なところに注目してしまう。それが、「かわいいあんり＝河井案里」。この人さあ、たぶん、ずっとこう言われて来たんでしょうね。

「わたしって絶世の美女とは言わないけど、キュートなファニーフェイスでひっぱりだこ。殿方は、こんなわたしを放って置かないの」

問題発覚前に菅官房長官などと並んで撮られている画像などを見ると、そんな心の声が聞こえて来そう。ええ、臆測です。邪推です。でも記者に詰め寄られて会見した後、去り際にあの満面の笑み。あれ、撮られてるのに気付かなかった故、ととらえる向きもありましたが、私は絶対に知っていたと思います。

「それでもわたしは悪くないもん」とアピールする時の、とっておきのキラースマイルのつもりだったんでしょう。私には、いつも彼女の笑顔が「自信作」のように見えます。あれにキルされた人（主に男）はいっぱいいるんだろうなあ、と感心してしまうのです。そこには、苛立ちも嫌悪もないのです。ただ、既視感は、すごくある。

十代の頃、私は、本ばかり読んでいるひねこびた少女でしたが、人に知られないようにしていた趣味がひとつありました。それは人間観察。特に、自分とは真逆の、今で言うところの女子力を駆使するクラスメイトに注目していました。そして、彼女たちから醸し出される不自然なものの正体を突き止めようと夢中になっていました。それは、どれほどよこしまな楽しみだったことか。皆に好かれる可愛く明るい女の子たちに、私だけが疑心を抱いていたのです。性格、悪っ。

太宰治の「人間失格」で、優等生で人気者の主人公が、ワザと失敗しておどけて見せるシーンがあります。気安い自分というものを巧妙に演出して見せる秀逸なエピソードなんですが、たったひとり、クラスの下層カーストに属する男子だけは気付いて主人公に近付き、耳許で「ワザワザ」とか囁く。その瞬間、奈落に突き落とされる主人公……と、まあ、こんな流れなんですが、私、小学校でこれ読んだ時、衝撃を受けたんですよ。なんか、自分の行く道を当てられたような気がして。

ええ、私は、人気者の側《がわ》ではなく、「ワザ」を見透かす方。その修業のために、これからの未来の多くを費やすことになるであろうと予見したんです。で、その勘は正しく、ものを斜めから見続けて、今、ねじくれた心の作家になってしまったのです。

そんな私ですから、女の政治家の裏の裏のワザが見えるのです。さばさばしているという高等技術を磨いて女を使っている人や、仕方なかったの、でも、適応障害なのにこの笑顔って、すごくない？　とアピールしている「かわいいあんり」な人とか、夫婦別姓に反対して、だったら結婚しなきゃいい！と野次を飛ばす人とか（良かったね、また、注目浴びて）……。それよりウグイス嬢って、何？　すごく気持悪い呼称だ。廃止しろ。

スープ弁当でもの想う

2020/2/27

念願のスープジャーを購入し、仕事場にあったかい汁物付きお弁当を持って行けるようになった！と喜々として書いたのは数週間前でした。

そして、今、ジャーを持参する習慣が定着。「朝10分でできるスープ弁当」なる本も購入して参考にしています。この本は、有賀薫さんという方の手によるもので、何と肩書きが〈7年間スープを毎日作り続けるスープ作家〉！

載っているレシピは、インスタントスープの素や御茶づけ海苔の素なんかを使っちゃう私なんかとは段違い！　写真を見ると、本当においしそう!!

でもねえ、少しだけ難癖付けても良いですか？　この本の後書きに、「いつもスマホでSNSをチェックしつつ、会社のデスクでコンビニのおにぎりやサンドウィッチでお昼をすませている働き者の若い友人のことを思い浮かべた」とあるのですが、そういう人には、ここにあるレシピって、ハードル高いんじゃないでしょうか。

〈切って煮るだけ、朝10分でできる手軽さ〉とありますが、この、〈切って煮る〉の後には、鍋、もしくはフライパン（プラスまな板、箸、レードルなど）を洗う、というのもある訳で、日頃、料理し慣れない人には、ここがすごく難関なんですよね。〈朝10分〉内では、あいつもあいつも無理だろうなあ、と何人かの知人の顔が思い浮かびます。〈小松菜と卵焼きのスープ〉、なんて、玉子、別調理ですよ⁉　缶詰を使う場合、缶を洗わなきゃならない、とか、長芋の皮は剝かなきゃならない、とか、豆腐はレンジにかけて水切りしなきゃならない、とか、これらをやりたくないからこそのコンビニランチの出番だと思うんです。

料理を日常としている人には何でもないことを、死ぬほど面倒臭いと感じる人が世の中にはいっぱいいて驚かされます。

ここで、もう亡くなってしまった年若い私の友人のことを思い出します。彼女は、何年間か、御近所同士で、毎晩のように私の家で一緒にごはんを食べたり飲み歩いたりしていました。そして、翌日、互いの無事を確認するかのように電話をかけ合うのです。すると、彼女は、不貞腐れたように言うのが常でした。何も食べてない、と。

お湯を沸かすのすら面倒臭いんだよねーというぼやきに呆れた私が、うちに来る？　とまた誘い、いいんですかー、でへへへ、と再び二人飲みが始まる……と、このくり返し。

彼女と付き合っていて感じたのは、心底料理を面倒臭いと思う人もいるんだなあ、という驚きでした。あんなにおいしいもん好きなのに……。もちろん、朝ごはんは抜きか、もしくはコーヒーだけ（外で）。

彼女が生きていたら、スープジャーのランチを勧めたでしょうか。いや、たぶん、しなかったなー。したとしても、「相変わらず、ちゃんとしてんなー」（彼女の私への口癖）と肩をすくめただけだったかもしれません。も一回、会いたいなー、佐藤とし子。

しかし、この本のスープレシピは、普段の食事の汁物として考えると、シンプルでいかにもおいしそう。何人分かを夕食用に少し時間をかけて作り、残りを翌朝温めてスープランチにすると良さそうです。

ところで、仕事場にはキッチンないの？　と言われちゃいそうですが、あります！　でも、仕事量が少なく滞在時間も短いので食べ物を置かないようにしているんです。この間、力尽きたゴキブリが部屋の真ん中で餓死していました。期待を裏切ってごめんね、アーメン。

さようならコービー&としまえん

2020/3/5

アメリカのバスケットボールのレジェンド、コービー・ブライアントが、ヘリコプター墜落事故で亡くなっちゃいましたね。享年四十一。同乗していた十三歳の次女も死亡。その日の朝、仕事に行く前の夫に知らされ、慌ててCNNを点《つ》けてびっくり仰天！　一日中、くり返しそのニュースが流れていました。けれども、もちろん、訃報が覆される訳でもなく、アメリカ中が悲しみに包まれた日になりました。

その日は、ちょうどグラミー賞の発表の日。私、グラミー賞とアカデミー賞は、必ず生中継で観ることにしているんです。ショウビズの世界の最大公約数が、そこにあるような気がして見逃せません。日頃、自分の愛するテイストだけで固まっているので、それをほぐしてやる意味もある。

グラミー賞の発表ステージは、オープニングからコービーの追悼スペシャルになりました。懐かしのボーイズⅡメンが、急遽、駆け付けて、アカペラの歌声をコービーに捧げ、司会のアリシア・キーズは感動的なスピーチで彼の死を悼みました。

私は、と言えばTV画面を観ながら、何となく神戸の街を思い出していました。海沿いにあるメリケンパークには、「ＢＥ　ＫＯＢＥ」なるでっかいモニュメントが建っているのです。これが初めてお目見えした時、ちょうど、私たち夫婦は神戸に来ていて、指を差してゲラゲラ笑ったのでした。

「ビー、コービー!!　コービーになれって、そりゃ無理だろーっ!!」

コービーの名は、彼の父親の大好物である神戸ビーフから取られた、というのは知られた話ですが、変わった親御さんですねー。はっ、もしかしたら、あのモニュメント、マジでコービーになれって意味？　それとも、そのまんま「神戸になれ」？　いや、こちらも意味不明だし……なんて、ぼんやり考えてしまったのでした。コービーさん、ごめんなさい。レスト　イン　ピース！

それにしても人の運命って解んないもんだよなあ。同じＬＡレイカーズの永久欠番レジェンドのマジック・ジョンソンが健在だというのに。

マジックがプロスポーツ選手として初めてＨＩＶ感染者であるのを公表した時、私は、横田基地のユースセンターの大画面で、その記者会見を観ていたのですが、誰もが言葉を失っていました。そして、やがて啜《すす》り泣きと叫び声が。

多数の女性と肉体関係を持ったことを赤裸々に告白していましたが、子供がいっぱいいるユースセンターで、それを流し続けていたのは、きっと動転したあまりに大人たちの気が回らなかったのでしょう。

　でも、マジックのおかげでＨＩＶへの関心は広まって行ったのです。当時は、無知故の偏見に満ちていて、感染者は差別と常に隣り合わせで苦しんでいたのでした。そして今、彼は、レイカーズの副社長（現在はファナティクス取締役）。正しい治療を受けさえすれば死に至る病ではない、というのを証明しています。

　そう言えば、コービーとは何の関係もないのですが、わたくし的文化遺産である「としまえん」が段階的に閉鎖されて行くとか。大学の頃、よく行ったんですよね、あのプール。プールサイドで流れていたドナ・サマーの曲や初めて食べたクレープの味などを、今もはっきりと思い出すことが出来ます。そして、文化遺産なのは、そのＣＭ。「プール冷えてます」。うだるような映像にあのコピー。最高でした。

五輪ユニフォームはお好み？

2020/3/19

もう一ヵ月ほど前になりますが、二〇二〇年東京オリンピック・パラリンピックの日本選手団の公式ユニフォームが披露されました。

白いシャツに赤のボトム、シャツとは少しニュアンスの違う、これまた白のジャケットにポケットチーフは柄付きの赤。つまり、日本国旗である日の丸そのもの。作製は紳士服のAOKI……あのー、AOKIさんに何の文句も付けたくはないんですが、良いんですか？これで⁉

数人のアスリートがそれを身にまとって、ガッツポーズをしながら、ずらりと並ぶ写真を週刊朝日のドン小西さんの連載ページで見ました。小西さんは、〈腹が立つのを通り越して、何だか悲しくなってきたよ〉とお書きになっていましたが、気持、解ります。ファッションなんか門外漢の私だって、そう感じてしまうんですから、プロの人たちなら、うえーっ、またやってくれたか、と頭を抱えちゃったんじゃないでしょうか。

アスリートって、モデルさんたちとは、まったく種類の違う完成された肉体をお持ちなのですから、それを最大限に引き立てるようなデザインにしてあげれば良いのに。赤いパンツに細めの白ベルトって……田舎のヤンキーじゃないんだからさっ!!

いつも思うんですが、毎度毎度、オリンピックの開会式で姿を表わす日本選手団のユニフォーム、他の国に比べて古臭くないですか？　レトロと呼べるほど懐古的で粋って訳でもない、中途半端な古さ。ちょっと古いものって、すごーく時代遅れに感じてしまいますよね。アヴァンギャルドを追求するか、トラッドを極めるかでないと。中途半端は往生際悪くて、観ている人をイラッとさせるだけだと思うんですが……あ、だからと言って、「クールジャパン」を標榜して、アニメ風の衣装とか止《や》めて下さいね。それはまた、別のワールドプレミアで。

二〇〇〇年のシドニーオリンピックでの日本選手団は、何故か虹色のマントみたいなのを羽織っていましたが、一緒にTVで開会式を観ていたアメリカ人の友人たちは、皆、怪訝《けげん》な表情を浮かべていました。いわく、

「日本人って、そんなにゲイフレンドリーだっけ？」

何も、ここでアピールしなくってもねえ、と、もちろん冗談ですが、肩をすくめていました。あれ、何だったんだろう。ちまたでは「虹色のてるてる坊主のようだ」と言われていたみたいですが。

私が、これ、どうなんでしょう……と首を傾《かし》げたのは、次の二〇〇四年のアテネのやつ。

ファンシーな花柄の壁紙風ローブみたいなの羽織ってるんですよね……意味解んない。

　虹色てるてる坊主も、花柄の壁紙も、世界的なデザイナーの方々の手によるものなのですが、私のセンスがないのか、ぜーんぜん、スタイリッシュに見えませんでした。でも、私と同意見の人たちって多かったと思うんですよ。才能ある若き日本人デザイナーは大勢いらっしゃるのに、何故、オリンピックイヤーに抜擢されないのか……謎です。

私が思う一番クールだった選手団は、バルセロナオリンピック時のバスケットボールのアメリカ・ドリームチーム。ネイビーのジャケットに黒のサングラス、カンゴール風ベレーが、すごく格好良かったです。シンプル　イズ　ベスト！

あ、ちなみに前出のLGBTQの象徴であるレインボーフラッグは、ゲイアイコンとして語り継がれるジュディ・ガーランドの「虹の彼方に《オーバー・ザ・レインボー》」から生まれたそう。もうじき公開のレネー・ゼルウィガーがアカデミー賞を受賞した「ジュディ　虹の彼方に」を観に行かねば！

不要不急さんぽで考えた

2020/3/26

新型コロナウイルスが猛威をふるう中、「不要不急の外出は控えて下さい」とのアナウンスを一日に何度も耳にするようになりました。でも、そうか、それなら家にこもっているかい、と素直に従えない方たちも多いことでしょう。仕事行かなきゃならないし、食料調達しなきゃなんないし……。

そんな大変な時に、こう打ち明けるのも何なのですが、私も、おおいに困っているんです。だって、だって、私、不要不急の外出が大好きなんです！　もはや、ライフワークと言っても良いくらい。

元々、ひどい出不精で、出掛ける必要があると、うえーっ、面倒臭ーい！　とぶつくさ言うインドア好きの私ですが、何の用事もなく、ふらふらと外を歩くとなると、途端に気分は浮き立つ。つまりは、散歩好き、道草愛好家。

夫も私と同じ趣味を持っているので、休みの日は、やはり、ふらふら歩いてしまおうと意見が一致。雲ひとつない晴れ渡った午後、人混みとは無縁の道を選んで、てくてく歩いて来ました。

のどかな気分で歩いていると、自分の周囲に感染者がいないせいか、緊迫した報道が嘘のように感じられます。もしかしたら、世界を巻き込んだ壮大なフェイクだったりして……などと小説家（私）は壮大なストーリーを組み立てたりするのですが、この種の物語は、別なタイプの作家の方におまかせした方が良いようです。

今、懐かしのアルベール・カミュ作、「ペスト」が復活してベストセラーになっているとか。このノーベル賞作家の「異邦人」は読んだことのある人も多いでしょう。伝染病を扱った文学ってのも傑作が少なくないんですよね。人間の本来の姿が良くも悪くもむき出しになるからでしょうか。

ガルシア・マルケスの「コレラの時代の愛」もそう。これなんか豪華客船も登場して予言的。篠田節子さんの初期の長編「夏の災厄」も夢中になって読んだものです。自らのエイズ闘病をオートフィクション（作家自身の人生を脚色した形で描く手法）として綴《つづ》ったエルヴェ・ギベールの「ぼくの命を救ってくれなかった友へ」もそのひとつと言えるでしょう。

ここで並べるのもおこがましいのですが、実は私にも「アニマル・ロジック」という感染症の病に翻弄される人々を描いた小説があるのです。私の中では、千枚に及ぶ大長編で、あれを書いている時の苦しさと、書き終えた瞬間の恍惚は、今でも忘れることが出来ません。

自主カンヅメになっていた御茶ノ水は山の上ホテルの一室で、担当編集者と乾杯したドン・

ペリニョンの美味といったら！（バブルは、もう、はじけてましたけどね、自腹です）
内容は、医学的知識なんぞをまったく無視した荒唐無稽なもので、呆れた読者も多かったよう。どんな人種も血の色は、皆、同じ、というコンセンサスの許に、人間の血液を行き来しながら、恋の冒険に励むウイルスめいた生物のクロニクル……なんですが、世紀の大失敗作と評した評論家もいました。でも、でも、私にとっては、苦楽を共にしたとってもいとおしい小説なんです。
一方、現実社会のパンデミックは、ひたすら脅威です。横浜でのマスクの奪い合いで他人を殴っている映像はショックです。病気自体が怖いのはもちろんですが、それで浮き彫りにされる人間の有様が、私には、とてつもなく恐ろしい。うちの近所のドラッグストアの棚からもさまざまな商品が消えました。私の子供の頃のオイルショックとおんなじ。スマホの時代になっても、人間、変わんないんですねー。とほほ。

輩《ハイ》サワーで目からウロコ

2020/4/9

アンデスメロンの「アンデス」が「安心です」の略だったって知ってましたか⁉ 日本で生産、出荷されるので安心という意味から来たのだとか。ふとしたことで、それを知った私は、なんか……目から鱗って感じでした。

ではでは、ハイサワーの「ハイ」が「吾輩《わがはい》」の「輩」だってのは御存じですか？「輩」は「やから」とも読みますよね？ へりくだる以外には「不逞《ふてい》の輩」とか、けしからん人間を総称して呼ぶ時にも使いますが、今では「ヤカラ」と表記して半グレ集団を表わすようにも。

私は、古い使い方の「輩」が大好きで、腹が立った時には、つい使用してしまいます。女の物書きらしからぬ、と言われちゃいそうですが、今の時代、男女平等ってことで。男がすなるものは、女もすなる……（by 紀貫之の土佐日記を応用）のです。

あー、そういや、私がデビューした時、外国人の男とセックスしたことを、あんなにもあからさまに描くとは、日本の女の道徳観念はいったいどうなってるんだ！ と言っていた輩どもが少なからずいたけど、私は、いまだに忘れちゃいないよ。あの評論家も、あの記者も、あのリポーターも、全部名前を覚えている……しかし、ほとんどが、もう死んじゃってるんだよなー。ちぇっ、今だったら、話を蒸し返して反論出来るんですが、時、既に遅し。

お若い皆さんには、想像出来ないでしょうが、私がデビューした八〇年代は、団塊の世代と呼ばれた男たちがいばっていて、自分たちの意に染まない女を、とことん攻撃したのです。

私も、その被害に遭って、ずい分と叩かれましたが、不思議なことに、彼らと同じ世代だというのに、ヒッピーな人たちは、すごく温かく受け入れてくれたのです。そう、私くらいの年齢で世に出た女は、明らかに「団塊」に好かれるタイプと「ヒッピー」に共感されるタイプに分かれていた！　理由は何となく解りますが。

……なんて、つい怒りが甦って脱線してしまいました。話は、ハイサワーに戻りますが、ハイボールってカクテルありますよね。元々は、ウイスキーをソーダで割ったものですが、今では、焼酎やウオッカを割ったものも指すようです。焼酎ハイボールとかの、いわゆる酎ハイですね。ハイサワーの「ハイ」と酎ハイの「ハイ」は語源が異なるんです。やばい薬でハイになる「ハイ」とも違いますよ。

ハイボールの「ハイ」は諸説あるのですが、イギリスのゴルフ場でのエピソードが語源というのが有力です。ゴルフのプレイ中にウイスキーを飲んでいた人が、急に自分の打順が回って来たのを知らされて、慌ててチェイサーであるソーダにウイスキーを開け飲んだら、すっごくおいしくて、しかも、その瞬間に高く上がった《ハイ》ボールが飛んで来た、というもの。私としては、「輩」ボールの方が、断然、好みなんですが。ほら、輩《やから》をゴルフクラブで叩きのめす、みたいなイメージで。

こんなふうにしようもないことに思いを巡らせながら日々を送っているのですが、最近、私とは似ているようで少し違う、愛すべきしようもない酒飲みの本が大好き。

酒場ライター他、いくつかの肩書きを持つ著者のペンネームは、「パリッコ」。我家では、親愛の情を込めて「パリッコちゃん」と呼んでいますが、面識はありません。

このパリッコちゃんの酒とつまみと酒場の好みがいいんだなあ。私なんか、彼のお勧めのヒガシマル「牡蠣だし醤油」をスーパーで捜し回って、夫にパリッコチルドレンと呼ばれてしまったんです。はっ、パリッコの語源は何？

くん付けに歴史あり

2020/4/23

不要不急。新型コロナウイルスの影響で、すっかり定着したこの四文字。私の場合、無為徒食と並んでライフスタイルの肝となる言葉です。生産性のまるでない輩である私にぴったり。

いや、しかし、さすがの私も、このところは不要不急の外出は控えて、「不要不急の読書」に切り替えざるを得ない。え？　読書なんて、はなから不要不急の暇つぶしだろ？　なんて言いたくなる方々も多いかと思いますが、選考委員を掛け持ちしていたりすると、そうも行かなかったりするんですよね。好きなものだけを読むって訳には行かない。

しかし、この間の外出自粛要請が出される少し前、新刊が出れば必ず読む大好きな作家お二人と鼎談《ていだん》して来ました。そのお二人とは、川上弘美さんと江國香織さん。雑誌は「婦人公論」という女性にとっては読みどころ満載の（あ、セブンもそうですが！）中味の濃〜〜いやつ。

三人そろって顔を合わせるのは久し振りでしたが、元々旧知の間柄である私たち、会社での鼎談が終わり、場所をレストランバーに移しても、尽きることのないお喋りで盛り上がったのでした。

皆、それぞれに作風の異なる小説家ですが、大きな共通点があるんです。それは、人間を地位や権力や財力などで仕分けしたりしないこと。そして、ステレオタイプな「誰もが羨む」と言われる事柄に何の興味もないこと。少々、偏屈なまでに独自の道（美意識も含めて）を行っています。

先ほど、まとめ原稿が上がって来て読んでいたのですが、話題のひとつに「年齢」が取り上げられている。ふと気付いたら仕事の現場で年下ばかりが増えていた、と。私なんか生意気にも、

「今では社長も『くん付け』出来ちゃうよ」

などと言っています。で、思い出したのですが、前に年上の女性の作家の方が、このようなことをお書きになっていたのでした。

「女の作家が年下の男性編集者をくん付けで呼んだら、それだけでパワハラだ」

読んだ時、ひゃー、やばーい！　それ、私じゃん！　私ってパワハラしてる!?　とあせりました。でも、もう今さら変えらんないよ!?　相手も気持悪がるし。

と、同時に、私と同い年齢《どし》の男性作家がこう書いていたのも甦って来たのでした。

「ぼくたちが、中高あたりから男女共に名字を呼び捨てにし合った最初の世代です」

あ、そう！　と膝を打ちました。下の名前ではなく名字の呼び捨て（くん付けは、もう当り前だった）。あだ名で呼ぶってのもありましたが、女子が男子を「さん付け」っていうのはなかったなー。時々、男子をさん付けにする女子を見ると、女ぶっちゃってさー、気を引きたいの？　なんて陰口を叩いたものです。女ぶるって……女なのに……。

今、思うと、我々の世代の特有の自意識だったのかなあ、なんて思います。男子とバディ感を出すのが格好良いと思っていた。で、それが尾を引いたまま、何十年経っても同い年齢《どし》以下を「くん付け」もしくは、「呼び捨て」にする事態に。「さん付け」してた女の子の方が断然もてたんですけどね。

そういや、私の大先輩の故・河野多惠子さんは、電話中に石原慎太郎氏を「石原くん」と呼んでいました。私もそう呼びたい！　と言ったら笑ってらしたっけ。あ、芥川賞直木賞の正賞である時計には受賞者名が「くん付け」で彫られてるんですよ。山田詠美君って。作家になって、私を「くん付け」したのは、この時計さんだけ。うん、悪くない。

R・I・P.ソウルミュージックラヴァーズ　2020/4/30

一向に収まりそうにもない新型コロナウイルスの猛威。もはや、趣味は不要不急の外出です、などと言っていられなくなりました。日頃から地味な暮らしの私ですが、いっそう地味具合に磨きが掛かっています。

今月の末には、下北沢レディジェーンで、恒例の朗読会を行なう予定だったのですが、延期になってしまいました。ジャズマンの方々と私、そして同業の奥泉光と続けて来たコラボレーション。もう十五年以上になるでしょうか。

これまで延期になったのは、台風でJR全線が運行を取り止めた夜だけでした。あの時のゲストは村田沙耶香ちゃん。芥川賞授賞式の挨拶で、「世界を敵に回すような小説を書いて行きたい」とナイスなスピーチをしてくれた沙耶香ちゃん。うーむ、天気まで敵に回してくれたか、と妙に感心してしまったものです。

今回のゲストは、やはり芥川賞作家の田中慎弥くん。彼は、昨年の泉鏡花文学賞の受賞者でもあるのですが、受賞スピーチ代わりの講演で、びっくり。ルックスも含めて、まるで泉鏡花その人にそっくりだったんです。思わず手を合わせて拝みたくなるくらい。生き写しと言ってもいい！　そんな彼の朗読をぜひ聞きたかったのですが、延び延びになってしまいました。彼には、着物を着て鏡花の「高野聖」か何かを読んでもらいたかったです。

はー、この先、人類の未来には何が待ち受けているんでしょうか。ディザスター（大災難）かカタストロフィ（悲劇の結末）か。

志村けんさんも亡くなっちゃいましたね。御存じの方も多いかと思いますが、彼は、大変なソウルミュージック・ラヴァー。知る人ぞ知るフライヤーみたいなソウルマニアの雑誌にコラムを連載していたのです。見つけた時には同好の士である友達と、ええっ、と驚愕してしまいました。四十年以上も昔の話です。

「こ、これって、あの志村!?」

「そうみたいだね……」

「えー？　信じられない……」

「でも、ほら、あのヒゲダンスってさ……」

あー、そうか！　と、吉祥寺にあった芽瑠璃堂《めるりどう》（サザンソウルマニアの聖地だった中古レコード屋）の店先でレコードを掘《ディグ》りながら、ひそひそと囁く食えない女子大生二人。

実は、あのヒゲダンスの曲って私の永遠のアイドルであるテディ・ペンダーグラスの「DOME」のベースラインをそのまま使っているんです。「8時だョ!全員集合」のワンコーナーでクワイアー（聖歌隊）に扮した出演者たちが、リズムに乗って早口言葉を言わされるのは、ウイルソン・ピケットの「ドント　ノック　マイ　ラヴ」。ソウルミュージック　フリークでない訳がない。

ちなみに、私のアイドル、テディ・Pは、黒人女性たちのセックスシンボルと崇《あが》められ、ライヴではステージに大量のパンティが投げ込まれたそうです。しかし、人気絶頂だった彼ですが、ロールスロイスに乗っていて大事故に遭い車椅子生活を余儀なくされることに。しかも、その時の同乗者が若い男性の恋人だったことで、女性ファンを嘆かせます。でも、私のテディは「ＪＯＹ」という名曲で復活!! 皆に感動を与えたまま二〇一〇年に癌で亡くなりました。晩年は女性と結婚してたらしいけど、もう男好きでも女好きでもどうでも良し！

もうひとりのＷ・ピケットさんは、これまた作家になる前に横田のブラザー連中と渋谷にあったライヴ・インという店に観に行きました。酔っ払ってるのか薬のせいなのか、ふらふらでしたが、あのシャウトはどうにか健在でした。彼もとうに故人です。は〜、ソウルフルな青春の日々。ファンキー志村よ、永遠に。

想像力よ、どこへ行く

2020/5/7

とうとう緊急事態宣言が出されてしまいましたね。この間、不要不急ならぬ有要有急な用事があって外を歩いていたら、立ち並ぶビストロなどのほとんどがテイクアウト営業に切り替えていました。外に急ごしらえのカウンターを作って、ランチボックスやワインを売る店も。あー、これが新型コロナウイルスと無関係なら、どれほどなごむ光景だったか。

どのお店の人たちも努めて明るくしているようでしたが、通り掛かった食料品店のおやじさんが常連客にやけくそのように言っていました。

「持って、せいぜい一ヵ月だよ。あー、もう、言葉がないねえ」

そんな時に、星野源さんがインスタグラムで公開した楽曲に安倍総理がコラボしたという動画を観ました。そこには、心安らぐアコースティックな曲と共に、くつろぐ総理の姿が。リビングにてコーヒー（お茶？）を飲む彼、犬と戯れる彼、本をめくる彼（読書しているのではないと思う）の優雅な日常が……すごーい！　これこそ正しいステイホーム（Ⓒユリコ）のあり方ですわ！　と、もちろん思う訳もなく、この人のメンタリティってどうなってるんだろう……と、ただただ呆気に取られるばかりなのでした。

明日、どうやって生きて行けば良いんだ！と叫び出したい気持をどうにか抑えている人々が、この動画を観てどういう気持になるのか想像出来ないんでしょうか。出来ないんでしょうね。御自分の奥さんが、芸能人たちと、会員制の高級レストラン敷地内で花見（に似たもの、笑）を楽しんで写真に撮られても擁護してましたもんね。もう、これは、神経逆撫で系お似合い御夫婦と呼ぶしかないでしょう。いよっ、御両人！

でもね、アーティストが権力者に近いところにいるという印象を多くの人々に与えるのは決して格好の良いこととは思いません。せっかく良い歌なのにね。こういう場合は、権力者の側から配慮すべきなんじゃないですか？

まあ、時々、自分が権力者と親しいのをわざわざ吹聴したがる虎の威借り放題のアーティストや作家も見受けられますが。そして、そのたびに、私は首を傾《かし》げている訳ですが。

でもねえ、泣く泣く店じまいを告げる紙をドアに張っている人たちの気持を想像出来ない国のトップって……私、あの動画を上げるのを提案した人の顔と名前を知りたいです。あと、緊急経済対策として「お肉券」や「お魚券」の交付というアイディアを出した人、誰なんだか教えて〜〜!!　顔見せろや、こら。

前に、新型コロナのせいなのか、おかげなのか、色々なことが浮き彫りにされている、と書きましたが、「想像力のなさ」というのもそう。

長距離トラックの運転手さんの子供を学校側が登校拒否したり、配達ドライバーをばい菌扱いしたり。住人の看護師さんの感染を疑って、他の住人がバリケードを設置するというニュースを目にした時は、唖然としてしまいました。

ウイルスも恐ろしいけど、私は、そこから生まれる差別も同じように恐ろしいんです。何故なら、エイズというワードが人類史上初めて出現した時に、私も差別された経験があるからです。あの頃、外国人の友達や恋人と歩いているだけで「エイズ！」と叫んで指を差された人は少なくなかったでしょう。私のデビュー作「ベッドタイムアイズ」をもじって「ベッドタイムエイズ」と揶揄《やゆ》した知識人もいました。人間は愚かで、それ故にいとおしいという意見もありますが、愚かさにも許せるものとそうでないものがあるのです。

残念ですモーニングショー

2020/5/21

世界中が新型コロナウイルスの影響下にあり、日々、状況が変化しているので、この号が出る連休明けにどのような事態が待ち受けているのか、まったく予想もつきません。

毎週のこの連載でも、現実にはとても追い付けていないのですが、これからもなるべく浮き彫りになっている事柄に目を止めて行こうと思う次第です。

今、気になっているのは、テレワークテレワークと声高に叫ぶコメンテーターの人たち。某女性コメンテーターは、私の周りでは、もうすべてがテレワークに切り替えています！とやらない人間たちは下級と言わんばかりに語っていました。

それはそれは良かったですね、と私も思いました。でもさ、世の中には、そこに行かなくては成り立たない職種に就いている人々も大勢いるんです（私の夫もそうです）。大変な思いをしてまで、何故、現場に行かなくてはならないのか。それは、誰かがやらなくてはいけない仕事だからなのです。

世の中、デスクワークの人たちばかりじゃないんですよ？

そのテレビ朝日の「羽鳥慎一モーニングショー」では、レギュラーコメンテーターの人たちが、在宅で出演して、テレワークの重要性について熱心に語っていました。

社員でありながら、特別の存在感で目立っている玉川徹氏が熱弁をふるいながら、テレワークだと下半身はパジャマでも大丈夫なんですから、とその便利さを主張。ぼくだって、今、下はパジャマですよ！　と言ったのです。すると、それに同調する格好で羽鳥氏が、じゃ、立って見せて下さいと続けました。そうしたら、あろうことか、本当に玉川氏は立ち上がってワイシャツの裾をめくりパジャマ姿の下半身を見せたのでした。スタジオは、笑い、というか失笑というか、そういう内輪のなごやかさに包まれたのです。良かったね！　……じゃなくてさ……。

あのう。それ、おもしろいんですか？

自分の夫も含めて、不安を抱えながら通勤電車に乗らなくてはならない人たちのことを考えてしまい、何やってんだよ、こいつら、と悔しくて少し泣いてしまいました。わざとらしいスタッフのお追従笑いに至っては……言葉もない。良かったね、テレワークですむ仕事でさ。

断わっておきますが、私は、玉川さんに何の嫌な気持も抱いたことはありませんでした。色々な雑誌で叩かれたり揶揄《やゆ》されていたりしても、全然めげてない感じがかえって痛快かも、とすら感じていました。でも、いっきに嫌になりました。ほんと、コロナウイルスによって浮き彫りにされるものは、いっぱいあるよね。

そう思いながら、わずかに残っていた好感度をも払拭して視聴を試みて、気が付くことが沢山ありました。たとえば。

ねえ、玉川さんって、どうして、いつも人の話の腰を折るんでしょう。持論を語るのは、その前の人の話が終わってからで良いんじゃないですか。たとえ、正論を主張するのであっても、ものすごく感じ悪く見える。ひとつだけ教えて差しあげましょう。正論は、決して反感には勝てないのです。

あ、でもさ、もしも、あれが玉川さんじゃなくて、キャスター役のデンゼル・ワシントンだったりしたら……許す！　いや、むしろ、どんどんやって良し!!　て言うか、率先してやれ！　テレワークばんざい!!

私もいい加減ですね。あ、いい加減ついでに言いますが、新国立競技場、コロナ感染者のための仮設の病院として使ったらどうでしょう。どうせ空いてんだからさ。

まだまだ続くよコロナアタック

2020/6/4

〈前回までのあらすじ〉

テレワークをやらなきゃ下級と言わんばかりに声高に叫ぶコメンテーターが増殖する中、テレビ朝日の名物社員、玉川徹氏がその便利さを自ら証明するために、出演するモーニングショーで文字通り立ち上がった！　すると、下半身はパジャマであった。どうだ、便利だろう！　とワイシャツをめくり上げるその映像を観て、現場に足を運ばなくてはならない人々の苦労を慮《おもんぱか》って、全米が泣いた!!（嘘）

すいません、泣いたのは、日本の女性物書き（私）だけでした。

あれを書いたのは連休前で、ずい分とタイムラグがあり、この号も合併号明けになるので、さらに時間のずれが出て来てしまう。でも、私、こう思ったんです。リアルタイムのニュースは、インターネットなどにまかせれば良いのであって、週刊誌など紙媒体の定期刊行物は、記録係としての役目をまっとうすべきではないのか、と。遅れてやって来るが故に、簡単に削除出来ない話を蒸し返すことが出来る。

で、全米が震撼した（嘘）モーニングショーですが、あの一件以来、観るのを止《や》めてしまいました。私の苦手なエリートフェミニスト面《づら》したいけすかない女がレギュラー出演していることもありましたし。

しかし、家事をしながら朝のTVを流しっぱなしにするのが習慣の私。つい、うっかり、局を替えている最中にモーニングショーに合わせてしまったのです。

そうしたら、冒頭から玉川さんが謝っていました。何でも土日に行政の検査機関が休んでいたと勘違い。民間によるものだけだから、感染者数が正確ではないと伝えたそうな。でも、実は、行政の人々もフルタイムでがんばっていた……。

玉川さん、慚愧《ざんき》の念に堪えないとか言ってましたが、どんなふうな上からの調子で御自分の意見を述べていたのか、容易に想像がつきます。でも、過ちを認めて潔く謝罪するのは素晴しい!! 評価に値します……でもさ、謝ってるその下半身、どうせパジャマなんだろ? とんでもねえな。

いつになったら、収束するんでしょうね。新型コロナのせいで、人々の心も病んで来ているようです。どんよりと暗〜い沼地に沈んでるかと思えば、妙にハイになったりして。

アメリカに住んでいる私の友人も、何だか変なんです。いても立ってもいられないのか、自分の見つけた画像だとか動画だとかを引っきりなしに送って来るんです。それも、ぜーんぜん、私の好みでないやつ（自己啓発系、アメリカンジョーク系、ロック、笑）。私、そもそも、ネットやウェブって、必要最小限のツールとしてしか使ってないんですが……それに、その彼女、私の好き嫌いを充分に理解してる筈なんですが……どうなってんの？　中途半端に親しいから、その善意を迷惑とも言えないし……。

そう言えば、ステイホームという言葉も定着しましたね。私は昔、アメリカ人の男と付き合っていた時代に、その言葉で命令されるのが本当に嫌でよく喧嘩になったものです。でも、ステイ・アット・ホームな状態は元々大好きなので、今、ことさらつらくはない。

問題は、小池知事がその後に続けた「おうちにいましょう」です。私、いい年した大人が、自分の家を「おうち」、身内の仕事を「おしごと」とか呼ぶのを聞くと虫酸《むしず》が走るんですよ。有事の際は私の大嫌いな言葉が復活するので困ります。「絆」とか、「愛は勝つ」とか……あ、あれは歌か。歌に罪はないか。そもそも「絆」だって悪く言われる筋合いはない。ただ、自己満足、自己陶酔のために消費されてる、その状態が嫌なんです。

有事の言葉尻番長

2020/6/11

前回、小池東京都知事が提唱した「ステイホーム週間」に異議はないけれども、その後に続く「おうちにいましょう」を問題視している、と書きました。いい年した大人が自分の家を「おうち」と呼ぶの、私、本当に気持悪いんです。あれ、子供同士、もしくは、大人が子供と話す時に使う言葉ですよね。

ま、好みの問題と言われればそれまでですが。私が許せる大人の「おうち」は、中島京子さんの直木賞受賞作「小さいおうち」だけなんですよねー。あれは、若奥さんの心の綻びからしたたる官能的なしずくを、お手伝いさんの少女がひたすら受け止める感じがやるせない、素敵な小説でした。

今、都知事の御墨付を得て、すっかり野放し状態になった「おうち」。大手を振って、そこら中を歩き回っています。ま、仕方ないですね、しがない物書きの言葉の好みなど、有事の際にはどうでも良いこと……なんですけどね……ええ、性差別主義者と呼ばれてもかまいません、言わせて下さい。どんな男前でも、自分の家を「おうち」と言っただけで、魅力は半減どころか、マイナスに急降下です。セクシーさ皆無。じゃあ、女は良いのか？　うーん、若くて可愛ければ……って、私、いつのまにか、どっかのおじさんみたいな言い草になってますね。とりあえず、パブリックな場での「おうち」自粛ってことで！

　有事の際には、私の嫌いな言葉が復活するから恐怖だ、とも書きました。でも、本当は、その言葉自体ではなく、その言葉が自己満足、自己陶酔として消費されるのが嫌なのだ、と。例として、「絆」とか、これは歌で、歌に全然罪はないのですが「愛は勝つ」とか。

　ちぇっ、いちいち、うるせえ物書きのばあさんだと思われるのは百も承知。ええ、そうなんです。私、言葉に関してはとってもピッキー……あ、いけない、小池都知事の轍《てつ》を踏んで不用意な横文字を使ってしまいました。撰り好みが激しい、とでも訳しましょう。そう、偏屈なんですよ。言葉尻番長と自認しているんです。

　日本語について書かれた本も大好き。内館牧子さんの「カネを積まれても使いたくない日本語」は言うまでもなく、片岡義男さんの「日本語で生きるとは」、朝日新聞ベテラン校閲記者である前田安正さんの「ヤバいほど日本語知らないんだけど」などなど。「月刊文藝春秋」、サンデー毎日で連載中の「日本語探偵」、「校閲至極」なども毎回楽しみにしています。書き手の好き嫌いが顕著なものも興味深いし、柔らかーく正しい用法を教えてくれるものもありがたい。これらによって、私は、自分の日本語をますます頑《かたくな》にしたり、軌道修正したりしているのです。

ところで、復興オリンピックという言葉がありましたよね？　あれ、どこに行ってしまったんでしょう。あの言葉を錦の御旗にして、東京のあちこちでスクラップ　アンド　ビルドを強行していましたよね？

そして、今、そのことはなかったかのように、首相は東京五輪を「新型コロナに打ち勝った大会」として位置付けようとしている。なんで？　被災地の人たち、気の毒過ぎますよ。ああ、そう言えば、今、「非常時なんだから政府批判なんかするな！」という声が、著名人たちから上がっているそうですね。それを知って、私は心の底から恐ろしいと思いました。国に対して意見を述べられるのは言論の自由の基本でしょ？　有事の際、その自由が封じられた時に世界がどうなるかは、既に歴史が証明しているではありませんか。給付金より、お肉券とかお魚券の方が良かったんですかね。せめて「おうち」券なら、うるさい私も黙りますが。

「おうち」攻撃の恐怖に怯える

2020/6/18

現段階ではまだ自粛要請が続く中、病んでる感じの人が増えているみたいだ、と前々回に書きました。鬱傾向と躁傾向というのか。どんよりと沈む人あり、妙にはしゃぐ人あり。むやみに攻撃的になるのもそう。この間、私の知人夫妻は、散歩の途中、某マンションの下で立ち話をしていたところ、上階からバケツの水をかけられたそうです。

そして、うちの近所の公園では、太極拳をやっていた人たちが警察に通報された。どちらも、怒りのキーワードは自粛。ソーシャルディスタンシングを守っていても、関係ないみたいです。これが、マンションの下で夫婦が悲しみに暮れていた、とか、公園で嘆き悲しむ数名（理由は思い付きませんが、カラスが死んでたとか？）が天を仰いでいたなどの光景なら、腹を立てることもなかった筈。

自分ばっかり充実しやがって！　という怒りの発露が、攻撃的な行動を取らせるんでしょう。私も自粛要請期間に海辺に向かうべく車の渋滞を引き起こしている人々をTVのニュースなどで見るにつけ、やれやれと思ったりします。でも、思うだけ。営業中の店に非難の貼り紙や罵詈《ばり》雑言《ぞうごん》の嫌がらせ電話、ネットでの誹謗中傷などを匿名でする人の気持が、まるで解らない。

公園でカップルがいちゃいちゃしていると通報する人もいるそうです。なんて言って通報したんでしょう。男女が濃厚接触している真っ最中です！とでも？　うへー、ばっかみたい。その内、新・治安維持法とか制定されるんじゃないですか。非常時なんだから、国の批判するなと言ってる著名人たちもいるみたいだし。

そして、メディアでは「おうち」にいましょうの大キャンペーン。毎回言ってすみません、私、いい年した大人同士が「おうち」って言い合うの大っ嫌いなんだよ!!　このところ「おうち」での充実した過ごし方をあらゆる媒体が提案してくれます。そのたびに私の目や耳を攻撃する「おうち」。ひーっ、助けてくれえ！

あ、そうだ、アメリカのB級映画に“ATTACK OF THE KILLER TOMATOES!”というのがあって、カルト映画の傑作と言われているんですが、私、オマージュとして小説書いてみようかな。キラートマトの襲撃じゃなくて、キラー「おうち」の襲撃。題して「アタック・オブ・ザ・キラー・オウチズ」……いいえ、きっとペンを持つ手が震えて話を進めることが出来ないでしょう（手書きです！）。

ていうかさ、家にいたら楽しまなきゃいけないって法があるんですか？　それも他人からアイディアもらってさ。メディアが「楽しいステイホーム」を標榜《ひょうぼう》し過ぎるから、それが同調圧力になって、鬱屈した感情を生み出すんじゃないですか？　私、楽しい「おうち」がキラー・オウチズになる時が恐ろしいです。あ、もうなってるか。

そもそも、不要不急という言葉を国や自治体がものすごく重い罪のように、ある種の人々に思わせてしまったのが良くないんです。不要不急と思われがちな仕事を日々の糧にしている人だっているんですから（あ、自己弁護しちゃった）。

あ、私が言葉尻番長であるのは前回、書きましたが、この間、古いＤＶＤを観返そうと家の棚を探っていたら、気になる題名が……。「少年は残酷な弓を射る」。ティルダ・スウィントンの息子役のエズラ・ミラーの瞳が印象的な傑作ですが、弓は矢を番《つが》えて引くものかと。辞書では許容してるみたいですが、何か気持悪い。

ちなみに原題は「ケヴィ《ウィ》ンに《ニード》つ《トゥ》いて《トーク》語ら《アバウト》なきゃ《ケヴィン》（勝手に意訳）」。……そもそも弓なかった……。

いとしの田無タワーよ！

2020/6/25

新型コロナの感染拡大が始まってから今に至るまで、さまざまなメディアで、免疫力アップのための特集が組まれています。食生活から生活習慣、メンタルヘルスに至るまで、その方法は本当に多岐にわたっている。

夫は、歌を歌うのが良いらしいと聞きつけて来て、いつも即興で変な歌を作って声を張り上げています。それは、常に奇襲とも言えるもので、こちらは気を抜けません。絶対に笑い出してはいけない時（たとえば、水を飲んでいたり）に、その歌声に襲われたりすると、笑い転げるのを通り越して七転八倒する羽目になってしまうからです。

この間は、五木寛之さんの小説「青年は荒野をめざす」にヒントを得たのか、「中年は田無タワーをめざす」というのを自作自演していました。

田んぼがあるのに何故、田無
田んぼがあっても、それでも田無
東京都なのに西過ぎて

都心の若者、誰も知らねえ
＊（だけど、おいらは中年
中年は、田無タワーをめざす
中年は、田無タワーをめざす　（＊くり返し）

よっぽど田無タワー（正式名称はスカイタワー西東京）が好きなんでしょう。夫は、愛情を込めてそれについて語ることがたびたびあるのです。しかし、まだ行き着けたことがない。散歩で行くには遠過ぎますし、なんかただの電波塔みたいで登れなさそうだし。

でも、憧れの対象のようなんですよねー。この間も、二人で武蔵野市と練馬区の境目にある畑の間の一本道を歩いていたら、うんと遠くに田無タワーらしきものを見つけて、大はしゃぎ。もちろん、歌っていましたとも。ちなみに、田無エリアに田んぼがあるのかないのかは定かではありません。この先、そこに行き着けるのか、私たちの「約束の地」、田無よ〜〜〜（あ、「約束の地」は、本来は、ユダヤ教などにおいて、神がイスラエルの民に与えることを約束した土地のことですが、さまざまな音楽や映画、書籍などの題名に使われています。私たちの「約束の地」は、ハーモニカ奏者、リー・オスカーによる演奏曲ってことで）。

ふるさとは遠きにありて思うもの、田無タワーも、またしかり、ということで、私たちは、さよならを告げて、バスに乗って吉祥寺に戻って来ました。

私は、夫に導かれて、初めて東京都のバスに乗るようになったのですが（ひとりで乗ると酔うのと迷うのが心配）、特に、みたかシティバスなどの、巡回する小さなコミュニティバスが大好きになりました。武蔵野市のムーバスしかり。

この間は、一時間弱揺られて、調布飛行場まで行って来ました。夫をガイドにして、解説を聞きながらのバス旅の楽しいこと。小さい頃から、ずっとバス酔い体質だったのですが、大人になったからなのか、夫と一緒の安心感からなのか、全然平気になりました。大人の遠足って感じで、とっても楽しい。

自粛要請も解除されたというのに、小さなバスは、ほとんど私たちだけの貸し切りです。しかし、それでも時間通りに発車してくれるのが嬉しくもあり、せつなくもあり。どうにか、この危機を乗り越えてもらいたいものです。

飛行場から、調布駅までは歩きました。「調布銀座ゆうゆうロード」にある「串カツ田中」は、古い呉服屋さんの店舗をそのまま使っていて、すっごく格好良いです。ホッピーと肉吸い（美味！）で極楽です。

甦る〝ファイト・ザ・パワー!!〟

2020/7/2

ミネアポリスの白人警官による黒人男性への暴行死事件に端を発した抗議デモが、全米のみならず、世界中へと広がりを見せています。そして、それは暴動へと発展し、便乗した略奪行為なども誘発してしまった。

TVで、その映像を見ていて、ものすごい既視感に襲われた私。根底にあるのは、一九九一年のロドニー・キング事件です。あの時も、無抵抗の黒人青年、ロドニー・キングが警官数人にめった打ちにされて重傷を負い、その時に撮られていた映像が公開されたことで、LAの大暴動が起こったのです。

……三十年近く経っても、何も変わってない？　いや、さまざまな異なる背景があるのかもしれないけど、私が、知っているのと、まるで同じとしか思えない悲惨な映像がくり返し流れている。どうなってんの？

ミネアポリスと言えば、故・プリンスさんのホームタウン。ペイズリー・パーク（彼の自宅兼スタジオ）の陰で、今も、泣きながら「When Doves Cry（邦題：ビートに抱かれて）」を熱唱しているかもしれません。主演映画の「パープル・レイン」で、恋人役のアポロニアに去られ、悲しみと共に追憶に浸る時に流れる曲なんですよね、これ。私たちの紫の殿下が、あんな安っちいビッチのために泣いている、許せん！　げーらげーら、と私たちも映画館でどよめいたものです。

（あ、この、げーらげーらというのは、爬虫類のようなベッドシーンを観てしまった時の笑い声です）

プリンスさんも、よもや、自分の故郷が人種差別運動の中心地になろうとは予想もしていなかったのでは。そういや、ボブ・ディランも同じミネソタ州出身ですよね。このノーベル文学賞受賞者にも何か声明を出してもらいたいものです。でも、「その答えは風に吹かれているのさ〜〜」とか歌っていた人なので、期待しない方が良いかもしれません。

九一年のロドニー・キング事件は、やがてＬＡの暴動に発展するのですが、その間もさまざまな事件の引き金となって行きます。

暴徒化した黒人青年たちに信号待ちでキャビンから引きずり出されて瀕死の重傷を負った白人トラック運転手レジナルド・デニー事件。黒人居住区で商売を広げて行った韓国人商店襲撃事件。そして、ついに、ラターシャ・ハーリンズ事件が起きてしまいます。

これは、韓国人デリで商品のジュースを万引きしたと間違えられ、黒人の少女、ラターシャが銃で背後から撃たれ即死。手には代金の二ドルが握られていた、というひどい話。少女が店を出て行こうとするまでに、いさかいがあったらしいのですが、もうこうなったら、誰が誰の何を憎んでいるのか解らない。憎しみが憎しみを呼ぶ負の連鎖が続くだけ。

当時、私は、アフリカ系アメリカ人と最初の結婚生活を始めたばかりで、恋愛関係の中では解らないアメリカ本国での人種差別の洗礼を受けてショックの連続でした。

ちょうどその頃、スパイク・リー監督が「ドウ・ザ・ライト・シング」で人種差別を描いて大ヒット。そして、その主題歌を担当したパブリック・エネミーの「ブラック・プラネット」がこれまたスマッシュ・ヒット。人種差別反対の気運が高まり、関係のない国々の人たちも、そのムーヴメントを〝COOL〟と思った……（私も当事者の夫を無視して調子に乗って騒いでました）。

ちなみに、オバマ元大統領夫妻がファーストデートで観た映画もこれだったとか。拳を振り上げることは出来ても、手を握り合う……とは行かなかったでしょうね。

誰《た》がために東京アラートは鳴る

2020/7/9

東京アラート、とやら、すぐに解除されてしまいましたね。結局、あれ、何だったんでしょう。もう発令されないみたいですけど（六月十四日現在）、もういいよ、もういい。口で言えば充分です。ちゃんと日本語でなっ！

我家の周辺は、条例により高層の建物がないので、窓から新宿のビル群が一望出来ます。ちょうど、ニューヨークのブルックリン側から見るマンハッタンを臨むような景色で、夜景がものすごく綺麗です。

東京アラート発令で、レインボーブリッジと都庁が赤く染まるということでしたが、天気が悪くて、うちからは見えませんでした。ちぇっ、いつもは、あの辺をながめるたびに9・11で崩壊してしまったニューヨークはマンハッタンのツインタワーが、まだ存在しているかのような錯覚を起こし、追憶に浸っているのですが。

レインボーブリッジの方は、どうだったんでしょう。自粛も解除されてるしー、とドライヴがてら観光に行っちゃった人、いなかったんでしょうか。普通に家にいたら、赤く照らそうが何しようが見えないもんね。見えなきゃ意味ないよ……っていうか、赤くしただけで何か変わったの？　そもそも、何で「アラート」？　〝ａｌｅｒｔ〟＝軍隊なんかに警戒態勢を取らせる時の警報のことですよね？　自国の言葉でないものを、もし、そんな緊急時なら、使っても意味ないんじゃないんですか？

前から小池都知事の横文字多用に苦言を呈する人々は沢山いましたが（私のは苦言でなく不快感の表明）、ここで改めてお尋ねしたいんです。ねえ、なんでそんなに変な片仮名ばかり使うの？　公の場で、自国の誰にでも解るメッセージを発しなきゃならない立場の人が、なんで？

ロックダウンとかワイズスペンディングとかモメンタムとか、私の母みたいな市井《しせい》のおばあちゃんには全然意味が解らないので、一緒に住んで介護している妹が、いちいち大変な苦労をして、説明をでっち上げてるそうですよ（もはや通訳の域ではない）。あなたの使うその横文字、一度、介護施設とかに入所している方々の前で羅列してみたらいかがでしょう。即座にアラートに反応出来ない弱者の人々の前で。

だいたい、新しい東京の三つの柱として、セイフシティ（ｓａｆｅ ｃｉｔｙ）、スマートシティ（ｓｍａｒｔ ｃｉｔｙ）と一緒にダイバーシティを並べてた人だもんなあ。ダイヴァシティ（ｄｉｖｅｒｓｉｔｙ）は多様性という意味ですが、「お台場シティ」みたいな感じでとらえたんでしょうねえ。

あのさ、都知事さんは、気取って英語の題名を小説に付けるクールぶった作家（私のことです）とは違うんだからさ、解りやすい日本語でお願いしますよっ！

そういえば、現在の世界状況を予言していた？　と話題になっている映画「コンテイジョン」のDVDを夫と散歩の途中にタワーレコードのセールで見つけて即購入して観たのです。それが、え？　マジですか、というくらいに「今」なのでびっくり！　あれが予言ならぬ預言であるなら、感染の真っ只中にある今より、ワクチンが発明された近い将来の方に、それこそ「アラート」を発令すべきです。おおこわ。

アメリカでは、コロナによって抑圧された人々の生活とついに噴き出した長年の人種差別問題が結び付いて、世界を揺るがす事態に。実は、前にここでウイルス関連の文学について書いた時に少しだけ取り上げた、私の「アニマル・ロジック」という長編。日本で唯一、ウイルス（もどき）と人種差別を結び付けた小説なんですよ！　しかも渾身の力作（自画自讃）。版元も出したこと忘れてるみたいだけど、この際、ちゃっかり便乗してどっかで復刻してもらえないかなー（笑）。

あれも不倫これも不倫

2020/7/16

今、「小説新潮」という雑誌で、「血も涙もある」という不倫をテーマにした小説を連載しています。

「そもそも不倫なんて発想も言葉自体も嫌いなんだよ！」

と、いつもぶつくさ言ったり書いたりしている私ですが、別な名称がこの先誕生しそうにもないので、もう正面切って使っちゃってますよ。不倫。すると、この言葉が、どれほど世間で通りがいいのか解ります。男と女の複雑な関係をどのように説明しても理解を得られないものが、不倫の関係で、と言っただけで、あーなるほど、と頷いてもらえる。

会ってすぐ寝ちゃうお尻の軽い男女の関係を描いて早や三十五年のわたくしですが、「不倫」という言葉を重要な人物のために使ったのは初めてかもしれません。この二文字を書いて、何だかなー、と思わないようにするために、新しい定義を与えなきゃと意気込んだのもつかの間、やはり、気持は、ここに戻って来てしまうのでした。

「たかが男女のことじゃん！」

と。いやしかし、「たかが」は同時に「されど」でもあります。自分の身の上に降り掛かったら深刻な事態に発展したりもする。人生、山あり谷ありを実感するきっかけになったりもする。ドラマだってやって来る。波乱万丈がすぐそこにある。おもしろい。おもしろいよ！　不倫!!

書くのもするのもおもしろい不倫ですが、私自身がもう高みの見物を決め込む年齢なのが、ちょっと寂しい。しかも、今、熱中している趣味が夫であることだし（ええ、照れずに公言しています）。だから、他人の不倫報道を冷やかしと共に観ているだけ。善悪のジャッジなんてしません。……ていうか、ジャッジする資格なんてないもんね。だいたい、女性作家で不倫したことない人なんているんですか？　あ、あの方とかそうかも……すみません、私共のような不逞（不貞？）な輩と一緒にして。

で、渡部建さんのケースです。妻以外の女と性的関係を持つというのを不倫と定義付けると、確かに当てはまるのですが、彼の場合、フェティッシュな趣味と依存症が絡み合っているのではないですか？

多目的トイレをハッテンバ的に使ってことに及ぶというのも、発情した際のハプニングとして有り得るかもしれません。でもさ、それが毎回、しかも同じ顔ぶれとだったりしたら、彼の性的嗜好と考えるのもありでしょう。たぶん、多くの男女が求める欲情装置（清潔なベッドやロマンティックなシチュエーション、猥雑なストリップティーズ的なもの）では脳みそが満足しないんでしょう。

　家庭問題評論家みたいな人が出て来て、御馳走を毎日食べていると飽きて御茶漬が欲しくなる、それと同じ、なんて言ってましたが、そういうの、古今東西くり返されて来たただの男の言い訳。全然違うと思います。あと、奥さんによって更生させられるとも断言していましたが、無理だね。相手との合意ありで、犯罪じゃないんだから。そして、アルコール依存症がいつでも買える酒と、彼にとっての手軽な女は、もしかしたら同じだったかもしれない（もしかしたら、ですよ。私は専門家ではないので解りませんが）。

　それにしても、こういうのも不倫て呼ぶんですかね。ずっと不倫が「声に出して読みたくない日本語」であったのに、清水の舞台から飛び降りたつもりで使い始めた私。複雑です。

ちなみに件《くだん》の小説は、ラクロの「危険な関係」山田版みたいに進めたかったんですが、十八世紀後半の貴族の退廃に共感出来ずに独自の道を行ってます。

グルメ地獄からの脱出

2020/7/23

春の新型コロナ感染防止のための自粛要請が出たあたりから、TVや雑誌ではやたら食べ物の特集が組まれるようになりましたね。一日中、どこかしらで、目にします。これでもかと昔のグルメ特集からの映像や画像を引っ張り出して来たり、アップ トゥ デイトな情報も入れとかなきゃ、とお取り寄せやテイクアウトの品々を紹介する。

それらを観ていて、はーっと溜息をつく私。ねえ、おいしいものばかりを食べるって、そんなに重要だっけ？ と。

いや、コロナで経営難に陥った食べ物屋さんを助けたいって気持からやっているなら別なんですが、どうも、本当に困っている店のためではないような感じ。そう、番組の放映分ストックがないなら食べ物関係入れとけ、と言わんばかり。

TVや雑誌ばかりではありません。知人男性で、某高級料亭の持ち帰り弁当の素晴しさを語っている人がいました。普段食べられない豪華な懐石が、こんなに手軽にリーズナブルな値段で食べられる。すごい！ と。でも、絶対に、家で子供たちのための日々のごはんに頭を悩ませている専業主婦の奥さんには食べさせてないんだろうなあ……と思っていたら、やっぱりそうでした。

こぞって喧伝《けんでん》されているデリバリーだって良し悪しです。この間、ある方のエッセイを読んでいたら、例のUイーツの、四角いバッグを横に置いたお兄さんがファミレスで本を読んでいたそう。鼻毛を引っ張っていたんだか抜いていたんだかを延々とくり返し……ギャーッ！

たとえ私が彼の恋人でも、今の彼とは手をつなぎたくない、とお書きになっていました。はたして彼は、この後、手を洗ってから配達に向かったのだろうか、と。どんなに自粛していたって感染リスクに見舞われる……ほんと！　そうです!!

実は、私、同じデリバリーのあんちゃんたち見て、まさにそう思ったことがあるんです。それはまだコロナ騒ぎの前のことだったんですが。

仕事場に行く途中のガード下に続く道を歩いている時のこと。駐車場にもなっているそこに、時間的にも場所的にも、まったく人気《ひとけ》がなくなるスポットがあるんです。通り掛かるのは私だけ。で、停《と》められた車の陰に、いつも例のバッグと横倒しになった自転車がある。そして、その側に立つあんちゃんが、ある時は煙草をふかし、ある時は……（以下略）。まあ、清潔とは言いがたい行為に及んでいる訳です。これぞ「白昼の死角」by高木彬光ですね（古くてすいません）。

緊急事態宣言が発令された後、いっきに、テイクアウトとデリバリー推進みたいになっていましたが、お店を助けるためだけとはとても思えませんでした。家で作って食べる質素なごはんを見直しても良いのになあ、と残念に感じてしまったのです。

土井善晴さんの「一汁一菜でよいという提案」という本が私は大好きなのですが、ここに載っている御膳立ての写真は、「インスタ映え」とは無縁です。でも、他人様にアピールしようとキラキラ演出されたプレートより、はるかにおいしそうです！

〈ご飯をお茶碗にしっかり「装って（よそって）」あげて下さい。なんと、豊かなことでしょう〉

なんてのを読んでいると、炊き立ての温かいのでも、冷えてお櫃《ひつ》に余計な水分を吸ってもらったのでも、「ごはん、グッドジョブ！」と言いたくなります。

なんて、偉そうに語る私ですが、実はジャンクも大好き。生のもやしの上に熱々のインスタント塩ラーメンを注いで、パクチーをどっさり。フライドオニオンを振りかけて、ナンプラーをたらすと、東南アジア旅行が出来ますよ。

アイ　ラブ原稿用紙なんてもの♡

2020/7/30

週刊文春の林真理子さんの連載エッセイを読んでいたら、こんな箇所が目に止まりました。御自分を〈超アナログの手書き派〉とおっしゃる林さん。色々と予定が立て込んでいる時に締め切りがせまり文藝春秋に来社。そして編集部に足を運んで、テーブルにお座りになり、ひと言。以下、勝手に引用させていただきますが……。

〈「ここで書くので、原稿用紙を」

瞬間、その場にいた人たちは、みんな顔を見合わせたのである。重苦しい空気が漂う。

「ここには、原稿用紙なんてものはありません……」

「えー!?」〉（傍点は筆者による）

ここまで読んで、私も「えー!?」だったのでした。いや、原稿用紙がないのはこの御時世さもありなんという感じなのですが、私が驚いたのは、文春の編集者が原稿用紙に「なんてもの」と付けたこと。

こらーっ、おたくの会社は、数々の文豪が、血を吐くような思いで枡目を埋めた原稿用紙の恩恵に与《あずか》って発展して来たんじゃないのか！　林さんのお書きになった原稿用紙だって、

ものすごい貢献度の筈だ。もっとリスペクトしろやい！　べらぼうめ！（死語）

……ってなことを思って義憤に駆られたのでした。ええ、私も林さんの言葉をお借りすれば〈超アナログの手書き派〉。そして、これを変える気もない。

と、いうのも、この間、まっさらな原稿用紙が箱詰めされて届いたばかりなのです。今度のは薄紫色の紙に、濃い紫の罫が入っていて、なんとも高貴な雰囲気。創作意欲が湧く……のを待っています。

デビュー二年後に直木賞を受賞してから、ずっと今まで、親しい担当編集者に持ち回りで原稿用紙をプレゼントしてもらっています。バブルがはじけて以降、私が編集者にするおねだりは、この特注原稿用紙のみ。その前は……というと、バブルの嵐でいい気になった馬鹿女の例にたがわず、私に飲めるソーダはドン・ペリニョンだけよ、おーほほほ、とか言って編集者に御馳走させていました（でも、ただほど高いものはないのを水商売の経験から学んでいたので、無理矢理奢《おご》り返していました←ほんと、可愛くない）。

原稿用紙のパターンは、決まっていて、紙や罫の色がその都度変わります。英字のスタイリッシュな名前が入っていて、隅っこには、「Ｌｏｖｅ＆Ｐｅａｃｅ！☮」とか、「ＨＥＹ！Ｂｒｏｔｈｅｒ！」とかユーモラスなグラフィティも。千枚単位で箱に入った原稿用紙の束を剝く（別の紙に包まれている）時の匂いがたまりません。そして、その手触り……ええ、私、紙フェチです！

長いこと小説を書いて来ていると解るのですが、編集者といっても色々で、文芸に携わる人とそうでない人たちでは全然タイプが違ったりする。後者には、小説を「データ」や「コンテンツ」（しかも終った）として扱う人が多いように思います。ここで勘違いされやすいのですが、そういうタイプの人たちは昔からいました。ただツールが出現しなかったので目立たなかっただけ。

どちらが良いというのでもなく、向き不向きの問題です。問題は、編集者も会社員ですから、異動で向かない部署に行かなくてはならない場合もあるということ。小説をクラフト的な創造物ととらえている私の担当に、「え？　小説って、あのオワコンの？」と思っている人がなったりしたら、本当に可哀相です（どちらにとっても）。

手書きの文字は気恥ずかしいです。でも、その恥を知ることが出来るからこそ、抑制が効く。書きたいことより書きたくないことの方が多い私という小説家を理解してくれる若手編集者が、ひとりでもいてくれる内はこのまま書き続けたいです。

なんで今？　はてなのオーバーシュート

2020/8/13

なーんか、最近、「ねえ、なんでそれ、今やるの？」と、政府や行政に言いたくなること多くありませんか？　地方の観光地に甚大な被害を与えた豪雨災害の直後に、前倒ししてＧｏＴｏキャンペーンとかさ（七月十五日現在）。新型コロナ感染者が再び増えている時に、買い物客用プラスティックバッグの有料化もそう。海外では万が一のことを考えて、マイバッグ持ち込みを禁止した所もあるというのに。

あとさー、この間、近所のローソンに行ったら、ペットボトルのコーナーで、おばあちゃんがかがみ込んで真剣に商品を選んでいたんです。解ります！　私も、万が一、眼鏡を忘れたりしたら、そのおばあちゃんどころではなく、冷蔵庫にすがり付いて目を皿のようにして飲み物を識別していたでしょう。

ハイセンスなコンビニ生活（こう書いただけで、ものすごい矛盾を感じる字面です！）を提唱しようというのでしょうか、少し前から、ここのプライベートブランドのパッケージが、ものすごく小さくなってしまったんですよね。ペットボトルの「緑茶」と書かれた漢字は5ミリ角、その下にある「Ｇｒｅｅｎ　Ｔｅａ」なんて、大文字2ミリ、小文字1・5ミリですよ！　ど近眼の私が立ったまま見下ろしたら、虫か⁉　ってな大きさですよっ！

　字を小さくして出来た余白に何があるかというと、そこには、ほのぼのとしたファンシーなイラストが⁉　ぎゃーっ‼

　ファンシー……この、私を震撼させる様式美よ……あんた、縫いぐるみ好きじゃなかったっけ、と言われるのは百も承知ですが、それは置いといて、声を大にして世界の中心で憎しみを叫びたい。ペットボトルにファンシーいらねーーーーっ‼!

　私、こういうところに、意味のない企業センスを見せられると、ほんと、イラッとしてしまうんですよ。アメリカの衣料用の洗剤のタイドやキャンベルのスープ缶、クウェーカーのオートミールの箱などのパッケージの美しい存在感に満ちたデザインを見よ！　店内のランドマークにもなり得る安心感も漂う。

　私は、昔、「120％　COOOL」という短編で、ニューヨークの安ホテルのバスルームでトイレットに座り、その時に目に入るタイドの箱の鮮やかさが、とてつもなくクールだ！　というところから物語を始めたことがあります。私にとっての日用品のパッケージデザインは、時に、そういうものであって欲しい。つまり、それは、ゆるぎないということなんですが。

　洗剤名を出しただけで、唯一無二の存在が浮かび上がるような感じ。実際、アメリカの小説では、ティッシュペーパーは、しばしば「クリネックス」という固有名詞で登場します。そういう時、クリネックスのあるその情景は、重要な舞台装置になるのです。

だからこそ普遍性を獲得して欲しいんですよね、パッケージデザインには。そして、実用的であって欲しい。これは、今、皆がしているマスクにも言えることなんですが、余計なお洒落心を加えると、いっきにださくなっちゃう気がするんです。昔、パリで、警察官だったかが、カステルバジャックのデザインのユニフォームを着用しているのを見て、その機能美と遊び心の格好良さに、目を見張ったものです。

ユニヴァーサルデザインが重要視される中、超高齢社会の日本でなんで今、あんな小さな文字のラベル？　ローソンの社長さんは、宮本輝さんの熱狂的読者らしく、輝さんの出版記念パーティでお見かけしたことがあります。印象は、と言うと……ひと言、若かった！　三島食品「ゆかり」の点字付き袋を見習って欲しいものです（姉妹の「かおり」「あかり」「うめこ」は点字なしみたいですが）。

料理は意識の乱高下

2020/8/20

知り合いの、ネットニュース編集者でエッセイも書いている中川淳一郎くんの「意識の低い自炊のすすめ」という新刊を読んでみました。

〈いつから「おふくろの味は肉じゃが」という説は登場したのだろうか。実にバカな説である〉

という、いかにも彼らしい書き出しで始まるこの本、「巣ごもり時代の命と家計を守るために」という副題が付いています。

読み進めて行くと、確かに、自分を意識高い系グルメと勘違いする、やれやれな人々や、インスタ映えを意識し過ぎて、ただの自意識過剰映えになっちゃっているうっとうしい方々とは対極にある、アイディアやトリヴィアが満載。その意識の低空飛行ぶりが役に立ったり立たなかったり(笑)。とにかく読みごたえは、たっぷりあるのです。

あー、それ、主婦の楽屋裏の話なのに！　ばらすことないじゃん!?　とか、意識低いふりして旨《うま》いもの知っててんじゃん！　とか、いちいち難癖を付けながら読むのも楽しい。なんで、こんなもんを偏愛してるんだろうと、首を傾《かし》げるのも、食について書かれた文章を読む醍醐味のひとつです。

時々、すべての恵みに感謝！　とか、料理人の技に大感動！　みたいなことを声高に叫ぶ食のエッセイを読みますが、途中で疲れてしまいます。好きなもん書いたら嫌いなもんも書け！　とか、大事な食とはいえ、礼讃も過ぎるとぶつくさ言いたくなる。これは、人や出来事に関して書かれたものに関しても同じ。

で、ポジティヴなんだかネガティヴなんだか解らないこの本ですが、作者が食べることと飲むことが大好きなのは、しっかりと伝わって来ます。中川くんが作って、夫婦二人で飲み食いをエンジョイし、奥さんが後片付けをする。うちとは、ちょうど逆ですが、これこそ結婚生活の理想！

あ、とは言っても、夫婦には、それぞれそこの家の流儀がありますから、協同作業としての食生活に重きを置く必要はないんです。ただ、我家は、そう。思えば、私と男との関係は、食卓を共にしなくなることで、破綻を露呈させて来た……自ら辿って反省しよう……私と男の寝食のクロニクル……と、まあ、それは、小説でやってみることにしますが、夫婦で、食べる時間を分け合うのはいいもんです。そこに、世間様の価値観を持ち込む必要はない。意識は高くても低くても、ＯＫ‼

中川くんは、カレーに一家言あるみたいで、レトルトカレーに文句を付け、自分のカレーを一番に推しています。御当地カレーなんて旨くもないのに名物みたいに扱っている、とも。まあ、そうかもね。うちの実家の栃木には「苺カレー」というものがあり、地元民を疑心暗鬼に陥れていますし。

あ、でもさ、レトルトカレーにもおいしいものがあったじゃん！　と思いついた私は、中川くんに「アパ社長カレー」の存在を教えてあげました。

これは、私の夫が仕事先の近くのアパホテルで見つけて購入して来て知ったのです。うまーい！　と舌鼓を打つ夫の皿からひと口ちょうだいしてみたのですが、昔の食堂の味みたいで、本当においしかった。パッケージに、あの女社長さんの写真が載ってるのは、どうなの⁉と思わないでもないですが。

思い起せば、三十数年前。創刊されたばかりの雑誌「メンズ・ノンノ」でエッセイを連載していた私は、おふくろの味ばかりを持ち上げる男を腐《くさ》して、保守派から顰蹙《ひんしゅく》を買ったものでした。それが今や、自称意識低い系の男の書き手（笑）によって肯定されている！　いい時代になったなあ……（遠い目）。

あの言葉どこ行った？

2020/9/3

いつのまにやら、なかったことにされている言葉ってありませんか？　ええ、東京アラートのことですよ。都知事が、まるで見得でも切るように得意気に発表したあの言葉、そして、赤く染まった都庁とレインボーブリッジ。あれ、どうなっちゃったんでしょう。出すべきは、感染者数最高人数を記録してしまった今（八月二日現在）だったんじゃないですか？　いや、特別警戒が必要なら何度出しても良い筈。でも、もう、耳にすることも目にすることもなくなりました。あれはきっと、「小池劇場」の開幕ベルと同じだったんでしょう。

今は、わざわざ読みにくくカラーコーディネートされたフリップを掲げて、警戒を呼びかけるだけになりました。東京アラートの「ト」の字もない。でも、わざとごまかしているとかではないと思います。本当に都知事の頭の中からは、大騒ぎしたあの発表時のことなど消えているんでしょう。

それは、発売直後から大ベストセラーになっている「女帝　小池百合子」（石井妙子著　文藝春秋刊）を読めば解ります。

すっごくおもしろいから！　と色々な人々に勧められたこの本、今では、私もあちこちで勧めまくっています。松本清張の名作「砂の器」を彷彿《ほうふつ》とさせるという説もあり、実際に作者は、あの映画のテーマ曲を聴きながら書いたそうですが、私は、昔、世界的ベストセラーになった、M・スコット・ペックの「平気でうそをつく人たち」を思い出しました。これに関しては、他の雑誌で書いたので省略しますが、彼らが何故〈平気〉なのかと言えば、そこに罪悪感というものが存在しないから。

だからさ。外野がどうこう言っても無駄なんです。都合の悪くなった出来事（言葉）は、それが過去になった瞬間に亡きものとして葬り去られて行くんです。

政治家には、確信犯的に嘘をつく悪人と、自分の上昇志向のまま無意識に嘘をつき続ける人がいますが、この方の場合、後者か、と。悪気、ないんですよ！　いくら人を蹴落としたように見えても仕方ないんです。崖を登っている最中に危機に遭遇したら、自分の下にいる人を見捨てて、ザイル（ロープ）を切らなきゃならないんですから。その時、下を見て、すまない！　と言えるかどうかが問題なんですが……。

そういや、「食のテーマパーク」という言葉も消えましたよね。築地をそういうアミューズメント施設にする予定だったらしいですけど。

この間、TVニュースを観ていたら、アナウンサーが「すっかり、定着したクールビズですが……」と言っていました。そうなんですか？　少なくとも私の周囲で、そんな言葉は使われていませんが。暑いから、上着なしで、ネクタイを緩めている人は、昔からいましたし。あの時、「クールビズ！」と発表した時の小池さんの得意満面と、既に消え去った「東京アラート」のフリップを掲げた彼女の表情が、なんか似てる〜と感じたのは私だけでしょうか。

そういや、誰が命名したのか知らないけど、「プレミアムフライデー」っていうのがありましたよね？　あれって、今、どうなってるんですか？　今こそ、やりましょうよ！　景品付き金曜日（直訳）。景品の代わりに報奨金（これまた直訳）でもいいです！　でも、価値ある金曜日の何たるかを、絶対に政治家さんたちに決められたくないですね。

あ、こんなこと言ってると、今の御時世、人気芸人さんとか有名ミュージシャンの方とかに、選挙で選ばれてから言え！　って叱られちゃうんですよね？　コロナ禍ならぬ、言論同調圧力禍……やだやだ。

コロナは万死に値する？

2020/9/10

　これを書いている今、お盆休みも後半にさしかかっています。休暇が始まる前、東京から帰省した人が差別されるなんてことはないよね？　そんな偏見に満ちた人がいる訳ない、いーや！　いて欲しくない!!　と希望的観測を諦められずに持ち続けていたのですが、やはり……。

　一県だけ感染者が出ていなかった岩手県で、最初にそうなった人は、さぞかし肩身が狭かろう、と思っていたら、肩身どころじゃなかった。まるで犯罪者扱い。

　帰って来るな、（感染したという）噂だけじゃすまない、と親から送られたLINEが紹介されていました。妹の縁談が駄目になる……ここでもう生きて行けない、とか……唖然。

　青森では、二度の検査で陰性が出ている帰省者の家に誹謗中傷ビラが投げ込まれ……もう呆気に取られて、これ、いつの時代のどこの国？　と思ってしまいました。でも、我国で、今、普通に起きている現実なんですよね。あー、何という殺伐具合。

　今、あらゆるところで、さまざまな人が怒ってますよね？　新型コロナ感染者には、どんなに激しい言動を示しても良いことになっている。だって、感染しないこと自体が正義なんだもん……正義かよ、おえっ。

明日は我身と想像出来ない人々がこんなにも多かったのか、と恐怖すら覚えます。

少し前になりますが、新宿の小劇場で新型コロナの感染クラスターが発生した時、ツイッターで、その劇団を激しく罵倒している人がいましたよね。確か、「万死に値する」という文言を目にしたように思ったのですが……。

申し訳ないんですが、私、この「万死に値する」っていうフレーズを見たり聞いたりするたびに、なんかおかしくなっちゃうんですよ。身内ならともかく、他人のしでかしたことに対してそれを口にする人が、私は大の苦手。何を大袈裟な！　と感じてしまうんです。「万死」好きは、だいたい、大仰感満載の言語センスを持っていて、「ドーダ！」（Ⓒ東海林さだおさん）って時に使うのね。見得切るみたいに。

政治家とかにもよくいます。誰かの失言の揚げ足を取る時に、得意満面の表情で使う。でも、たいていは、えっ？　そのくらいで「万死」⁉　と感じてしまう訳よ。独裁者の大量殺戮やくり返される悲惨な幼児虐待死事件などには使わない。

広辞苑によると「万死」とは、何度も死ぬこと、とあります。新型コロナの感染クラスターを発生させた劇団は、確かに不注意極まりなかったかもしれませんが、「万死」という言葉を使ってまで断罪されるべきなのでしょうか。

っていうか、新型コロナウイルスって、そもそも、死に至ることもある感染症ですよね。それを意識して、リアリズムとして使ったんでしょうか。だとしたら、本当に冷酷だけど、まさかね。読者の皆さんも、「万死に値する」を使う人に出会ったら、まじまじとその人となりを観察してみませんか。それを口にするに「値する」人間なのかどうか。

言語センス、と言えば、またもやこの方を引き合いに出してしまうのですが、東京都知事が「特別な夏」と名付けた今年の八月。今、私の周囲ではこの「特別な」をおおいに問題視しているのです。だってさ、「特別な夏」って言えば、高校球児が甲子園に出場した夏であったり、少年少女が甘いひと夏の経験に身を投じる休暇のことであったり、夏の間に連載原稿上げてやったわい！　と作家（私）がふんぞり返ったりする……そんな忘れられないポジティヴな夏のことじゃないんですか⁉　今年を表わすなら「特殊な」や「異例の」などが相応《ふさわ》しいと思うんです。そういや、志村けんさんの死も「万死」のひとつに数えられてるんですかね？　哀しいなー、特別な夏。

ポテトサラダラプソディー

2020/9/17

この間、冷凍餃子は手抜きか否か、というお題でワイドショーが盛り上がっていました。その少し前には、ポテトサラダで侃侃諤諤《かんかんがくがく》。

このポテトサラダ論争について、念のため、ざっくり説明しておきますが……。ある日、お子さん連れの女性が惣菜売り場の前で、ポテトサラダを買うべきか否か迷いながら手に取ったところで、背後にいた見知らぬじいさんにいきなりなじられた。いわく、母親ならポテトサラダくらい自分で作ったらどうだ……。

というあらまし。これに対して、実際に作っている立場の女性たちは猛反発。地味に見えて、あれほど手間のかかるものはない、と。しかしながら、ある種の男たちはどこ吹く風で、じゃがいも切ってマヨネーズ混ぜるだけだろ？　と肩をすくめて見せて火に油を注ぐ。で、とうとうプロの惣菜屋さんが出て来て、どれほど手がかかっているかを調理しながら説明する事態に。うちでも、毎日は無理ですねえ、というプロの言葉に、台所を預かる側はようやく溜飲《りゅういん》を下げた……という流れ。

そうそう。ポテトサラダって、作り方はシンプルだけど、時間がかかるんですよねー。そして、丁寧に作ろうとすると、ほんと、面倒臭い。しかも、この際だからと多めに作ると、絶対に残る。ちょっとだけあるとありがたい、と出される側のわがままを考慮に入れなきゃいけない、という、なーんか、苦労と成果がイコールにならない料理なんですよねー。

実は、私もこの間作ったんですけど、じゃがいもをゆでるのが面倒臭くて、フリーズドライのポテトフレークみたいなのを使っちゃいました。ごろごろした食感を残したポテトサラダは出来ませんが、マッシュ系のやつは、おいしくて簡単に作れる……とは言え、玉ねぎやら人参やら胡瓜やらを刻まなくてはいけないのである程度の時短にしかならないのですが。

このインスタントのポテト、かなり優秀なんですよ。昔は、いかにも「即席代用品」みたいな匂いがして使う気になりませんでしたが、何年か前にカルビーで商品化されたのがいいよ、と友人に教えられたんです。いわゆる「マッシュポテトの素」なんですが、これが全然悪くない。ちょっと上等のバターなんか混ぜ込んでみたら、その辺のフレンチより旨《うま》いかも！　と感心したんです。インスタント、進化してるわー、と。

このカルビーの製品、最近、店頭では見かけませんが、どうしたんでしょうね。茶巾に絞ってチーズと共にオーヴンで焼いたりしたら、パーティにもぴったりなんですが。見当らないので他社のを使いましたが、今ひとつなので、本物のじゃがいもに戻りたいところです……が、やっぱり大変なんですよっ。

前出のうちで作ったポテトサラダは、ポテトフレークと牛乳やバターを混ぜては足しをしている内に、大量になってしまいました。そして、毎日、残り物を私が食べる破目に。居酒屋で必ず頼むくせに、私のポテトサラダはどうして箸が進まないの⁉　そう怒りの声を上げると、夫は言ったのです。

「ポテトサラダって、店のお通しくらいの量を目視して食べるから旨いんでしょ？」

きーっ‼　ぽっちりと小鉢に盛ったお通し分だけを作る訳に行かないのがポテトサラダなんだよ‼　だから、お店屋さんで買いたくなるの‼

と、無関係の私ですが、スーパーの惣菜コーナーで子連れママに無神経な言葉をかけたじいさんにずーっと憤っています。義憤から私憤へ。残りのポテトサラダを捨てられずにたいらげた私、ええ、体重増加の一途を辿りました。

コロナ直撃文学賞

2020/9/24

芥川賞直木賞の贈呈式に行って来ました。本来なら、その後に受賞を祝う盛大なパーティがあるのですが、今回は、新型コロナの影響でそれはなし。関係者と登録した記者のみの何とも寂しいものとなってしまいました。

前回の二月の受賞パーティでもコロナの脅威はせまって来ていましたが、まだまだ他国のことのようで、実感が湧かず、それでも、かなりの厳戒態勢に感じられて、受賞者、気の毒だねえ、なんて言っていたのでした。

しかし、思い起せば、あの時は甘かった！　現在の状況など想像も出来ずに、四月の朗読会、どうする？　なんて言って、ゲスト予定の田中慎弥くんに羽織袴を着てみたら似合いそう、などと呑気に提案していたのでした。

芥川賞も直木賞も一生に一度のもの。その祝いの宴の華やかさは、他の文学賞の比ではありません。特に芥川賞は新人賞の意味合いもあるので、プロとしての門出を素晴しいもてなしで祝ってさし上げたい……ええ、酒付きで！　乾杯のない祝福なんて、クリープを入れないコーヒーのようです（何十年ぶりかに思い出したこのフレーズ！　古過ぎて意味の解らない若い方は無視して下さい)。

でも、やはりこの非常時。仕方がありません。受賞者の方々に御祝いの言葉を伝えるだけで帰宅しました。明るい内に贈呈式を終え、明るい内に素面《しらふ》で家に戻った自分の品行方正ぶりを誉めてやりたい！ 文学賞授賞式の夜、日付けが変わらない内に帰れたのって初めてなんですよっ。偉いよ、私。やれば出来るじゃん！

今回の芥川賞受賞者は、高山羽根子さん、遠野遥さんの二名。どちらも、これからが楽しみな書き手です。

遠野くんにお会いして、やっぱりと思ったのですが、彼、島本和彦さんの漫画「アオイホノオ」の主人公、焰燃(ホノオモユル)くんに似てるんですよ！ 受賞作が載った雑誌を見て、えーっ、そっくり！ と感じた印象そのままだったんです。ホノオくんと言えば、顔面のものすごいオーバーアクションが魅力で、ドラマ化された時には、ホノオ役の柳楽優弥くんの原作に忠実な演技が話題でした。遠野くんはマスクで顔半分が見えませんでしたが、ホノオくんみたいに顎の外れそうな表情で書き続けて行ってもらいたいです(比喩)。

今回から、芥川賞の選考委員として、私が一番古い人になってしまいました。十七年前、新選考委員として選考の場に加わった時は、三島由紀夫につぐ最年少なんて言われたものですが、月日が流れるのは本当にあっと言う間。もう、おばあさんです。

新選考委員になった平野啓一郎くんに、いくつになったの？　と尋ねたら、四十五歳との答えが。その時、ああ、私より、まだそんな年下なのか……と思ってしまった私。よくよく考えたら、「まだ」じゃないじゃん！　ずっと、「そんな年下」なんだよ！　とおかしくなってしまいました。

実年齢では、追い付くことも追い付かれることもない。でも、小説の世界は何でもありだよなあ、と文学賞の場で、色々な人々、さまざまな作品に出会うたびに思います。八十歳の新人がいたって二十歳のベテランがいたって良い分野だもんね。私も、小説家的にはワイルドなおばあさんでいたいです。生活は、ほんっと地味で、慎ましやかに暮らしてますけどね。

会場で会った同じ選考委員の島田雅彦がドクロのプリントされたマスクをしていたので、からかうと、「勝負マスクだ」と返して来ました。どんな勝負するんだよっ、きみは！

コーヒーとクリープと違いの解る男

2020/10/8

前回、「クリープを入れないコーヒー」というフレーズを書いた後、意味の解らないお若い方は無視して下さい、と続けました。いや、しかし、私の周囲で知らない人はいないだろう、あんな有名なCMコピーを……と思っていたら、いた！　しかも、この連載の担当編集者が!!　そっかー、彼、そんなに若かったのか……忘れていたよ。

クリープとは、言わずと知れた（商品自体は御存じですよね？）牛乳由来の粉末コーヒークリームですが、「クリープを入れないコーヒーなんて、○○のない××のようなもの」と著名人が語る忘れられないCMは、昭和四十年代に登場しました。初めて出演したのは俳優の故・芦田伸介さん。銀座の「まり花」という小さな文壇バーで隣り合わせになることも多かった芦田さんでしたが、威厳があり過ぎて、おいそれと冗談を言える雰囲気ではありませんでした。芦田先生（皆、そう呼んでいた）にとって、今現在クリープを入れていないコーヒーみたいなものって何ですか？　と聞いてみたい気もしたのですが……。

この「○○のない××のようなもの」の○○には「星」、××には「夜空」なんて入ったりするのです。そして、それを観ていた子供（私）は、なーるほど、良いこと言うじゃん！　と自分なりに言葉を当てはめようとする。「翼のない鳥のようなもの」ってのもあったな。ちなみに手塚治虫先生は、「風刺のない漫画のようなもの」とおっしゃっていたらしいです（記憶になし）。

あ、クリープで思い出しましたが、渋い著名人が登場すると言えば、ネスカフェ・ゴールドブレンドのＣＭもありました。くーっ、これも今の若い人たちには聞いたことも観たこともないものなんだろうなあ。「上質を知る人の……」とか、「違いが解る男」というフレーズと共に、年輪を重ねた文化人たちを映し出す。後年、何人かの女性も登場し年齢もぐっと若がえるのですが、私が子供の頃に観ていたのは、偉大なるおじさんばかりでした。音楽家、映画監督、役者、アーティスト、などなど……作家では、遠藤周作、北杜夫、阿川弘之、宮本輝各氏。中でも、狐狸庵先生こと遠藤さんは、観た方誰もが記憶に焼き付けたのではないでしょうか。

私もそうです。え？　狐狸庵って？　なんか、おもしろそう！　と中学一年かそこらだった私は、すぐさま図書館に走り、狐狸庵シリーズを借りたのです。そして、驚嘆！　ぎゃーっ、こんなおもしろいおじさんがいたんだーっ!!　と、遠藤周作ブーム到来。しかし、「怪奇小説集」を読んで震え上がり、ブームはいっきに収束。「沈黙」や「深い河」などの文学作品に触れるのは、もう少し先のことになります。

中でも私が一番好きなのは「わたしが・棄《す》てた・女」という長編小説で、当時在籍していた読書クラブで、小説好きの友達と「森田ミツって聞いただけで、ごはん三膳分泣けるよね〜〜」なんて、まだ子供のくせに生意気なことを言っていました。そんな私が、それから十年余り経って芥川賞の候補になり、遠藤さんに選考されることになるとは！　事実は小説より奇なり！　です。

あ、そう言えば、九一年に宮本輝さんが「違いの解る男」になった時、私は、新聞広告のために招《よ》ばれて対談相手をしたのでした。「へ〜、輝さんが違いの解る男ねえ……」と、からかう私に、宮本さんは、ただただ照れ笑いを浮かべていらっしゃいました。

あの頃から比べると世の中をずい分と知った私。正真正銘の「違いの解る男」にも、ずい分会って来ました。もちろん宮本輝さんも、そのおひとりですよ！　ちゃんと、クリープも、入ってます。

有馬晴海さん礼讃!?

2020/10/15

新しい総理が決まりましたが、その前後、TVのニュースや情報番組では新型コロナに関する報道がいっきに減り、話題は、ほとんど政治に移りました。

例によって、家事をしながらTVを観ていたのですが、政治評論家の顔ぶれって、いつも一緒ですよね。政権にすり寄ろうとしているのが一目瞭然の人あり、反抗期か！　と言いたくなるような不機嫌な人あり、なーるほど！　と頷かせてくれる人あり……（滅多にいませんが）。

そんな方たちの中で、私が注目しているのは、有馬晴海さんです。私、この人は、日本一、割烹着の似合う政治評論家だと思っているんです（男性です）。

大学にほど近い私鉄沿線の庶民的な割烹料理屋で、日々、あったかいおふくろの味を提供するおかみさん……いえ、常連客は皆、彼女（彼だけど）を「おっかさん」とノスタルジーたっぷりな感じで呼ぶことでしょう。その彼女がひじきの煮たのやオクラのお浸し、白和えなんかを突き出しとして出してくれて、「これ、旨《うま》いよ、おかわりある？」と客が御機嫌で舌鼓を打つ。貧乏な学生さんには特別な安い値段で定食を提供してやり、だから彼らは卒業しても、ふと思い出したように足を運ぶ。それは、社会に出て偉くなったって変わりません。学生に混じって、くつろぐ早稲田（仮名）のOBたち。ええ、もちろん、そこには、あの島耕作の姿も……。すごい美女を連れている！　と思ったら大町久美子（後の妻）さんではありませんか！

「まあまあ、島さんたら、こんな綺麗なお嬢さんと……相変わらず隅に置けないわね」

「おかあさん、島さんてどんな学生だったの？」

人なつっこい様子で尋ねる久美子。晴海おっかさんは、ころころと笑いながらも菜箸を動かす手を止めない。ええ、実は、若かりし頃の彼女は、おきゃんな魅力を振りまくコケティッシュな美女。まだ親の店の手伝いだった頃、彼女に「ほの字」（死語か）だった学生さんは大勢いたのです。もちろん、島耕作も……青春時代を共有した二人の間に何が……いいえ、野暮は言いますまい……。

と、まあ、こんな感じで割烹着の似合う方なんですよ！　有馬晴海さんは。だから私の中で、とってもポイント高いんです。TV画面越しに遭遇するたびに、いよっ！　日本一!!　と声を掛けているんですが、そんな私を見る夫は、うちの妻って……と呆れているようです。

でもさ、割烹着を身にまとって小料理屋感を出せる大人の男って稀少だと思うんですよっ、奥さん！（誰!?）　ほら、だいたいは、年食った給食当番みたいになっちゃうじゃないですか。見たことないけどさ、年食った給食当番。

何故、ここで、小料理屋から島耕作を連想したかというと、実は、うちの夫が一時、大はまりして、「島耕作シリーズ」を全巻手に入れたんです。で、私も、SFか！　と思いつつ読んでいたら、いつのまにか夢中になり、すべて読破していたという……ちなみに、「黄昏流星群」も全部所有しています（夫が）。

そんなふうに我が家を席巻した弘兼憲史先生ブームなんですが、ひとつだけ気になっていることがあるんです。御存じモテモテの島耕作は、深い仲になる美女とシャンパンを飲むことが多いんですが、時々、その開けたボトルをバルコニーの手すりに置きっぱにしてるんですよね。危ないんで、室内に戻して欲しいんですが……。

またまた島耕作氏見参！

2020/10/22

前回、政治評論家の有馬晴海さんと「課長　島耕作」の秘められた過去（捏造《ねつぞう》）を暴露した私。久し振りに島耕作のことを思い出させてくれたよ、有馬さん、ありがとう！なあんて思っていたら、九月二十日付の読売新聞朝刊（東京版）の「テレワーク時代　到来」と題する全面カラー広告で、小池都知事と島耕作が対談していたそうな。

週刊新潮の記事でそれを知った私は、驚き呆れてしまいました。写真を見ると、大写しにされた映りの良いにこやかな都知事の写真と漫画の島耕作がコラージュされている。

……これ、気の利いたアイディアと思ったんでしょうか……こういうところで、漫画のキャラクターを出して来るなんて、自分自身のプロパギャンダと言われても仕様がないのでは？　対談というのは、生身の意見が交錯したり、ぶつかり合ったりするディスカッションである筈です。意見広告出すなら、ひとりでやりゃあ良いのに。このセンスを、都庁の人たちは、ナイスと感じたのでしょうか。それとも意見出来ない圧力が掛かっているんでしょうか。

〈コロナがどう振れるかわからない微妙な時期に、マンガの主人公と対談して〝テレワークにしましょう〟とアナウンスするのは、都民の気持ちとズレていると思います〉と語るのは、東京都の元幹部職員で、「築地と豊洲」の著書がある澤章氏。

〈小池さんの顔を売るために、こんなところに千万単位のお金をかけるのもわかりませんとおっしゃっていますが同感です。思うに小池都知事という人は、現場に足を運ばなくてはならない、いわゆるエッセンシャルワーカーと呼ばれる人々の気持はまったく解らない……いえ、はなから理解する気もないんでしょう。

だってさ、あの（いまだ）ピカピカの都庁というお城にこもってるんだもんね。今年の猛暑で、外の人々はマスクをしながら熱中症の危険と戦っていましたが、都庁の中の人たち、皆、あの部厚い防災服にきっちり身を包んでいたではありませんか。別にエマージェンシーの必要もないのにさ。それって、都庁の中は、しっかり冷房が効いてたってことですよね。あれ？　クールビズって誰が作った言葉でしたっけ。

会議の場面がＴＶに映った時、全員があの暑苦しいバイカラーの防災服を着ていたので、ものすごい違和感を覚えたんですよ。都庁の内と外、気温が全然、違うみたいですね。汗も出ない場所にいるんじゃ仕方ないですね（皮肉）。

島耕作もさあ、都知事と対談なんかする前に、割烹「有馬」の晴海おっかさんに相談してみたら良かったんじゃないの？　あの方なら、かつての訳あり常連客であるあなたに適切な

アドヴァイスをしてくれた筈よっ!!（詳しくは前回参照）

そう言えば、まだ新総理が決まる前、自民党総裁候補三人に関しての印象やら意見やらをタレントやコメンテーターなどがかまびすしく語っていたのですが、ある女性が石破茂氏に関して、「あの話し方が生理的にダメ〜」と言ったのが誹謗中傷に当たると炎上したそうです。たまたま、ネットで「嫁と子供がいるひとりの人間を侮辱して云々《うんぬん》……」という意見を見て、ええーっ、そこまで!? と思いました。「生理的に」って、ポリティカル・コレクトネスに引っ掛かっちゃうの!? 私も、彼の話し方、生理的に……なんですが……。それより、舅、姑以外が使う「嫁」の方がよっぽど問題あると思うよ。それとさ、新総理のパンケーキ好きと好感度を結び付ける向きもあるみたいですが、甘いもん好き──→良い人って連想、昔の煙草──→不良とか、ベレー帽──→芸術家みたいに古過ぎると思うんですが。

潮時は退《ひ》け時にあらず

2020/10/29

この間、TVを観ていたら、小柳ルミ子さんが切々と語っていました。

「コロナ禍で仕事も減り、私も芸能人としては今が潮時なんじゃないかと引退を決意した。しかし、そんな時、桑田佳祐さんが御自分の連載するコラムの中で、私を絶讃してくれた。感動で号泣してしまった私は、そこからパワーをいただき、もう一度、歌手としてやって行く前向きな気持を取り戻した」

……と、正確ではありませんが、このような内容でした。聞いていて、あ、それ！　と思ったのですが、週刊文春の連載、「ポップス歌手の耐えられない軽さ」のことですよね！　実は、私も大好きなんですよっ。

桑田さん御自身を形作って来た音楽ルーツを、ある時はプロフェッショナルの目で、また、ある時はミーハー目線で、そして、時には地元密着型の視点から、とっても楽し気に語り下ろしているんです。読んでいるだけで、音楽の楽しさのお裾分けに与《あずか》るようなお得感がある。ちょっとそこのお兄さん、お姉さん、難しいこと言いっこなしよ！　と言われている感じ。

あ、「お兄さんお姉さん」って、今、PC（ポリティカル・コレクトネス）的にいけないんでしたっけ？　この間、ＪＡＬが「レディース　アンド　ジェントルマン」という機内放送の呼び掛けを止《や》め、某国際映画祭では、主演女優賞と主演男優賞の区別を取り払いひとつの賞にするという、そんな御時世。

はー、なんか窮屈……「私は女優よ！　レディと呼んで！」と、ほざ……いえ、言っている私のゲイの友人たちは、どうすりゃ良いのか。

私は、常に、あらゆる意味でフェアでありたいとは思いますが、言葉に関してＰＣ過多になると、妙なことになって来るのでは？　だってさ、アメリカでは一時、背の低い人を「重力に逆らって努力する人」とか言う破目に。厳格になり過ぎると妙なことになると思うんです。トニー谷さんも天国でしょんぼりしているかもしれません。ちなみに、お若い方のために補足しておくと、トニー谷さんというのは戦後に活躍したヴォードヴィリアンと呼ばれた舞台芸人さん。「レディース　アンド　ジェントルマン　アンド　おとっつあん、おっかさん……」と、ソロバンを片手にリズムを取っていました。なんて、知ったかぶりしてますが、私も、この方の芸をリアルタイムでは知らないのですが、昔の映像を観て、元祖ジャパニーズラッパーと呼んでいます。ファンという訳ではないんですが、味方です。

小説の世界にもＰＣの波が押し寄せて言葉狩りになる事態を危惧しています。差別主義者を描くということと、作者が差別的人間であるのはおおいに異なります。小説とは、被害者の怒りを描くのと同時に加害者の悲哀にも目を向けるもの。それを理解して味わってくれる成熟した読者の存在を信じて、日々、小説に向かい合っています。そこには、パブリックな場で公正を期す裁判とは違う価値観が眠っている筈なのです。

話は元に戻りますが、小柳ルミ子さんが使った「潮時」という言葉、「退《ひ》け時」みたいに使う人が多いようですが、本当の意味は、ちょうど良い時、つまり「好機」のことなんです。まさに、ユア　タイム　イズ　ナウ！　引退なんて早い早い。

桑田さんのコラムで、洋楽の題名を日本語に意訳した愉快な例を特集した回がありましたが、エアロスミスの「ウォーク　ディス　ウェイ」が何故《なにゆえ》に、邦題「お説教」だったのかという件について言及してもらいたかったです。

言葉尻番長再び

2020/11/5

夫の本棚には、私が絶対に目を向けないであろうジャンルの本が沢山並んでいて、そのほとんどは理解不能の専門書なのですが、時々、興味を引かれるものを見つけては勝手に読んでいます。

この間は、二年程前に話題を呼んだ、元野球界のスーパースター、清原和博氏の「告白」を手に取りました（夫は野球好き）。

御存じのように清原さんと言えば、華々しい栄光のポジションから、薬物によってすべてを失ってどん底に転落、というドラマティックな人生を送って来た御方。まさに文字通り、天国と地獄を見たのでしょう。

本は、インタヴューの再構成という形になっていますが、聞き手もインタヴューイーである清原さんも都合の悪いところをはしょったり美化したりせず、素直な心情吐露になっています。私は同情しませんが、ファンなら涙してしまうかもしれない。薬物の恐ろしさも充分伝わって来て、彼が悪いんじゃない！　怖いのは依存症という病気なんだ！　と思わず擁護したくなったりして。好感度を取り戻す本でしょう。

でも、私、ひとつ、告白内容とは全然違う箇所が気になっているんです。それは、終始、清原さんが自分の母親を「おかあさん」と呼んでいること。母への面と向かった呼びかけではありません。第三者に語る時の三人称としての「おかあさん」。

もしかしたら、インタヴューアーは、悲しい思いをさせたまま逝かせてしまった清原さんの深い後悔を強調するために、「母」ではなく「おかあさん」のまま残したのかもしれません。

でもさ。気になるんだよーっ。私、大人なのに、公の場で自分の親を「父、母」と呼ばずに「おとうさん、おかあさん」と呼ぶ人が大嫌いなんですよ。「パパ、ママ」は、金目当てで付き合うおじさんと、飲み屋の女主人を意味するならオッケー。あ、ついでに言うと、自分や身内の仕事を「お仕事」と呼ぶのも勘弁して欲しいです。でも、いくら私なんかがぶつくさ言っても、もう仕方ないんですよね。だから、個人の好みってことにしておきます。そして、心の中で、こっそり分け隔てすることにしましょう……と、これは同好の士（？）の皆さんに向けて言っています。公の場での「おとうさん、おかあさん」に年齢制限あり！「お仕事」も要注意！　あ、「おうち」もな！

思うに、何故か野球選手って、自分の親を「おとうさん、おかあさん」と呼ぶ傾向にありますよね。甲子園のヒーローインタヴューをたまたま観ていた時に、某高校の主将が言ったんです。

「おとうさんとおかあさんが見守ってくださったので……」

おい！　きみの御両親って、どんな偉い方々なんですか。チームの監督さん、野球のコーチングも良いけど、言葉のトレーニングもね！　大人の世界に行って顰蹙《ひんしゅく》買うのは教え子だよ！　あ、でも、これも好みなのか。いつまでも親を敬って偉ーい！　と誉めたたえる人々の世界で生きて行けば良いのね。う……気持悪い……。

今の時代の若者だから、とくくることは出来ないと思うんです。だって、藤井聡太くんを始めとする若手棋士が、対局後の会見で「おとうさんとおかあさんが〜」と口にするとは思えないもん。

でも、人前で親をどう呼ぶかなんて、本当はちっちゃなことなのかもしれませんね。「責任を痛感している」と言い続けて責任を取らないままだった前政権や、「総合的・俯瞰的観点」と連呼しながら、その説明をしようとしない新政権の場当たり的な言葉の扱いにはうんざりです。その内、自分の言葉に復讐されるよ。

改革開始が脱はんこ!?

2020/11/19

なんか……新型コロナ感染拡大が少しは収まったのかなあ、と思われる昨今ですが、世の中に蔓延するギスギス具合は、前にも増してひどくなるばかりのような気がします。「Go To」キャンペーンで急に明るさを取り戻したように見えますが、その陰では、小さなギスギスが人々に浸透して、段々、不治の病の様相を呈している。

政治家さんたちの一見、やる気に満ちた言動も私には空まわりに感じられてなりません。

この間、TVのニュースで、役所の「こより」廃止の動きというのをやっていました。近頃、めっきり目にすることがなくなったと思われた「こより」でしたが、公的な文書を綴《と》じるのには、まだ使われていたんですね。

えっと……お若い皆さんのために説明しておくと、「こより」というのは、細く切った紙をよって(ねじって)、紐状にしたもの。紙を綴じたりするのに使うのですが、私が知っている他の用途は、鼻に差し入れて刺激して、くしゃみを誘発するというもの。あれって、何のためにやったんでしたっけ。遊び？　悪戯？　それはともかく、和紙を綴じるのに使ったりすると、大変、風情のある美しい冊子になります。詩集や句集に典雅な味が出る。御祝儀袋なんかの水引きも同じ仲間でしょうか。

で、問題は、ここからなのですが、新政権を迎えた改革のひとつに「こより」の廃止案が上げられていたことなんですよ！　あのさあ……それって改革なの？　ただの様式の変更なのでは？　大袈裟な……でも、ことさら大仰な言い方をして、「新しいことやってる感」を出すよね、近頃。

「脱はんこ」とかもそう。あれを宣言した時の河野内閣府特命担当大臣（長っ！）のおっかない顔を見てたら、なーに、いきってんだよう、と思わず呟いてしまいました。あ、ちなみに、これ、オタクとかネット用語の「イキってる」と少しニュアンスが違う、関西方面の方言としての「いきってる」です（気合が入ってるの意）。ほんと。

これまた改革と銘打っていますが、そんなたいしたもんですか？　職場の作業形態の改善もしくは簡略化のことですよね。もちろん、些末《さまつ》だけど大事。でも、それを改革と呼んで胸張られちゃうと……。

だいたい、「脱はんこ」って言葉自体、間違ってるし、語感も良くない。三文判による捺印、押印を廃止するというのが本意ですよね。それを、世の中から、「はんこ」つまり印鑑を消し去るかの勢いで発言していた。ねえ、なんで、そんなにいきってんの？

私は使ったことがありませんが、本の世界には、「落款《らっかん》」という署名代わりに押す作者個人だけの印章があります。サイン会などで使用している作家も少なくない筈です。そして、その印は、愛読者にとっては、とても大切なもの。

「こういうことがあると、はんこは日本文化のひとつだなんて言い出すくだらない人間が出て来るんですよねー」

と、言っていたコメンテーターがいたけど、あんたは使わなくていいよ。「脱はんこ」とやらを貫いてちょうだい。

私も、宅急便などの印鑑は意味ないなーと思っていたくちです。こよりで書類を綴じるのも手間がかかるだけとも思います。だから、そこでは止《や》めた方がいい。でもさ、今の日本て、その、「そこでは」という視点抜けてますよねー。一事が万事に加えてオール・オア・ナッシング。これが進むと、大学の文系授業はいらないとかの極論になるんだよねー。読解力なしの情緒欠陥人間がますます増えちゃうよ。

栃木最下位何のその！

2020/11/26

栃木県が都道府県別の魅力度ランキングで最下位になったというニュースを、少し前にTVで見ました。すると、そんなの有り得ないとばかりに、福田県知事が抗議の直談判（マジ）のため都内の民間調査会社に出向いたとか。で、拳を握り「倍返ししたい！」と言ったそうな。

……なんかさあ、大人気《おとなげ》なくないですか？　こういうのを野暮というんじゃないのかなあ……と感じたのは私だけじゃなかったようで、多くの栃木県民は、ＳＯ　ＷＨＡＴ状態で失笑していたようです。

転勤族で、地方をあちこち移り住んだ山田家ですが、母の出身地である栃木県に腰を落着け、その後、宇都宮に家を建てたのは、私が高二の時でした。そして、今も、私を除いた家族はそこに住んでいます。つまり、私の実家。帰省するとは、宇都宮に帰ること、という私には、栃木県のことが何かにつけ気になります。

魅力もあれば、嫌いな部分もある。見せびらかして自慢したい面があると同時に、隠して口をつぐみたい面もある。家族と一緒。故郷もおんなじ。それをじゅうじゅう解った上での魅力度ランキング。おもしろがれば良いんじゃないでしょうか。まさか、県知事さん、餃子の消費量が浜松に負けたからって、宇都宮が侮辱された！　なんて怒ったりしませんよね？　え？　するの⁉

私は、中途半端な順位に収まるより、最下位の方が、ずーっと良いと思うんですが。だって、アピール度、はるかに増したじゃないですか。私が広報課だったりしたら、俄然やる気になると思いますが、トップがマジで怒ったら洒落になんない。栃木県に「翔んで埼玉」みたいなブームが来るのは永遠に無理なんでしょうね。ユーモアある自虐は賢者の証と思うのですが。

栃木県と言えば、宇都宮餃子が名物として知られていますが、他にも知る人ぞ知る御当地食べ物があるんです。

たとえば「足利シュウマイ」。片栗粉と玉ねぎのみじん切りだけを包んだ焼売です。足利ブランドのスパイシーな月星ソースをかけて食べるそう。たぶん、同じ栃木県でも、足利の人しか知らないかも。

栃木県の食べる名物は、ある特定の区域限定というのが少なくありません。たとえば、鹿沼の「ニラそば」。東京でニラそばと言えば、炒めたニラをラーメンの上に乗せた中華料理を連想しますが、こちらは冷たい日本蕎麦の上にゆでて水気を絞ったニラを乗せるという……江戸っ子が見たら、おととい来やがれと怒り出しそうな一品。ただでさえ、からっ風の強い土地で、あれを出されたりしたら、ぶるぶる……あんまり寒そうなので食べたことはありません。

それより、鹿沼の蕎麦と言えば、古峰ヶ原《こぶがはら》の「なめこそば」ですよ！　古峯《ふるみね》神社の参道は、子供の頃のピクニックコースで、そこに世にもおいしい「なめこそば」の店が並んでいたんです。今もあるんでしょうか。五十年近く前の記憶の中でのNO．1蕎麦！　もしかしたらノスタルジーの甘さによる産物かもしれませんね。

そういや、鹿沼市と横浜シウマイの崎陽軒がコラボして町おこしの計画中だとか……何故!?と思ったら、なんと崎陽軒の初代社長が鹿沼出身なのだとか。へー、実は、私、栃木県で一番初めに住んだのは、鹿沼の社宅だったんです。良くも悪くも濃ーい思い出がいっぱい。

実は、栃木県出身の作家って多いんですよ。山本有三、吉屋信子、立松和平、落合恵子各氏などなど……の末席に山田詠美も。あ、少し前、芥川賞候補になった哲学者の千葉雅也くんもいた。作家の名産地、売りになりませんかね。

大統領選はクリフハンガー！

2020/12/3

　これを書いている数時間前（日本時間、十一月八日）、アメリカ大統領選でのジョー・バイデン氏勝利が報道されました。でも、予想通りトランプ氏は、そんなの認めなーい！　と言い張って、訴訟を連発しています。そして、民主党支持者たちの歓喜と、共和党支持者（というかトランプ党支持者）の怒りの抗議がぶつかり合っています。

　ふう。いったいどうなることやら。私は、敗北を認めた後のトランプ一族の行く末が気になってたまりません。山崎豊子先生が御存命でいらしたら、日本版に置き替えて「新・華麗なる一族」を書いていただきたかったです。で、映画化されたら、トランプは三國連太郎、バイデンは笠智衆に演じて欲しかったです……あ、御二人共故人でした。

　そんな妄想でいっぱいになるほど、今回の大統領選は、ドラマティックでしたね。いえ、まさにドラマライクでしたね（ええ、単なる他国の野次馬の感想です）。

　七〇年代の終わりから、九〇年代にかけて、アメリカでは、華麗なる一族の栄枯盛衰を何シーズンもかけて描く長〜いドラマが人気を博しました。「ダラス」とか「ダイナスティ」とか。問題をシーズンまたぎで持ち越して、視聴者の興味をつなぎ止めていましたが、このドラマのスタイルを「クリフハンガー」と呼ぶそうです。「崖っぷちにぶら下がるもの」という意味ですが、スタローンが山岳レスキュー役を演じた映画の題名でもありましたね。昔、アメリカの友人たちと観ながら「がんばれ、ランボー!!」とか、「一発かませ、ロッキー!!」などと野次ってました。全然異なる作品の主人公なのに、スタローンて、いつも、ランボーでロッキーなんですよね。

スタローンは、共和党員でありながらビル・クリントンの親友だそう。自由でいいなあ、と思いますが、今のアメリカ社会は、そんなことも口に出せなくなってしまったようです。あ、でも、トランプ大統領は、集会の時に、まったく理念の異なるヴィレッジピープルの「Y．M．C．A．」を流していましたね。なんで？ ニューヨークはグリニッジ・ヴィレッジ出身のゲイピープルで結成された音楽グループ。日本では西城秀樹さんがカバーした「YOUNG MAN」の健康的なイメージが強いですが、「イン・ザ・ネイヴィー」、「マッチョマン」と続くヒット曲の歌詞やカウボーイやインディアン、そして、警官や土木作業員のコスプレは、典型的なゲイディスコのパーティを演出しています。

いらんことを思い出しましたが、昔、パリのゲイディスコの「木こりナイト」というのに友人（ハードゲイ）に連れて行かれたことがありました。すごく混み合っていましたが、女性客は私ひとりのようで、あせりました。しかし、珍しさのせいか、グレイス・ジョーンズのような黒人のドラァグ・クィーンのお眼鏡にかない、プライベートな特別パーティ券をもらったのです。そこには「ｂｉｇ ｄｉｃｋ ｎｉｔｅ」と書かれていました。「ディック」というのはスラングで、男の股間のあれのこと。訳して、「でっかい、ち○○んの夜」。はー、身も蓋もない……。

トランプも「ロッキーのテーマ」とか流してりゃ良いのに、何だって、ゲイ讃歌の曲をかけたんでしょう。まさか「イン・ザ・ネイヴィー」を本気で軍隊礼讃の曲と思ってた？

そういや、狂乱の選挙戦の最中、泡沫候補のカニエ・ウエストがひっそり（？）敗北宣言してました。奇行で有名な天才ラッパー（グラミー賞69回ノミネート、21回受賞！）が率いていたのは「バースデー党」。泡沫っぽさにも程がある!!　でも、六万票獲得だって!?

猛禽ちゃんがそこかしこ！

2020/12/10

行政改革担当大臣にして、国家公務員制度担当大臣にして、内閣府特命担当大臣（沖縄及び北方対策、規制改革）を務める河野太郎氏。ふう、すごいです。肩書きだけで、私などはひれ伏してしまいそうです。すごく偉い方なんですね。

この河野氏、平井卓也IT担当大臣から贈られた「押印廃止」の印影をツイッターにアップしたそうです。しかし、批判を浴びて投稿を削除。日本有数のはんこ生産地・山梨県の長崎知事が自民党本部に乗り込む事態に。

いわく、「生きる道を模索している業界に惻隠《そくいん》の情が感じられない。我々は、デジタル化に反対している訳ではないのに」。

戦場で討ち死にした敵将の首を弄《もてあそ》んでいるようだとまで言って、怒り心頭の御様子。

河野大臣が宣言（！）した「脱はんこ」とやらに関しては、少し前、私もここで書きました。今の日本って、「そこでは」という視点が抜けている。「一事が万事」に加えて、「オール・オア・ナッシング」だと。そして、仕事の作業形態の改善と変更を「改革」とは、なーにいきってんだよう、と。

でも、私、前言撤回します。だって、最近、映像で目にする河野氏の顔が、ものすごく怖いんです。あの立ち振る舞い、身のこなし、表情、話し方……まるで、常に他人を威嚇しているよう。そして、見下している感じ。まるで、「居丈高」という言葉は彼のためにあるとしか思えません。

しかし、よくよく考えてみると、「いきっちゃってる」時の政治家さんって、皆、多かれ少なかれ、そういうとこありますよね。彼に、わざわざ「押印廃止」のはんこを作って渡した平井氏もしかり。あれって、注文したんですよね？　一個分、はんこ業界に貢献した訳ですね。偉い！　次は「紙の本廃止」ですかね？　ぞーっ!!

こういう人たちの猛禽のようなたたずまいを見ていると、なーんか、恐ろしいのと同時に、自分の内なる小さな鷹匠魂が目を覚ますのを感じます。でも、到底、太刀打ち出来ないのが解りますので、「猛禽ちゃん」と呼んでバードウォッチングに精を出そうと思います。

あ、この「猛禽ちゃん」という種族は、瀧波ユカリさんの漫画「臨死!!　江古田ちゃん」では、可愛い天然ちゃんの振りして実は常にスペックの高い獲物をねらう生きものとして描かれます。大好きな作品なので、ぜひ復活して欲しいです（瀧波さんは亡くなったお母さんについて書いた〈描いた〉エッセイもすごく良いのです）。

本来（？）の意味で使われる可愛くない「猛禽ちゃん」、政治の世界では、与党にも野党にも棲息中。

衆議院予算委員会で、枝野幸男氏が、菅首相の答弁を「壊れたレコード」と揶揄《やゆ》する場面がありました。あの時も、私は、「猛禽ちゃん」が枝野氏の頭上をかすめて行くのを見たのです。

「壊れたレコード」とは、傷が付いているために針が飛んで、何度も同じフレーズをくり返してしまう、その状態について言います。英語では「ブロークンレコード」という一種の決まり文句になっていて、私も、小説で使ったことがあります。戦争での勇壮な体験談を酔っ払ってくり返すベトナム帰還兵という設定で、それはそれは、甘くせつない……ま、自分の小説の宣伝はそこまでにしておきますけどね。

枝野さん、あのフレーズを使った瞬間、してやったりとは思わなかったでしょうか。でも、今の若者には、まるで通じないのでは？　すべての政治家に内なる鷹匠を!!

どの神も忘るべからず

2020/12/17

歌舞伎役者の片岡孝太郎さんが新型コロナに感染したというニュースが流れました。その時に思い出したのは、別の歌舞伎役者さんのツイッターの文言。この連載でも書きましたが、しばらく前に、新宿の小劇場で感染クラスターが発生した時のこと。その歌舞伎役者さんは、小劇場関係者を激しく罵倒していたんです。いわく、「万死に値する」。

他人のしでかしたことに対して、その文言を口にする人が大の苦手、と私は書きました。有り得ない大仰感満載の言語センスたるや……と。

今、あの方、片岡さんについて何を思っているんでしょうか……やはり、万死に値する！反省しろ！　と息巻いているんでしょうか。

フリーライターの武田砂鉄くんが、某小説雑誌に「もう忘れてませんか？」というコラムを連載していて愛読しているのですが、今年、それを言いたくなるような人々、そして事柄が、急激に増加しましたよね。特に、政治、行政方面。発言を訂正した上で、新しい取り組みをするのなら、まったく問題はないんです。でも、今、なーんの責任も取らずに、さまざまな主張やら提言やらを、まるでなかったことにしている人の多いこと。え？　あの人、ああ言ってなかったっけか？　とか、え？　決めたことどうなっちゃったの？　と問い質《ただ》したくなるのですが、その時には、既に時遅し。無視！　無言の内に前言撤回（新しい政治手法です）。

何が五つの「小《コ》」ですか。少人数《しょうにんずう》ではなく、無理矢理、押し込んだ感のある小人数（コニンズウ）。どうせなら、東京アラート発動してからにしてくれ。私、あの幻の東京アラートとやら、一度で良いから見てみたいんですよ。

……って言うかさ、気の利いたキャッチフレーズを考えるのも良いけど、もっと政策的なことを五つ箇条書きにして、御得意のフリップを掲げて欲しいです。

そういや、西村経済再生担当相が、今後の感染者数について「神のみぞ知る」と発言して、あちこちで非難されていますね。確かに無責任な文言ですが、私は、そこではなく、あえて問いたい！　どん！（机を叩く音）　ねえ、その神って、どの神様？　どの宗教？　すごーく、知りたいです。

もう三十年近くも前のことになりますが、作家の森瑤子さんが亡くなる間際、ホスピスまで会いに行ったんです。これが最後になるだろうと別れのセンチメンタルな場面を予想して、早くも涙ぐむ私と同行者たち。その内のひとりが森さんに言ったんです。

「ぼくら、森さんが必ず良くなるって信じて神に祈っています」

そうしたら、病床の森さんが気力を取り戻したかのように真顔でおっしゃったんです。

「え？　何の神様？　あなた宗教なんだったかしら」

ぶぶぶ……笑っちゃいけない場面だったんですが、なんかおかしくなっちゃいました。そして、やっぱ、作家だわ、と。言われた同行者は、あたふたしていましたが、私だったら、自分教の神です！　と即答したかもしれません。だって、特別な信仰を持たないんですもん。その代わり、自分で勝手に祈る対象を見つけては手を合わせています。

十一月の最後の連休、各行楽地の人出がものすごい中、金沢に行って来ました。選考委員を務める泉鏡花文学賞の授賞式に出席するためです。

晩秋の金沢の街は本当に美しい。でも、予想通りお城や神社仏閣は大変な人でした。で、私は、神のみぞ知るとばかりに偶然飛び込んだひなびた料理屋さんで、昼酒を味わいながら、おでんのカニ面（香箱《こうばこ》と呼ばれるズワイ蟹の雌）を拝みました。旨《うま》かったー!!

あえて愚民の汚名をきて

2021/1/1

今年も年末ジャンボは買うよ！　そう宣言して、散歩の途中に夫を待たせて宝くじ売り場に立ち寄る妻の私。売り場のおばちゃん（たぶん、私より年下でしょうけど）に、幸運を祈りますと言われ、期待感を胸に外に出たら、苦々しい顔の夫が待っていた……。

実は、数年前まで、私も夫と同じように宝くじを買う人の気持がまーったく解らなかったのです。年末年始に実家に帰ると、妹たちが当選番号の発表のたび、きゃーきゃー騒いでいるので、それを横目に見ながら首を傾《かし》げたものです。どうせ当たる訳ないよ、と。

すると妹は言ったのです。

「なんで？　買ってみなきゃ、当たるかどうか解んないし、第一、楽しいじゃないの」

そうかなー、と思いながら、一度、帰省する時に、妹に買い方を教えてもらってお土産代わりに買って持ち帰ってみたのです。連番とバラを大人買いして。

そうしたら、本当に楽しかったんですよ。炬燵《こたつ》を囲んで、皆で、はずれくじばかりなのにはしゃいだりしてさ。毎年、家族で興じていた百人一首とまでは行きませんが、ずい分と盛り上がるもんだなあ、と、家族団欒における宝くじの効用を見直したのでした。

以来、帰省のたびに宝くじ持参というのが恒例となったのですが、今年は、新型コロナの感染を危惧していたところに、高齢の母が脳梗塞で入院するという事態が重なり、落胆しながら帰省を断念することに。

で、冒頭の決意表明（？）となった訳です。毎年、やっていることを急に変えては縁起が悪いという言い訳をしながら、今年は、少々控え目な枚数を購入。

その夜、ベッドに入ってあれこれ考えていたら眠れなくなり、隣で本を読んでいた夫に尋ねてみました。

「ねえねえ、〇〇〇銀行に口座って持ってたっけ？」

「おれ？　あるよ。なんで？」

「じゃあ、宝くじ当たったら、そのまま、その口座に入金するね」

「……当たったら、宇都宮のパパリン、ママリン（私の両親）に寄付すればいいでしょ？」

「えー、でもさ、いきなり億単位のお金が振り込まれたら、あの人たち、びっくりして心臓麻痺を起こしちゃうかもよ！」

それから、しばらくの間、沈黙していた夫でしたが、突然、きっぱりと言ったのです。

「愚かな民と書いて、愚民《ぐみん》！と読む」

「はい？」

夫は、何かにつけて即興の歌やラップを作り、みょ〜な節を付けて、披露するのです。前に、五木寛之さんの「青年は荒野をめざす」をもじって、「中年は田無タワーをめざす」という歌を作り、世に（というか、私に）田無タワー愛を訴えたと書きましたが、今回、歌い始めたのは、これ。

「愚民の歌」
愚かな民と書いて、愚民
愚かな民はそこに、愚民
発表前の宝くじに一喜一憂
グミン、グミン、グッミーン!!
アアアー、アッアー……
（ここは、レッド・ツェッペリンの愚民ならぬ「移民の歌」の叫びパートの感じで）

あー、そうですか。確かに愚かかもしれないけどさ。でも、あえてする愚かな行ないって楽しいじゃないですか。ビバ！　愚民。

行く年来る年コロナ考

2021/1/7

　この間、新型コロナのせいで大変な年になってしまった「二〇二〇年」について、何人かで話していました。

　自粛要請、休業廃業、ソーシャルディスタンシング……などなど、それまで経験したこともないことを次々と強いられて、皆、そこはかとない不安に襲われながら未来を憂えていました。

　その時、話題にのぼったのが自殺者の増加。なんと、十月の自殺者は二一五三人！　前年の同月比で三十九・九パーセントの増加率だそうです。それは、十一月末までの新型コロナ死者を上回っているそう。ただでさえ、自殺の多い国なのに、この事態……何だか暗澹《あんたん》たる気持になって来ます。

　経済的に追いつめられて行き場を失くしてしまう人もいれば、さまざまな要因から、この新型コロナの感染拡大をきっかけに、鬱病を発症してしまう人もいる。

　やっぱり、誰とも会わずに自宅にこもりきりでいると孤独感が増してやりきれなくなるんでしょうね、と誰かが言った時、ひとりが、ぽつりと反論したのです。

「でも、三浦春馬くんは誰にも会わなかった訳でも、自宅にこもりきりだった訳でもないと思うよ？」

その通りです。今、皆、誰もが「コロナ禍」という異常状態に、あらゆる不幸の理由を求めようとしていますが、たとえば、自殺に関して言うと、その原因は人の数だけあると思うんです。確かに、新型コロナの流行がなければ、自ら死を選ぶ人は、ここまで多くなかったかもしれません。でも、すべてを安易にコロナに結び付けてしまうのも、ちょっと違うんじゃないか。

自殺は、たとえば天災などの不慮の事故死とは違うものです。交通事故死とも病死とも、殺害されるのとも異なります。

私の何人かの知人は、自ら死を選びこの世を去っています。その中には、生前、とても親しかった人もいて、私も含めた周囲の人たちに深い傷を残しました。訃報に接した直後は、悲しみよりも、むしろ、納得が行かない思いで、憎いとすら感じてしまいましたが、やがて、自分にしてやれたことはなかったのか、と自責の念に駆られて苦しくなりました。

しかし、時が経つにつれてネガティヴな感情は薄れ、あの人は、ようやく楽になれたのだから、としんとした心持ちで諦めることが出来るようになりました。

でも、そこに辿り着くまでは長い。自殺は、中途半端にはずみで実行してしまうと、周囲の人々をどん底に突き落とします。でも、その周囲について思いやることからようやく解放されるのも自殺なのかもしれません。いずれにせよ、人、それぞれ。あんまり、安易に語っちゃいかんよなー、と自戒を込めて思っています。死に、紋切り型の語りはそぐわない。

話は変わって、この間、TVを観ていて感じたのですが、コロナの影響で、リモートなどの在宅ワークが増えた結果、東京にいる意味がなくなったとする意見が増えているようです。この間も地方への移住を勧める特集をやっていた。格安の別荘用物件を購入して、自然に囲まれた素晴しい環境で暮らすという企画。

実践したばかりの人が言ってました。

「ここに来て、本当に、のびのびと生きることが出来るようになったんです！」

……ねえ、水を差すようで悪いけど、それ錯覚かもよ。もう少し住んでみ？　のびのび出来てるのはまだ旅行気分だからかも。今いる居場所でのびのび出来ない人は、田舎に行っても難しいと思うよ。

に、しても、日本国内なのに、なんで「引っ越し」じゃなくて「移住」？　田舎は外国？

食べて出すにまつわる……

2021/1/21

ビロウ……漢字で書くと「尾籠」。汚く汚《けが》らわしくて、人前で失礼に当たること。調べてみたらそうありました。語源は「尾籠《おこ》がましい」で、いつのまにか「尾籠」を音読みする人の方が圧倒的に多くなり定着してしまったのだそう。意味も分かれて、畏れ多いという意味を含む「おこがましい」に対して、「びろう」の方は、うんちの話などの下ネタに使われるようになったとか。

年配の方が排泄物の話なんかをする時に使いますよね。実は私も晴れて年配もんになったので、こう書き始めようとしたんです。

「ビロウな話で恐縮ですが……」

で、一応、これでも文学者のはしくれですので、ビロウを漢字で表記しようとした。そうしたら、これが解らない。で、語源までさかのぼってみた、という訳です。

では、もう一度、最初から書きますね。

尾籠な話で恐縮なのですが、私は、かなりの頻度で便秘に悩まされています。あー、なんか出なーい、と夫の前でおなかをさすっていると、彼が鬼の首でも取ったようにせせら笑うのです。

「ははは、うんち弱者だね。おれみたいなうんち強者は、弱者に対して同情しかない」

快便を誇る彼のような人間には、私のような弱者（ええ、認めます）の気持は解らない。

そこはかとないいきざしを感じて、すみやかにトイレに移動しようとすると、背後から、こう言ってからかうのです。

「よし！　行くからには結果を出して来い‼」

……スポーツの試合じゃないんだからさ……。今では私、「でんちゃん」と呼ばれているんです。ええ、もちろん語源は「出ぬ」。すいませんすいません、ビロウ、いや、尾籠な話で。

排便！　この重大な、しかし、語るのがはばかられる特別な行為よ！　などと、思っている時に、こんな本を読みました。

「食べることと出すこと」（医学書院刊）。カフカ研究者である頭木弘樹さんという方によるものですが、これが、じわじわ来るおもしろさなのです。

潰瘍性大腸炎と言えば、安倍前首相が二度も辞職を余儀なくされた難病ですが、作者の頭木さんは、大学生の時にこの病に罹患して十三年もの間、闘病生活を送ることになるのです。

この本は、その闘病記……ではあるのですが、そして、それは、まさに病と闘う記録ではあるのですが……なんか、そこはかとなーく、愉快なんです。ものすごく悲惨な症状を描写しながら、ユーモアを失っていない。

その時々の雑感を交じえながら、病気について、周囲の人々について、世間について綴《つづ》って行くのですが、その筆致は淡々としていて、だからこそ余計に患者の心情が読み手に素直に伝わって来る。恐ろしい病気だという事実を突き付けられるのです。それなのに、読み手の心を沈ませることがないのは、作者が傾倒しているカフカのおかげでしょうか。いえ、たぶん、カフカだけではない豊かな読書体験のたまものでしょう。

さまざまな文学作品の引用が絶妙な箇所でなされています。文学、グッドジョブ！　と私なんかは嬉しくなってしまいました。

十年くらい前に、やはり難病にかかった大野更紗さんという方の「困ってるひと」を読んで、その深刻な体験をユーモアとパワーで描き切ったことにいたく感動したのですが、同様の読後感を得ました。全然、ビロウでも尾籠でもなく人間の基本だった！

逆撫で言葉コレクション

2021/1/28

御存じのように、年末年始をはさんだ雑誌の仕事の進行は、いわゆる前倒しってやつで、これを書いている今現在、なんと、まだ二〇二〇年なのです。で、読者の方々には、え？今？　と言われちゃいそうですが、新年の御挨拶をしておかなくては。あけましておめでとうございます。今年もよろしくお願いします。

実は、私、この「前倒し」って言葉にいまだに混乱してしまうようなところがあります。え？　前に予定を倒すんでしょ？　だったら先延ばしのことなんじゃないの？　と。でも、実際は「予定の時期をくり上げること」「計画よりも物事を早めに行うこと」らしいです。

そして、その反対表現は「後ろ倒し」。こちらは「予定の時期を先延ばしにすること」「予定を後ろにずらすこと」だそう。うー、混乱する！　と思った私は、これらの言葉って、いつから使われてるの？　と疑問を持ち、調べてみたのでした。

すると、二つの表現の内、「後ろ倒し」の方が断然新しいと判明。八〇年代にも使われたことはあったようですが、一般に注目されるようになったのは二〇一三年、安倍前首相が就職活動に言及したことがきっかけだったとか。識者によると、まだ一部の辞書にしか掲載されておらず、ビジネスシーンではネガティヴな印象を与えるので、使う時は慎重に、とアドヴァイスしています。

あー、なるほどねー。「前倒し」――→ポジティヴで、前向きな良い感じ。「後ろ倒し」――→文字通り、後ろ向き……締切り……後ろ倒しにしてもらえませんか……と、いっぱいいっぱいになった物書きが、おずおずと切り出しそうな……。でも、その困った感は、正直なイメージで、決して悪くない。

そして、「前倒し」ですが……私、これ、二〇二〇年に政治利用されたナンバーワン・ワードだと思うんですよ。なんなら、流行語大賞欺瞞部門第一位にあげたっていい。新型コロナ対策がどんどん後手に回る中、それをごまかすかのように、さまざまな「前倒し」宣言が。色々と調べてみて、なるほど、と思いました。その言葉のポジティヴイメージを有効活用していたんですね。

でも、もう、「前倒し」とか使わなくても良いんじゃないですか？　緊急事態宣言も、休業、休校、自粛要請もＧｏ Ｔｏ関連も、「前倒し」を選択する先見の明から決められたものではなく、行き当たりばったりの結果だったって、皆さん、気付いちゃってると思うんです。さて、明けて、二〇二一年、いったい、どうなっていることやら。オリンピックも、本当に開催出来るのか。今の内に「後ろ倒し」を視野に入れとかないと、大変なことになるのでは……あ、そうすると、中止にせざるを得なくなるのか……日本人選手だけで開催するのもあり、と言っていた人がいましたが、それって、「国体」で良いんじゃないの？　がんばれ、日本の「ひ・き・し・め・よ・う」……じゃなかった、「お・も・て・な・し」、おもてなしー（両手を合わせて何かを拝む大臣の奥さんを脳裏に浮かべてみてください）。

二〇二一年は、どんな言葉が私たち日本人の気持を逆撫でしてくれるでしょうか。私、今、某自然食品メーカーの野菜ジュースのＣＭが気になっています。匠と呼ばれる食の専門家たちが「ほんっとに、おいしい！」と感に堪えない感じで賞讃しているんです。いかんよねー、「ほんっとに」。多目的トイレでクィッキーなセックスに身をやつしていた渡部建も連発していましたよね。ほんっとに、胡散臭いです。

言霊はシャンパンと政治に宿る

2021/2/4

これを書いているのは、成人の日を翌日に控えた連休中日《なかび》の日曜の朝。先ほどまで、NHKの「日曜討論」を観ていました。菅総理が生出演していたので、おや？　と家事の手を止めて見入ってしまったのです。

で、司会者の質問に粛々と答える菅さんの言葉に耳を傾けながら感じたのですが、あの方、「思う」を多用しませんか？

この少し前、朝日新聞に、こんな見出しがありました。緊急事態宣言後の海外からのビジネス関係者の入国を一転して継続することになる、という記事なのですが、そこに、

〈首相に強い思い〉

とあった……えーっと……自民党関係者がそう語ったそうなんですが……強い思いって言われてもねえ……思いだけで国のあれこれ決められても困ります。ついでに言わせてもらいますが、最近の新聞って、文章下手ですよね。特にコラム。添削したい欲望に駆られます。

そういや、「思ってる人」の菅さんの前の総理は「責任を痛感する人」でしたね。痛感するだけで、取らないままお辞めになってしまいましたが。

私、日頃から言っているんですが政治は言葉から始まるんです。その使い方で、どうにでも転んで行く。だから、転ばない言葉を慎重に使うべきだと思っているんです。いや、痛感しているんです（笑）。

言葉には言霊《ことだま》が宿る、とはよく言われることです。「言霊」なんてあやふやでスピリチュアルなイメージだ、と思う人も多くいるかもしれませんが、私は、もっと具体的かつ限定的な強い影響を及ぼすものだと信じています。だからこそ、政治で使われる言葉に宿るものを重要視していただきたいのですが。「明るい未来への希望」なんて、いくら連発しても何の役にも立たないよ。そこには、何の言霊も宿っていない。

私は、今年も言霊への真摯な想いをまっとうするべく、他人の発言に難癖をつけ、重箱の隅を突《つつ》いて行く所存です。ほほほ。待ってろよ、きみ。（誰!?）

さて、読者の皆さんは、このいつもと違う新しい年を、どのように迎えましたか？

私は、帰省が出来なかったので、妹や姪たちと大騒ぎをすることもなく、夫と二人、いただきもののシャンパンを開けて乾杯し、TVを観て静かに地味に過ごしました。

シャンパン！　バブルの時代、私に飲めるソーダはドン・ペリニョンだけよー、などとほざいていた馬鹿女の過去を反省しつつ、じっくりと味わってようやくその素晴しさが解るようになった……と言いたいのですが、飲むほどに、悩み深き事態に。

それは、小説におけるシャンパンの呼称問題なのです。シャンパンの大好きな私は、作品の中でもよく登場させるのですが、シャンパンって日本独特の呼び名ですよね。シャンペンというのもそう。

でも、英語では「シャンペイン」、フランス語では「シャンパーニュ」、しかも、シャンパーニュ地方で生産されたものしか、その名を与えられないとか。

前に、アメリカを舞台にした小説を書いた時には「シャンペン」で通しました。「シャンペイン」にすると、「ラジオ」を「レイディオ」と発音する気取り屋さんみたいになっちゃうし……。でも、日本人だけが登場する小説内では？　シャンペンだと、ちょっと、ダサい感じだし、シャンパーニュだとフランスかぶれみたいだし……で、シャンパンと表記するのですが、そもそも、この「シャンパン」の「パン」って語尾、どこから来たものなんですか？　この「パン」至上主義に宿る言霊って強烈ですよね？　発泡酒の頂点に君臨してる感ありあり。

復活の日を待ちながら

2021/2/11

昨年、「コンテイジョン」というアメリカ映画が、九年前の公開であるにもかかわらず、現在の新型コロナの脅威にさらされる世界を予言していてすごい！ と書きました。

そして、今、ついこの間、書店で見かけて購入した「リウーを待ちながら」（朱戸アオ作講談社刊 全三巻）というコミックスを読んでびっくりしています。

二〇一七年に発売された作品ですが、海外から持ち込まれた感染症（なんと新型ペスト！）により封鎖された街を描いていて、こちらも、まるで予言の書。何でも、去年、ネットでの☆5が脅威の八六％を記録し、緊急重版されたとか。

サミュエル・ベケットの不条理劇「ゴドーを待ちながら」をもじった、「リウーを待ちながら」という題名が何とも心憎いです。ちなみに、この〈リウー〉というのは、新型コロナ感染拡大を受けて、何十年ぶりかに復活ベストセラーとなったアルベール・カミュの「ペスト」の主人公である医師の名前です。

最初は軽く見ていた病気が、やがて人間の力ではコントロール出来ないくらいに広がってしまい、アウトブレイク状態に。そこで引き起こされる悲劇、自粛警察、医療崩壊、ロックダウン……自衛隊、女性医師や疫学研究者たちの全力で闘う姿から目が離せない……。いや、しかし、これ現実にせまっている危機なんだよなあ……と、溜息をついてしまいます。雑誌掲載時には、SFミステリーとか医療サスペンスとだけ受け取られていたのでしょうけど。

身震いしながら、そして、時々、涙しながら読みました（特に、ある夫婦の逸話が……私も、夫の髪の床屋さん歴、早十年以上なので）。

ひとつ気になったのは、この富士山の裾野のエリアには、自衛隊基地だけでなく、広大なアメリカ軍海兵隊の訓練基地もある筈。これだけのパンデミックなら、何らかのアクションを起こすのでは、（退去も含めて）と。いや、しかし、完全に架空の街とすれば気にすることもないでしょう。後に行けば行くほど、カミュへのリスペクト度が増して行くのも文学オタクとしては興味深かったです。

主人公の玉木医師が凛凛《りり》しいんだよねー。改めて医療関係者の方々を応援したくなりました。でも、それは、彼らへの感謝の気持として航空ショーをやって見せるのとは、全然、違う類《たぐい》のものであるのをお断わりしておきます。ここ、大事！

ところで、話は全然変わりますが、この頃、TVのCMって、なんだか、すごく語りませんか？　数年前まで、どんな商品を扱っているのか解らないくらいに雰囲気（だけ）たっぷりの広告が多かったように思うんですが。センシティヴな映像の中にいる、ピュアな「私」

を見て！　って感じの。

　でも、いつの頃からか、声高なＣＭが増えて来た。スリー・ドッグ・ナイトの「喜びの世界《ジョイ・トゥ・ザ・ワールド》」をバックに、青年の主張みたいなナレーションを流す、某商事会社のやつとか。あの曲、子供の頃の思い出が詰まっているんで困るんですけど。〈この生きる営みの面白さ、奥深さ……〉とか言っちゃって。この啓蒙臭って社会情勢のせいですかね。

　極めつきは、お正月の駅伝中継の合間に流れたサッポロのやつ（大人エレベーターのではない。ま、あれも語りまくりですが、笑）。激しいジャズピアノ演奏と共に、アーティストや若者の映像を流して男の声が語る語る。〈オサケはどれだけ人に寄り添えるだろう〉とか〈開拓しよう、オサケの可能性を！〉とか。あのさー、あんた誰？　酒には寄り添ってもらわなくても良いよ。酔っ払い（私）は、こっちから酒に寄り添うんだからさ！　あ、酒じゃなくて「オサケ」か。はやりの「おうち」のお仲間ね。げー。

R・I・P・Mr.サスペンダー

2021/2/18

去る一月二十三日、アメリカの名司会者、ラリー・キング氏が亡くなりましたね。八十七歳だったそうです。新型コロナに感染していたそうですが、直接の死因は解りません。あれほどのパワフルな仕事ぶりなら、生のエネルギーを使い切ったのかも……とも思います。

司会者と言っても、日本で言うバラエティー番組のMCとは異なる、あらゆるジャンルの人々にジャーナリスティックな姿勢で、彼らの人生に切り込んで行く名インタヴューアーでした。日本には今も登場していないタイプ。

彼が、CNNの名物番組「ラリー・キング・ライヴ」を始めた八〇年代なかばは、なかなかアメリカのニュースをリアルタイムで観ることはありませんでした。それどころか、私はTV自体も持っていなかったので、横田基地の友人宅で観ていました。

今では、ケーブルでもインターネットでも、海外のニュース番組を容易にキャッチすることが出来ますが、日本では、深夜のCNN系の番組（「CNNヘッドライン」や「デイウォッチ」）や、CBSドキュメントの放映開始を待たねばなりませんでした。

で、ラリー・キングさんですが、彼の仕事ぶりには、ジャーナリズムに携わる数多くの人々が絶大なる敬意を払っていました。それは、日本でも例外ではなく、来日して某TV局のスタジオに招かれた時、スタッフたちすべてが、彼のトレードマークであるサスペンダーを着けて出迎えたのでした。そのスタジオの裏方さんたちのサスペンダー姿がちらりと映し出された時、私は、胸が熱くなるのを感じました。人が人をリスペクトするって、素敵なことだなあ、と（ちなみに、今では、誰でも使う「リスペクト」、当時は、ジャマイカのラスタマン用語でした）。

今も、ケーブルのCNNjで、ラリー・キング・ライヴを観ることが出来るのですが、若きトランプ氏も出演しています。私は、プリンスの回が好き（現在は番組終了）。

アメリカのジャーナリストって、味のあるルックスの人、少なくないですよね。ちなみに私は、CBSドキュメントに出演していたエド・ブラッドリー記者が大好きでした。白髪頭のハンサムな黒人男性と言えば、現在のオバマ元大統領が筆頭でしょうが、ブラッドリーさんは、もっとずっとあったかい感じ。モーガン・フリーマン寄りと言うか……片耳のダイアモンドのピアスを見るたびにうっとりしていました。当時、アメリカ社会について意見を述べるたびに、私のエドが言うことには……と始めるので、アメリカ人の友人知人にとても嫌がられていたのでした。

話、変わって、毎週土曜日夕方放映の「報道特集」を観ています。トピックスへの熱意のこもった切り込み方が凄い……というのもさることながら、私、実は、膳場貴子さんが大好きなんです。いや、憧れていると言っても良いかもしれない。ほら、この連載でも解るように、私と来たら、ひたすら「ぐうたら道」を享受しているしょうもない物書き。あのような美しくも凛凛《りり》しい女性を見ると、我身を振り返って恥じ入ってしまうのです。

NHKの「クローズアップ現代」の国谷裕子さんも好きでした。彼女も権力に対して萎縮しないタイプの方だったと思いますが、上の人事権行使には従わざるを得なかったようです。人事権！　この恐ろしきものよ！

そういや、今回の芥川賞直木賞の結果を受けて、またもや「とくダネ！」の小倉智昭氏は、コメントの最後に「選考委員、候補作全部は読んでない疑惑」を匂わせていました。あれ、なんで？　前に受賞を逃した隣にいる古市憲寿氏のため？　全部読んでるよ!!

害悪エブリウエア

2021/3/4

マスクをするたびに鼻が痒《かゆ》くてたまりません。おまけに、とっても息苦しいです。私は、もう何十年もの間、アレルギー性鼻炎なのです。マスク嫌いで、ハンカチを鼻に当ててしのいで来ましたが、もう、それは許されない……私のような方は他にもいらっしゃると思うのですが、皆さん、どうしているんでしょう。やはり我慢して、マスク生活に耐えているんでしょうね。

その昔、春になると変な鼻風邪を引くなあ、と疑問に思っていたのですが、花粉症と判明。やがて、春だけでなく、秋の始まりにも症状が出るようになり、今では、何がアレルゲンなのか、さっぱり解りません。

息苦しいのは、アレルギーのせいばかりではなく、閉所恐怖症気味なのと関係があるかもしれません。マスクの内側に、小さな密閉された部屋がある感じ……と、言っても、理解されないでしょうが。

何とか改善しようと、ドラッグストアのマスク売り場で、プラスティックの便利グッズをいくつか買って来ました。マスクと口や鼻の間に空間を作るというあれです。

で、装着してみたのですが、どれもこれも、私には全然使えませんでした。シールで貼るもの、マスクの襞《ひだ》に仕込むもの、どれも違和感だらけ。鼻と口許をがっちりと覆うプロテクターみたいなやつに至っては、「巨人の星」の星飛雄馬が着けさせられていた大リーグボール養成ギプスのような使用感でした（いえ、着けたことないんですが、そして、知らないお若い皆さん、ごめんなさい、なんですが）。

そういや、前にインドに行った時、砂漠の真ん中の寺院で、口許にタオルを巻き付けた人々が清掃に従事していました。腰布だけの半裸の姿に口タオルだったので、ものすごく不思議に感じて尋ねると、人間の唾液が不浄のものとされているから、とのことでした。唾液がはー、あれから三十年ほどの年月を経て、世界中に同じ概念が浸透してしまった。ここまで害悪になるとは。二重マスクをして平気でいる人が、ほんと羨ましいです。

話は変わりますが、東京五輪・パラリンピック組織委員会会長の森喜朗氏の失言が大問題になっていますね。女性が沢山入っている理事会は時間がかかるとか何とか。

この発言が性差別であるのは当然で、おおいに非難されるべきですが、同時に、私が、ちょっと待てよ！　と思ったのは別のところ。

「老害が粗大ごみになったら、掃いてもらえばいい」

釈明会見の筈が逆ギレして、開き直った時のこの言い草です。あのさあ……ひと言、言ってもよろしいですか？　あんた、年のせいにしちゃ駄目だよ！　お年寄りに謝れ。

　この間、精神科医の和田秀樹さんの書いた「六十代と七十代　心と体の整え方」という本を読んだのですが、思わず膝を打った箇所を引用させていただきます。

〈「老害」という言葉がいつ頃から流通し始めたのか定かではありませんが、一般に「老人に対する蔑称」と理解されています。要するに差別用語です。しかし、実のところ「老害」なんてものはありません。

　確かに高年世代の中に周りに迷惑をかける、つまり「害」をなす人間はいるでしょう。けれども、それは高年だからというわけではありません。害をなす人間はどの世代にもいます。それにも関わらず、「少年害」、「青年害」、「中年害」などと言わないのはどうしたことでしょうか〉

　森氏の過去の数々の失言をメディアが取り上げていました。そして、思ったの。あなた、「老害」じゃなくて、ただの「害」じゃないですか！

復興五輪のゆくすえは

2021/3/11

これを書いている十時間ほど前の夜の十一時頃、強い地震がありました。震源地は福島県沖。宮城や福島では、震度6強でした。

揺れが収まって、すぐに宇都宮にいる妹から連絡があったのですが、かなりの数の食器が落ちて割れてしまったそう。私の家では、日頃からズボラに重ね続けていた大量の本が崩れて、足の踏み場もなくなっていました。しかし、たいしたことはない。

東北の人たちは、どれほど恐ろしかったことでしょう。どの人の脳裏にも、二〇一一年三月十一日の悪夢が甦ったと推測します。また、あの日が近付いて来ようとする時に今回の地震。この後、一週間は要注意とTVのニュースでは言っていましたが、恐怖は一週間どころではなく、ずっと続く……。

ここ一年ほど、新型コロナの感染ばかりが脅威のように扱われていて、地震についてほとんど語られていませんでしたが、今回、そうだったーっ、と思い出した人も多いんじゃないでしょうか。そもそも、昨年、開催される筈だったオリンピック・パラリンピックって、「復興五輪」って銘打たれてたんですよね？

それがいつのまにか「コロナに打ち勝つオリンピック・パラリンピック」になっちゃった。東北の震災から、まだ日常を取り戻せてない人々だっているのにさ。結局、震災利用、被災者利用だったんですよね？

そもそも、地震と猛暑、そして新型コロナのパンデミック……これだけ不安材料がそろっている東京の夏なのに……しかも、いつのまにかの巨額のコスト……本当に開催出来るんでしょうか。私の周囲で諸手《もろて》をあげて賛成している人って見当たらないんですが。

幻の新国立競技場を設計した故・ザハ・ハディッドさんも、草葉の陰でびっくり仰天なさっていることでしょう。新国立競技場とか、マンションになる予定の五輪選手村宿舎ってどうなるんでしょう。ちゃんと有効活用出来るの？　出来なかったら、誰が責任を取るのか。「コンパクト五輪」なんて言葉もあったけど、コストの膨れ上がった今となっては虚しい限りです。

昨夜の地震が収まった後、なかなか眠れず読みかけの本を手に取りました。それは、画家・エッセイストの玉村豊男さんの「毎日が最後の晩餐」。いつ突然のお別れが来るか解らない昨今、それでも、好きな人とする食事の楽しさは永遠だ、と改めて感じる素敵な本でした。題名も我が意を得たり！

御存じ玉村豊男さんと言えば、御自身のパリ留学について綴った「パリ　旅の雑学ノート」に始まり、食やライフスタイルに関するさまざまな本を執筆し、その旺盛な創作活動のみならず、長野で農園も営んでいる御方。書かれているのは「定年退職したら田舎に移住でもして農業にトライしてみるかー」などという甘っちょろいおじさんたちの勘違いを許さない知的で美的なセンスに裏打ちされた豊かな生活ぶり。

私は大学の時、玉村さんの「料理の四面体」に出会って、食のおもしろさに目覚めたのでした。バイブルと言っても良いでしょう。

そう言えば、もうかれこれ二十何年か前、私、玉村さんの農場に迷い込んだことがあったんでした。上田在住の文豪である故・水上勉さんのお宅を訪ねるつもりが、したり顔の地元の運転手さんに連れて行かれてしまったのです。

困惑しながら御登場の玉村さん。ムンクの「叫び」のように驚愕の表情を浮かべた同行編集者と、おーっ、得した！と喜ぶ私。あの時は失礼しました。そして、スタッフの方、水上邸まで先導して下さってありがとうございました。

はるかなるジェンダーフリー

2021/3/18

元・東京オリンピック・パラリンピック組織委員会会長の森喜朗氏の女性蔑視と取れる発言を受けて、あちこちでジェンダーに関する議論が巻き起っています。

調べてみると、ジェンダーとは、生物的な性差（Ｓｅｘ）に付加された社会的・文化的に作られる性差を指す、とあります。たとえば、料理は女がやるもの、というようなところにある性別だと。

私の子供の頃にはなかった言葉でしたが、概念としては、しっかりとありました。少数派でしたが。

ジェンダーという言葉はフェミニズムと深い関係がありますが、それを結び付けて、ジェンダーフェミニズムという性役割批判のための用語を作ったのは、クリスティーナ・ホフ・ソマーズという御方。一九九四年のことだそうです。そんなに古くないね。

私が子供の頃は、当り前のように、男女の役割を受け止める人がほとんどでした。でもね、ある種の男性たちの中には、男女は平等でなきゃいかん！と天啓を受けたかのように考え方を変える人がいたんです。それは、娘を持ったお父さんたち。

私の父がそうでした。会社員であった父は、能力ある女性たちが「女の子」と呼ばれてお茶くみに甘んじている状況に我慢が出来なかったのでしょう。いや、ずっと何とも思わないで来たのかもしれない。しかし、娘三人も持っちゃって、目覚めたんでしょう。

「男女平等の職に就きなさい。そうだ、教師がいいや。おねいちゃんは本が好きだから国語の先生になんなさいよ！」

と言うようになったのでした。はいはいはい、と受け流していたものの、内心、私は、ゲーッと思っていました。人に教える柄じゃない、と知っていたのです。でも、あんまりしつこいので大学では教職を取ってしまいました（後に中退──→すげー無駄）。

今、私は、「女流」と呼ばれた時代に闘い続けてくれた先達のおかげで、男女格差のない職業に就けていますが、まさか父も、娘が平等にやさぐれている、作家というやくざな稼業に就くとは予想だにしていなかったでしょう。

でも、知人の話などを聞くと、娘が生まれて、それまでのジェンダーギャップを何とかせねば、と思う父親がいる一方、その娘に女としての役割を強要することに庇護者の責任とやり甲斐を見出す男性も少なくないようです。

山岸凉子さんの傑作漫画で「天人唐草」というのがあるのですが、あの父と娘の関係は決して作りごとではない恐ろしさがあると、ある人は言いました。彼女は、ずっと家長としての父の存在を恐れていた。

山岸さんの作品には、逃れられない人間関係の軋みから生まれる悲劇を描いた名作が多いのですが、娘と彼女を溺愛する母親が悲惨な末路に向かって突き進んで行く「メディア」もすごい！　親の呪縛に悩まされて来た人には、リアル過ぎて苦しくなるかもしれません。

話はジェンダーに戻りますが、前の結婚でアフリカ系アメリカ人の夫と初めて、彼の故郷のニューヨークに里帰りした時のこと。私たちの結婚を知った幼馴染みの男たちは、大喜びで言ったそうです。

「日本人の女だって⁉　いいなあ、跪《ひざまず》いて靴下を履かせてくれるっていうじゃん！　彼女の友達を紹介してくれ！」

前夫は気まずそうに私の顔を見て、受話器に向かって言っていました。いや、彼女、跪かせる方だから……って。ええ、私の著書には「ひざまずいて足をお舐め」というのがあります。当時はアメリカもジェンダーギャップありありでしたね。

誰が水に落ちた犬？

2021/3/25

つい最近まで、東京五輪・パラリンピック組織委員会会長である森喜朗氏の失言を取り上げて非難ごうごう……と思っていたら、わりと早く辞任してしまいました。

あちこちで、時代遅れの女性蔑視にも程がある、ジェンダーギャップ指数がＧ７最下位なのはこういう男のせいだなどと、森氏を責め立てる声は激しくなるばかりでした。

すると、今度は週刊誌などが、何もそこまですることはない、と森氏擁護の記事を載せ始めたのでした。

週刊現代なんて、「かくて世論は作られる」と題して森氏を完全に被害者扱い。彼に関する世論を「市中引き回しの上打ち首獄門」にたとえています。その他にも、「水に落ちた犬は叩け」という魯迅の言葉（打落水狗）を引き合いに出す人も多数。

私は、女性蔑視もさることながら、自身を「老害」と言っていたのが腹立たしくてなりませんでした。「老」じゃなくて、あなたの人間性の問題でしょ、と。

私は、ＳＮＳとは無縁の人間なので、細々と自分の意見を述べるだけですが、最近、極端に片寄ったところで、さまざまなことが議論され過ぎているような気がします。右か左か、善か悪か。まるで、常に一方だけ傾くシーソーのようです。決して、平行なゲームにはならない。中庸がない。中庸なしの匿名が数を獲得すると、本当に恐ろしいことになります。

森氏について言えば、「水に落ちた犬」を叩く人も叩くなと擁護する人も、匿名多数になれば、どっちもどっちです（ちなみに、「叩くな」が本来のことわざで、魯迅があえて引っくり返したそうな）。

でもね、はたして、森氏は本当に「水に落ちた犬」なんでしょうか。私には、とてもそうは思えませんね。本当は足が着く水深のところで溺れたと勘違いしてただけなんじゃないですか。周囲も、そして御本人も。

あの、足着きますよ、と教えてあげたら、あ、ほんとだって言って、平然と水中ウォーキングとかしそうですね。

あるいは、踏み台渡してくれる人がいるのを知っていたんじゃないですか？　盟友（らしい）川淵さんとか、「父と娘」の仲である（らしい）橋本さんとか。ちなみに、私は、「父と思っている」とか、「娘と思っている」などと公衆の面前で言ってのける人が苦手です。あ、一番苦手なのは「お兄ちゃんみたいに思ってるのー」とほざく女。駄目だよ、近親相姦は。

あとね、森氏を擁護する発言の中に「無報酬で会長をやってたのに」というのが少なからずあったことが気になりました。

最近、「無報酬」を美談にする傾向がありますが、それ、全然偉くないですよ。ちゃんとお金もらってそれなりの仕事をすればいいんです。「無報酬」と「無償」は似て非なるものです。

多目的トイレで不倫したとかで干されているアンジャッシュの渡部建さんが豊洲市場で働いているというニュースを見ました。これも、無報酬だそうですが、なんで？　お金もらわなきゃ駄目ですよ。周囲の働いている人が賃金を得ているのなら、自分ももらわなきゃ失礼に当たるでしょ？

善意の無償ボランティアに混じって、ひとりだけこっそりお金をもらっていたら「ズル」になるし、賃金を得ている労働者の中で、たったひとりがタダでやっていたら、それは「見習い」もしくは「何様」になるんです。

あ、それから。権力者は、決して「水に落ちた犬」にはならないよ。政治家もね。不倫した芸能人とは違う。

馬込文士村の人生劇場

2021/4/1

　この間、夫と大森の馬込文士村を探索して来ました。え？　この御時世に、それ、不要不急の外出だろ？　と文句をつけたくなるむきもあるでしょうが、自粛警察の皆さん、許してくださいね。小説家的に必要（プチ）火急な外回りだったので。

　実は、私は、ひどい方向音痴な上に、地図が読めない女。自宅周辺の吉祥寺界隈を歩いていても道に迷うことがあるくらい。わーい、天気いいなー、いつもとは違う道を通ってみよう！　などと浮かれて歩いていると、絶対に迷子になる。そして、冷や汗をかく破目になるのです。

　スマホの地図を見たら？　と言う人もいますが、そんなのつまんないじゃん！　っていうか、その地図自体が読めないんだよ!!　誘導されても迷ってしまうほど、ひどい方向音痴な私。まさに、ノー・センス・オブ・ディレクション。数字関係と並んで、私の弱点なのです。

　だから、知らない街を歩く時は、夫にナヴィゲーターになってもらうことにしています。ちなみに、彼は、私の辞書でもあり、時々計算機でもあり、毛布のことも。もうほとんど依存症の域。頼り切ったまま全然自立しない女、それが私。でも、なんてラクチン。

さて、話は馬込文士村に戻りますが、ここは大正末期から昭和初期にかけて作家や芸術家が集まって出来た集落でした。田端文士村の代表格が芥川龍之介なら、こちらの馬込は川端康成が筆頭。私が師と仰ぐ宇野千代先生もかつて尾﨑士郎と住んでいました。

他に、石坂洋次郎、北原白秋、萩原朔太郎などなど。大森駅の西口を出た正面の神社には文士村に集った人々のレリーフが飾られています。私は、宇野先生の御顔の横に並んで写真を撮ってもらいました。

文士村では、宇野先生の夫だった尾﨑士郎を中心として、飲み会やダンスパーティが頻繁に開かれていたのでした。道にあった碑によると、こんなグループ分けがされていたそうな。

○酒飲まぬ麻雀、花ひきグループ
○酒飲み駄弁グループ
○酒飲みダンスグループ
○酒飲み孤高グループ
○酒もギャンブルもやらぬ超然組↓（川端ひとりだけ）

宇野先生は「麻雀、花ひき」のグループに入っているのですが、この「花ひき」とは、

「花札」のことでしょうか。　夫だった尾﨑士郎は「酒飲み駄弁グループ」に属していたようです。彼の記念館には、こよなく愛した酒の瓶がずらりと並んでいました。

　尾崎士郎の代表作と言えば、「人生劇場」ですが、なんとこれまでに十四回も映画化されている国民的長編小説。実は、私、十三度目のやつをひとりで観に行ったのでした。一九八三年のことです。

　当時、作家になる前で、毎日、鬱屈した日々を送りながら夜の銀座でバイトをしていたのでした。何者でもない自分が嫌でたまらなく、かと言って何をして良いのかも解らないので、昼間はひたすら本を読み、出勤前に映画を観るのを自身に課していました。お金がないので、たいていは三鷹のオスカーなどの名画座でリバイバル上映されているものでしたが、たまにはロードショーも観たいよね、と有楽町の映画館へ。その時にかかっていたのが「人生劇場」だったのでした。主演は永島敏行、松坂慶子の御二人。なんか豪雨の中、半裸の松坂さんと永島さんが走ってった……。あの時の孤独な観客であった自分を思うと、いじらしくてたまりません。

不倫と料理を足してみた

2021/4/8

私の新刊「血も涙もある」は、不倫という代物に正面から向かい合った小説なんです。へー、それってよくある話じゃゃん、と思われるかもしれませんが、自分としては清水の舞台から飛び降りるような気持で、それまで使って来なかった「不倫」という言葉を連発しているんです。

これまで読んで来てくれた方々は御存じかと思いますが、私の小説世界は恋愛開放区。結婚していようがいまいが、皆、良く言えば天真爛漫、悪く言えば野放図で尻軽。なんたって、デビュー作からして、目の合った黒人男性を視線で誘導し、クラブのボイラー室でことに及んだその後で、ようやく恋を始めて行くという……ふしだらですいません、な話でした。多目的トイレではなかったので大目に見て下さいね。

でも、その分、倫理には厳密だと自負していたんです。世に言う倫理とてらし合わせて、私を叩きまくる人は大勢いましたが、小説家の矜持《きょうじ》は、自分なりの倫理を作り上げて提示して見せるところにあると信じていたので、じっとがまんの子(復活して欲しい死語、Ⓒ小池一夫先生原作の「子連れ狼」)になって耐え続けました。

そういう中で、つくづく思ったのは、個人的な問題において、倫理か倫理にあらずかというのは、それこそ、その個人だけが決めれば良いではないか、ということ。

以来、私は、自分の小説の中で、揶揄《やゆ》する意味あい以外で「不倫」という言葉を使うまいと決め、そうして来ました。

しかーし！　ここ数年の不倫した有名人叩きのすごいこと！　しかも、その俎上《そじょう》に載せられる頻度の高いこと！　仕様がないので、私も、このエッセイのような場では、便宜上「不倫」という言葉を使うようになりました。

しかし、この小説作品において「不倫」は、文字通り「倫理にあらず」。登場人物たちの価値観を揺るがすものの正体を恋愛関係の中で探って行く内容になっています。

登場人物は、有名料理研究家の妻とイラストレーターである年下の夫、そして、彼の恋人である妻の助手の女の三人。

今回は、女二人の働くのが料理の世界ということで、食べ物が沢山出て来ます。新刊インタビューでも、たびたび、それについて尋ねられました。

「小説の中の料理の描写とか知識は、山田さんの経験から出て来たものですか？」

いえいえ、と恐縮して答える私。

「料理は好きなんですけど、私、それ以上に料理に関係する本も大好きなんで、これまでに読んだ膨大な数の料理本で得たものを引っ張り出して想像力を駆使し……」

膨大……決して誇張ではないんです。子供の頃、母が取っていた（毎月取り寄せることです）「婦人生活」や「主婦の友」の付録の料理本を楽しみにして以来、早や五十数年。私は、ずーっと、料理に関係する本を愛読して来たのです。小説に出て来る食べ物の描写も大好き。ブッキッシュなガキだった私は、そのページだけで、ごはん何膳食べた（気になった）か解りません。

実は、ユーチューブ発の料理本に添えられた文章もおもしろかったりするんです。最近、おっと思ったのは、リュウジさん。「悪魔のレシピ」の中に載っている、風邪に効くスープの作り方に、こうあるんです。

〈小鍋に油を熱し、にんにくを柴犬色になるまで炒める〉（傍点筆者）

柴犬色ですよ!!　これ、小説家には思い付かないよ！　くうーんと鳴く豆柴のあったかさで、風邪なんか、すぐに治っちゃいそうです。

思い出のTV小説

2021/4/15

　この間、某女性週刊誌（セブンではない）を読んでいたら、「NHK朝ドラ60年」という記事を見つけました。朝ドラのトリヴィアがクイズ形式になっているもので、いちいち「なーるほど！」と頷きながら読みました。

　これによると、名だたる文豪たち（獅子文六、壺井栄、武者小路実篤、そして川端康成などなど）も原作に携わっていたようです。

　正式名称は「NHK連続テレビ小説」というこの通称「朝ドラ」、毎回新作が発表されるたびに話題になっていて視聴率もすごい。国民に愛され続けるTVドラマなんですね。

　でもでも、私、実はほとんど観たことないんです。何故ならTBSの「ポーラテレビ小説」の方を観ていたから。ちょうどNHKのやつと同じ時間帯にやっていたんです。

　調べてみると、こちらは、一九六八年から一九八六年までの放映。昼の帯ドラマシリーズで、朝は再放送でした。専業主婦の母は朝昼両方の局のやつを観ていたみたいですが、私は朝しか観られない。母が私に合うと勧めるのはたいてい「ポーラ」の方だったので、朝の再放送のそちらを選んでいたのです。

しかし、朝の連続ドラマを観終ってから学校に行くというのは時間的に非常に厳しいものがありました。途中、走って、ぎりぎりセーフという感じ。その気力がない時は、堂々と遅刻。ブラックリストに必ず載っていたのです。おなかが痛くなると言い訳していましたが、先生は信じていなかった……。祭日の翌日で、朝の再放送を観る必要のない日は、余裕たっぷりに登校し、席に着いていたので、山田がちゃんと来ていると嫌な予感がする、と言われたほどです。

特に好きだったのは、「わたしは燁《あき》」（一九七四年）。萩尾みどりさんが主演でした。幼くして両親を失い、育ての親の外国人技師夫妻とも死に別れた娘が、豪商の娘の養育係に……と、今、このドラマの内容について調べてもこれしか出ていません。私も、細かいところまでは覚えていないのですが、政治犯の蟹江敬三さんが、頭に布をかぶせられ、リヤカーで刑場に運ばれて行くシーンは圧巻でした。不謹慎だけど非常にセクシーでしたよ。

あまりにも長引く余韻のために、この日は、大幅に遅刻して、学校に到着したのは三時間目が始まる頃でした。今となっては遅刻が大嫌いな私ですが、あの頃は平気だったんですね。信じられないです。若いって馬鹿ですね。

このドラマシリーズでは、色々な女優さんがデビューしているんです。音無美紀子、丘みつ子、樋口可南子、浅野温子……今も活躍するベテランの女優さんたちが多いですね。ちなみに、あれ以来ファンになった蟹江敬三さんは、佐藤愛子先生原作の「愛子」にも春吉という役で出演しています。愛子役は、杉田景子さんという方。どんな女優さんだったんでしょう。観れば良かった。

ところで、この間、芦花公園にある世田谷文学館で開催されていた「あしたのために　あしたのジョー！展」というのを観て来ました。私が「あしたのジョー」に夢中になったのは、もう少年マガジンの連載が終わった後でしたが、いや、もう、マジでジョーに恋しましたね。それから、何十年も経って、ちばてつや先生と酒席を共にしていただける光栄に与《あずか》るとは予想もしていませんでした。

会場の一画に、あの最後の真っ白に燃え尽きたジョーの拡大パネルがあったので、そっと寄り添って（笑）一緒に写真を撮ったのですが、フラッシュ禁止だったので、私は真っ黒な灰になってしまいました。残念！

マグノリアの花の下でブルー

2021/4/22

前回、芦花公園駅で降り世田谷文学館で開催中の「あしたのために　あしたのジョー！展」を観て来たと書いたばかりなのですが、次の週は京王多摩川駅の隣にある「京王フローラルガーデン　アンジェ」に行って来ました。

ここは決して大きくない欧風庭園を模した植物園。いつの季節でも花が咲き乱れていることで知られていますが、なんと五月末で閉まるという情報が。早速、夫と二人で出向いてみました。

その日は、平日の遅い午後で人も多くなく、青い空の下、ゆったりと散策することが出来ました。その心地良かったこと！　マグノリアの花が満開だったのです。たぶん、あれほどの数のマグノリアに囲まれることは、一生に一度しかないでしょう。

マグノリアは「モクレン科」の花だそうですが、日本で言うあの赤紫色の「木蓮」とは、ずい分、イメージが違っていました。ひらひらと数え切れないハンカチーフが一斉に木にまとわり付いたように見えたのです。品種は、その名も「サヨナラ」。

そう言えば、前に「ハンカチの木」というのも見たことがあります。白い大きな二枚の花弁が、びろーんとたれ下がっているような不思議な花で「幽霊の木」とも呼ばれるそう。確かに、少し不気味だった。

しかし、この庭園に咲きほこるマグノリアは、圧巻と呼びたいくらいゴージャスでした。聞けば、三十種二〇〇本の木が植えてあるとか。その他、チューリップやデイジーなどの沢山の春の花も花壇からあふれんばかり。普段、少女趣味とは無縁の私ですが、なんかひらひらしたドレスの裾を翻す女の子の気持が解るような気がしました。するだけですが。

でも、こんなに幸せな気分になれる場所がどうして閉まっちゃうのか。「まちづくり」計画のため再開発するらしいとのことですが、平仮名の「まちづくり」って、怪しくないですか？　もしかしたら、吉祥寺「キラリナ」みたいな商業ビルが建つんでしょうか。はー、もったいない。もしも、あのマグノリアの木々を切ってしまうのだったら……ねえ、京王電鉄さん！　間違ってるよ！

なんて、まあ、門外漢の私がぶつくさ言っても仕方がないんですけどね。それに、経営状態の逼迫《ひっぱく》がどうしようもないのなら、こちらが口を出せることでもないし……でも、あれしきの広さの土地をキープ出来ないなんてやばいかも……花の世話をする人材がいないんでしょうか。

モネの絵をイメージした池や、中を流れる小川（つげ義春さんの漫画に登場する川？）、そして、バーベキューレストランのある一画も良いのになあ（こちらは十月まで営業するそうです）。まさか、オリンピックとは関係ないですよね？

近頃、気になっているのが、この「まちづくり」というやつなんです。行政は、本当に「無駄」がお嫌い。空いてる土地はすべて有効活用しないと気がすまないみたい。でも、この「有効」って貧乏臭くないですか？　私の愛していた草叢《くさむら》や自然に出来た花畑などは、どんどんターゲットにされて更地化しています。美しい無駄が文化を作ると信じている私は、気が重くてたまりません。

私、したり顔で、「今の時代」とか「この御時世」とかを口にする人が苦手なんです。だって、それらの言葉って、強引な過去の否定とセットじゃないですか。「今の時代」の「この御時世」で開催するオリンピックのためには、新しい「まちづくり」が必要なんでしょうね。今のところ、スクラップ&ビルドならぬ、スクラップ&放置だけが増えてますが。

春たけなわ散歩道

2021/4/29

お花見と言えば宴会が付きもの。友人たちとおいしいお弁当やお酒を堪能しながら、風流を気取って桜を愛《め》でたいところですが、新型コロナの影響で、二年続けてそれも出来ません。

それでは歩き花見を、という訳で、夫と二人、近所の井の頭公園に出向いてみたら大変な人出。でもね、毎年思うことですが、いつも、見物客、宴会客は、公園の中央数箇所に集中しているんです。あれ、何故なんでしょう。人を見るのも花見の内なんでしょうか。少し移動すれば、ゆったりと落ち着いて、それこそ風雅を味わえるというのに。

私たち夫婦の花見スポットは、井の頭公園を抜けて、玉川上水の川辺りを三鷹方向に歩く道筋。その日は、もう満開の時期が過ぎてはいましたが、散り続ける花びらが何とも幻想的な雰囲気を作り出しています。

しばらく歩き続けると、太宰治が入水自殺した場所に出るのですが、実は、そこの角にあるコンビニ前のベンチが、私たちの絶好の花見場所。目の前には、短いのですが美しい桜並木が続いているのです。

いつもなら、ベンチに腰を下ろして缶チューハイなんかを飲みながら春の盛りを体感する私たち。スタンド代わりにドラム缶なんかも置かれて、そのコンビニ自体が角打ちのオープンバーのようになっていたのですが……。

今年は、近辺に警察官の人が立って、にらみを利かせているのでした。若者たちの集団が外飲みをして羽目を外しているニュースがくり返し流れていたので、そのせいかと思われます。たぶん、そこのコンビニ前でも、傍若無人な振舞いをする輩のせいで迷惑をこうむったのでしょう。

ちぇーっ、外飲みには外飲みのルールがあるっていうのにさ。大勢でパーティやっちゃ駄目なんですよっ!! そうでしょ、パリッコちゃん！（簡易チェア持参で外飲みを楽しむ大家……おおや、ではない。面識なし）

しかし、お酒も売っている公園で中途半端な規制をするって、どうなんでしょう。歩きながら飲んでる若い女子たちもいましたが。

あ、吉祥寺近辺に住んでいる方たちなら御存じかもしれませんが、七井橋のふもとにある売店の販売機に、パンの缶詰と並んで、「いなご甘露煮」と「蜂の子花九曜煮」という缶詰があるんですよね。消える消えると言われていたのですが、まだありました。きっと需要があるんでしょうね。長野県の方々の好物と聞いたことがありますが、県人会か何かでキープしているんでしょうか。

それはともかく、警察官監視の許で飲酒するという酔狂は、さすがの私たちも御免ですので、そのまま三鷹まで歩いて町中華の店でチャンポンを食べて帰りました。町中華に詳しい夫によると、そこは、玉袋筋太郎さんがBSのTVで紹介していたそう。玉ちゃん（面識なし）が旨《うま》いと言った店なら間違いないよねー、ということで、餃子も追加。これで、ホッピーがあれば最高なんだがなー、なんて幸せに文句を言いながらなごみました。

春、と言えば、TV番組改編の時期ですが、ニュース番組、情報番組共に、あたりさわりのない出演者に替わってますよね。

NHKの武田さん、有馬さんというアンカーマンがいなくなったのはもちろんのこと、モーニングショーの青木理さんたちもいなくなってしまった。御意見に必ずしも賛同していた訳ではありませんが、あの方たちがいなくなって、ほんと、つまんなくなりました。頭が良いのは解るけど、何の経験値もない若い女性に「私たちデジタル世代はー」とか上から目線で諭されてもねえ。あの番組に残った男性出演者って、石原良純、長嶋一茂両氏。テレビ朝日が思う男性代表なんでしょうねえ。

自由軒名物織田作カレー

2021/5/6

少し前になりますが、テレビ朝日のモーニングショーで、「カレーライス、ごはんとカレーを混ぜる派？　混ぜない派？」という話題を取り上げていました。

自分は混ぜる、いや混ぜない、と出演者が盛り上がる中、テレビ朝日社員でコメンテーターも務める玉川徹氏が、大阪の自由軒のカレーについて話したのでした。

御存じの方も多いと思いますが、自由軒の名物カレーは、あらかじめルーとごはんがしっかりと混ぜてあって、柔らかーいピラフと言うか固めのおじやというか、そんな感じ。真ん中に生玉子が落としてあって、そこにウスターソースをかけ、さらに混ぜて食すというもの。

「大阪の人は皆、自由軒のカレーが好きで、カレーと言えば自由軒だよ」

と、まあ、正確ではありませんが、こんなふうに発言し、皆が、へー、そんな食べ方が！　と驚く流れ。でも、私は、その後の玉川さんの言葉を受けた出演者の反応にものすごく驚いたのです。

「自由軒のカレーを有名にしたのは織田作之助で、皆、『織田作のカレー』と言っていた」

と、玉川さん。

するど、ある出演者が、誰だよ、織田って！　と話をまぜ返したのでした。まあ、小説を読まない人が織田作之助を知らないのは珍しくないでしょう。しかし、続けて司会者の羽鳥さんがとっても怪訝《けげん》な表情を浮かべて尋ねたのでした。

「織田さんて方には悪いんですけど、それ、どなたなんですか？」

……びっくりしました。TVの仕事をしている人が織田作之助を知らないなんて！　その問いに誰も答えないまま、そのコーナーは終わってしまいました。たぶん、玉川さんもよくは知らなかったんでしょう。

織田作之助は、大阪出身の小説家で、戦後、太宰治や坂口安吾などと共に無頼派と呼ばれた御方。三十三歳という若さで亡くなってしまうのですが、映画化、TVドラマ化された作品は多く、特に代表作の「夫婦善哉《めおとぜんざい》」は十回以上もドラマの原作になっているのです。

一番新しいところでは、二〇一三年の森山未來、尾野真千子出演のやつ。私が特に印象に残っているのは、小林薫、黒木瞳ヴァージョンのもの。小林さんの、「頼りにしてまっせ、おばはん」という台詞《せりふ》を聞いた瞬間、ま、こんな男でも仕方ないか、と許してしまう色気が漂っていた。

織田作のその作品の中で、駆け落ちして夫婦になった蝶子と柳吉夫婦が食べるのが、自由軒のライスカレー。

「自由軒のラ、ラ、ライスカレーはご飯にあんじょうま、ま、まむしてあるよって、うまい」

と柳吉が言うのです。ちなみに、この「夫婦善哉」は、大阪、法善寺の横にあるお店の名前です。ぜんざい一人前が二つの御椀に入って出て来ます。織田作の小説の題名は、この界隈を舞台にしたところから付いたのです。北新地の人気芸者だった妻と、ふらふらしている元若旦那である夫の物語。

そう言えば、昔、夜更けの法善寺横丁で、私と編集者たちが酔っ払って騒いでいたら、賽銭箱の陰で寝ていたホームレスのおじさんに、うっせーっ、何時だと思うとるんや！　と叱られてしまいました。あの時いた編集者のひとりも、この間、亡くなっちゃったんだなー。私より若かったのに。

それにしても、小説作品なんて作家が死んだら、すぐになかったものになっちゃうんですね。あの織田作ですらそうとは、寂しい限りです。

「コロナ禍下」ですよ!!

2021/5/20

新刊が出ると、少しでも多くの人に読んでもらいたい欲（もちろん売れて欲しい思いも）が芽生えて、パブリシティのためのインタヴューを受けます。

その時、話が思わぬ方向に展開して、本とは関係のない質問が投げかけられることも。話の合うインタヴューアーだと、こういう脇道もまた楽しい。

この間、受けたインタヴューでは、こんな質問をされました。

「最近、嫌いだなあ、と感じた言葉、何かありますか？」

ふふ。他人の言葉に難癖を付けたがる私の性質をよく御存じのようです。ひと言、こう答えましたよ。

「コロナ禍」

私は、使わないようにしているんです。いちいち「新型コロナの感染拡大を受けて……」みたいな書き方をしているんですが、たまに、インタヴューの私の発言が「コロナ禍なので……」なあんて変えられていたりする。私、言ってないからねっ!!

プロの識者や物書きの中にも、何の疑問も持たずに使っている人がいますが、「戦時下」

と同じニュアンスで「コロナ禍」って言ったり書いたりするのって、どうなんですか？　正確には「コロナ禍下」じゃないんですか⁉

なんて、苛々していたら、何人かの人々は「コロナ下」と表記しているのを発見。コロナイコール禍、というふうに受け止めれば、これは、正しいと思います。

でもさ、誰とは言わないけど、TVの情報番組のコメンテーターが、「コロナ禍のステイホームは、おうち時間の充実が大事だよね」なんて言っているのを聞くと、ぎゃ〜っ、と叫び出したくなるのです。何度も言うようだけど、いい年した大人が「おうち」とか口にするのは止《や》めてくれ。特に、男性（すいません、ジェンダーフリー無視させて下さい。生理的嫌悪感なんで）。

新型コロナというものが私たちの生活を脅かすようになってから、イラッとする言葉が増え続けています。

「まんぼう」もそのひとつ。「まん延防止等重点措置」の略で、ひところ、まるで市民権を得たかのように使われていました。それを耳にするたびに「誰が略して良いって言った⁉」と腹立たしく感じていた私。

重要度を感じさせない語感になるから、と略すのは、さすがに止めた模様ですが、でもさ、なんで、「蔓延」じゃなくて「まん延」なの？　「蔓」って字、そんなに難しいですか？　これって、読めない子供のためなの？　だったら、ふり仮名も同時に表記すれば良いのに。

作家で、ロシア語通訳だった故・米原万里さんは、こうおっしゃっています。

「放送で文字を出すのは、ほぼ一瞬で、何度も見直すことが出来ない。日本語で意味の中心をなす部分は、ほとんど漢字で表わしている――（中略）――同時通訳の経験から言えば、漢字とひら仮名が混ざっていると一瞬で意味をつかみやすい」

ひら仮名は、意味と意味をつなぐ役割を果たしている、というのです。その使い方において重要だと。

漢字は、それだけでヴィジュアルが意味を伝えるもの。もしも、小説がひら仮名だけで書かれていたら……と思うと、私などはお手上げです。両方を使える時代だからこそ、その組み合わせについて考えて行きたいですね。

……なんて、そんな物解りの良いまとめ方を私がする訳ないですよ。私にとっての「まんぼう」は、「どくとるマンボウ」の故・北杜夫さんだけですからねっ！　あと、業平橋駅を「とうきょうスカイツリー駅」にしたのは、やっぱり許せないもんねっ（別枠ですが）。

2021/6/3

オイシイ国もいよいよ……

これを書いている今現在、五月十一日で解除される筈だった緊急事態宣言の延長が決まったばかり。あー、まだ続くのか……とげんなり。

医療崩壊が現実となってしまった大阪では、この少し前の蔓延防止等重点措置から、ここに至るまでに「見回り隊」なるものを発足させました。

その募集要項がこんな感じ。

「サクッと稼げるオイシイお仕事

時給1300円

面接なし」

……えーっと……（絶句）その次に、こんな募集も見つけましたよ。

「弘前大学　コロナ禍の経済支援に看護学生を助手として雇用。夜間など。時給970円」

ねえ、この差、何か間違っていませんか？　見回り隊募集は民間頼みで、委託金に2億円かけているそうですが、店側で撮影されていた映像を観る限りでは、入り口でただ確認するだけ。しかも、ひとつの店に何度も別のグループが「見回り」に来てる。ほんと、ただ見て回るだけ。それで、時給1300円……学生さんも苦しいのが助かってちょうどいい、と言っていた馬鹿ヤローなコメンテーターもいましたが、百歩ゆずって、どうせ働くんなら、真面目に働けよ！　と思いました。

本当に経済的支援を必要として夜間働く看護学生さんの時給が、見て回るだけのバイトより、はるかに少ないとは……。どうなってんの？

この委託された民間の会社には、いったいいくらのお金が流れてるんでしょうね……税金……なんだよね？　でも、ここだけじゃないものね。オリンピック開催の巨額な費用の大部分が、私たちの知らないところで使われるみたいだし。いや、知ってるか、あそことか、だもんね。

「見回り隊」に関することで、瞬時に、あーあ！、と感じてしまったのは、「サクッと」と「オイシイ」という古臭いワード。とりわけ「オイシイ」。私、片仮名表記の「オイシイ」が許せないんですよ。だいたい食べ物ではなく、「いい目を見る」という、ずるっちい人間のちゃちな野望に対して使うんですが、これを口にしたり書いたりする人間からは卑しさが漂っているんです。バブル時代に大はやりして、今でもかろうじてサバイバルしてるみたいですが、ほんと気持悪い。この片仮名「オイシイ」への不快感表明してるの、何故だか私だけなんですけどね。もっと賛同してくださいよっ。

そう言えば、早急な国民へのワクチン接種が待たれる中、医療従事者である私の夫にも申し込み書がやって来ました。

しかーし、高齢者向けの予約同様、受け付け開始日から、何度、電話をしてもつながらない。ウェブに至っては、予約受け付けが早々に中止に。最初は「ゴールデンウィーク明けには不具合は解消予定」と表示され、明けたら明けたで、十日以降となります、だって!? 何だか、だらだら延ばしている緊急事態宣言のようになってる……菅総理は、一日百万回のワクチン接種が可能になる、と言い切っていましたが、百万回分のワクチンがあっても、たった一度の予約が取れなかったら何もなんないですよっ！

あ、それとさあ、夫の予約申し込み要項を見せてもらったんだけど、誤字が散見されます。「接取」じゃなくて、「接種」だからねっ!! 一事が万事と言うじゃない？ 人の命に関わることなんだから、ちゃんとして欲しい。

ついでに、思い出しましたが、オリンピック開催を「オールジャパン」で成功させると前総理がおっしゃっていますが、それって「国家総動員法」と同義語ですよね？ 大丈夫なのかなー、この国。

初夏の夜にせいちょる！

2021/6/10

夫と共に夕食を取った後、映画や昔のドラマなどを観るのが夫婦の決まりになっています。夕食から続けて、だらだらお酒を飲み続けたり、アイスを二人で分け合って舐めたり、つまらない作品なら、途中、うとうとしたり……私の仕事は夕食を作るまでで、後片付けやら何やらは、全部夫がやってくれるのでラクチンです。

観るものも、ほとんど夫まかせなのですが、時に小さなブームも起きたりします。韓国映画を立て続けとか、仲代達矢しばりとか、宮尾登美子、五社英雄限定週間、などなど。このところは、なんたって松本清張原作もの！

清張さん原作のやつは、昔から何度も観返してはいたのですが、このところ、ケーブルTVで何度も再放送されていたので、またもやブーム到来。大作から、サスペンスドラマ系まで、続けて観ると、やはり思います。松本清張は偉大だ！

とうとう、我が家には「せいちょる」という言い回しまで出来てしまいました。ちょっと、「りゅうちぇる」に似た語感ですが、似て非なる言葉です（…なのか？）。

夕食後、こんな感じで使います。

「今日は、何、観んのー？」

「そうだなー、また、せいちょる？」

「いいね！　せいちょる、せいちょる、せいちょる」

「じゃ、せいちょろう！」

書いていて、日本語なのか何なのか解らなくなりますが、会話は、続きます。

「誰で、せいちょろうか」

「あたし、今日は、マユミかなー」

「オッケー、じゃ、マユミりますか」

という調子で夫がセットしてくれます。マユミるには、二パターンあって、①小川眞由美出演、②若村麻由美出演、なのですが、どちらの女優さんも、名演を見せてくれます。

しかーし！　こと「せいちょる」シーンにおいては、小川眞由美に軍配を上げたい。私が清張原作の映像作品で一番素晴しいと思ったのは、「点と線」や「ゼロの焦点」や「砂の器」のような大作を差し置いて、（いや、これらも大傑作なのに異論はありませんが）小川眞由美主演の「種族同盟」なのです。

これは最初、「黒の奔流」と改題され、山﨑努、岡田茉莉子出演で映画化されていますが、私が大好きなのは、小川眞由美、高橋幸治出演の土曜ワイド劇場の二時間ドラマ。マユミのねっとりした喋り方がたまりません。

あ、そういや、ここには、朝加真由美さんも出演してるんだっけ。清張ドラマはマユミを呼び寄せる!?

この原作は、何度もドラマ化されていますが、他のどなたが主役を演じても、やっぱり、マユミが一番。相手役の高橋幸治さんは、高校の頃に観たカトリーヌ・アルレー原作の「わらの女」が大好きでした。そういや、これも清張っぽいかもね。

私、七〇年代の終わりまで、ずい分、TVドラマを観ていたんです。ところが八〇年代に入ってからは、TVロス生活。ブラックカルチャー一辺倒の日々を送ったせいで、日本の芸能からは取り残されてしまったんです。活字中毒でしたから、事件を起こして週刊誌に載ってしまった芸能人しか知らないというていたらく。今、遅ればせながら取り戻しているのです。

さて、「せいちょる」夜には、予習復習も大事。〈松本清張生誕110年記念　みうらじゅんの松本清張ファンブック〉と銘打たれた「清張地獄八景」というムックが最高で、私も、夫も、読んでは自分の内なる清張に磨きをかけてます。あ、「強き蟻」に出てるマユミ（こっちは若村さん）とマリ（星野真里さん）の悪女ぶりもいいですよ！

TVグルメタックル

2021/6/17

一時は、イベント開催中の事故などもあり、フードファイト系のTV番組は姿を潜めていました。しかし、このところ、明らかに「モノ食う番組」が増えてますよね。自粛生活のせいで、外食出来ない影響でしょうか。大食いの人々が次々と登場し、食べ物関係のクイズでにぎやかに競い合う。

……あのー、ああいう番組ってウケてるんですか？ ファミレスのメニューを順番に映して、うおー、たまらん、とか言って身をよじっているタレントさんを観ていると、私、ぽんぽん、と肩を叩きたくなっちゃうんですよ。それって、本当にそこまでおいしそうに見えるんですか？ って。

ええ、仕事なんでしょう。それが解っているだけに、なんか悲しくなっちゃうんです。番組の作り手って、TVに出る人も観る人もなめてるよなーって。

表面に焦げ目を付けるでもなく、ただオーバーヒートのせいだけで溶けたチーズがびろーんと伸びる。それを映像で見たタレントさんたちが、「うっわ！」と言いながら目を細める。そして、その映像を、また聞きならぬ、また観（？）した視聴者が、同じように「うっ

わ！」と言いながらよだれを流す……とでも思ってるんでしょうか。あんなゴムみたいなチーズで？　まさか⁉

朝、たまたま観た番組では、ミシュランの星クラスのシェフたちが集まって、スーパーやコンビニのお総菜をランク付けしていました。ベスト10の発表のたびに、一喜一憂するタレントやお笑い芸人さんたち。朝っぱらから、何故《なにゆえ》に、市販の総菜でそんなに大騒ぎ出来るのか……。

なんて、いちゃもん付けてる私も、吉祥寺駅にある成城石井に立ち寄った時に、その番組でシェフ全員が第一位に選んだ春雨の中華風サラダをつい買ってしまいました。第二位だった紫蘇の葉入りポテトサラダもね。だって、あそこまで至高の味のように誉めるんだもの。で、食べてみました。味は……普通でした。おいしいと言えば、おいしいですが、極上とか至高とは、とても思えません。お総菜にしては決して安くないし。

あの番組で某野菜ジュースのCMみたいに、口々に「ほんっと、おいしい」と言っていたプロのシェフの皆さん（しかも一流だとか）、ほんとにそう思ったんですか？「ここまでやれるとは…（絶句）…」と感に堪えないという感じで溜息をついていた方もいましたが、じゃあ、客は、あなたたちの店に足を向ける必要なんかないですね？　ちょっとお高目のスーパーの総菜売り場の品で充分なんですものね。それとも、店では、味などをものともしない至高の接客法でもあるんでしょうか。

昔、「料理の鉄人」などの料理番組の影響で、スターシェフと呼ばれる作り手の人々が何人も登場しました。

当初、彼らは、一般人には手の届かない料理を一見《いちげん》さんお断わりの店で提供する近寄りがたい方々として紹介されていたのですが、やがて、「一流の味を御家庭で」のコンセプトの許、店のスペシャルレシピによるレトルトなどのインスタント食品を発売するようになりました。

CMにもばんばん出て顔を売る。シェフの人気も味のうちってところでしょうか。ま、それはいい。個人の自由です。

でも、そのひとりに、親しかった料理人がいたので、私は怒りました。レトルトで再現出来るようなもん、店で出すなよ！　と。日頃から、店の味を作るのはレシピだけにあらず、と言っていた彼。以後、そういった業界とは距離を置くようになりました。生きていたら、昨今のランク付け番組に出てる一流シェフたちを何と言ってディスったかなー、彼。聞きたかったよ、残念！

言葉の重箱の隅、再び

2021/6/24

しょっ中、この場を借りて、イラッとする言葉に対する、私なりの意見表明をさせていただいています……ちょっと待て……この「させていただく」もおおいに問題視しているんだよ……と、このように言葉に関して面倒臭い私です。

でも、誰を非難してる訳でもないんですよ。ただ、重箱の隅をつついているだけ。

あ、そういや、この「重箱の隅をつつく」というのも本来は「重箱の隅を楊枝《ようじ》でほじくる」という言い回しで使うそうです。

でもさ、私、「ほじくる」って言葉が大嫌いなんですよ。耳や鼻をほじくるって描写するのはもちろんのこと、「人の過去をほじくる」なんて、その行動自体が卑しくて嫌です。

ところが！　「人の過去を調べる」のは、全然気にならないんですよ。「人の過去をあぶり出す」のもね。「探る」に至っては、執念深い作家の本領発揮みたいで、まかせとけって感じになります。

ま、私の場合、言葉の「正誤」ではなく、直感から来る「好悪」に基づいていると思ってください。「正誤」を飛び越えたところで、好き！　と感じる言葉もいっぱいあるんです。

近頃、感心したのは、少し前になりますが、アンミカさんの「傷口に泥を塗る」という言い回し。確か、コロナ関連のニュースで、人々の同調圧力的な唾棄すべき行動に関してだったと記憶しています。

無意識に（たぶん）発せられたその「泥」という単語に、私のセンサーは反応したのです。だって、普通は「傷口に塩を塗る」と言うじゃないですか。でも、「泥」！　私の脳裏に、泥を塗り付けられ、塞がれてしまった傷の苦しさが、まざまざと浮かんだのです。ぐぐ……助けてくれ……呻《うめ》く傷口……大変だ！　何とかしてやれ！

このような言葉のインパクトは、レイチェル・カーソンの著作による「センス・オブ・ワンダー」に近いものがあります。小説家が苦手とする分野かもしれません。使う人のキャラクターにもよるんですよね。不思議ちゃんの若い子が使ったのではなく、大人の女性であるアンミカさんだったから、私の感覚にヒットしたのかもしれません。

しばらく前に、最近、「コロナ禍」という言葉にイラッとしてると書きました。「戦時下」と同じ意味合いで使うなら「コロナ禍下」ではないか、コロナ自体を災厄ととらえるなら「コロナ下」は正しいが……云々《うんぬん》、とこれまた面倒臭い言葉の重箱の隅をつついていたのでした（ほじくってはいない）。

そうしたら、もうずい分前から、使われるたびに、難癖を付けたい思いに駆られる言葉が

あったと気付きました。それが、

「時短」

……すいません、仕事をいただいている分際で、この雑誌に文句つけるのは本意ではないのですが、四月十五日号で、こんな記事が掲載されましたよね。いわく、

「一流の人たちはこうやって『超時短』していた！」

例として、SNSは読まない村上春樹、食事はファストフードの孫正義、ビル・ゲイツ、同じ服でいいオバマ元大統領……などなど。

あのー、彼らと同じ「時短」実行で、彼らのようになれるとでも？　特別な才能で人生を切り開いて来た（ほぼ）偉人を自分たちのレベルに引き下げちゃいかーん！　それにさ、「食事は単なる栄養補給」と言い切る孫正義のような男、あなた好きですか？　そして、いつも紺のスーツに身を包んでいたオバマ元大統領のルックスは、満員電車に数多くいるサラリーマンのお父さんとこれっぽっちも似ていないのです。

親愛なる読者の皆さんへ（あとがきに代えて）

二〇一九年も押し迫った頃、初めて新型コロナ感染症についてのニュースが流れましたが、まだ遠い国のある特定の区域に発生した特殊な病として受け止めていました。日本の、いえ、世界中の人々が、そう感じていたと思います。気の毒に、でも、自分には関係ない、と、そんなふうに。

ところが、明けて二〇二〇年、あっと言う間に、この恐ろしい病気は世界中に蔓延し、犠牲者を増やして行ったのです。そして、人類をどん底に突き落とす世界的パンデミックを引き起こした。

多くの人々が、感染し、発症し、苦しみの末に命を落としました。成す術もなくTVの画面を食い入るように見詰めるだけのもどかしい日々。自粛、不要不急の外出禁止、初めての緊急事態宣言。私たちは未曽有の危機にさらされたのです。そして、それは終息の気配を感じさせながらも、二〇二二年を迎えようとする今もまだ続いている。

この本では、新型コロナの感染が拡大する中でのあれこれを綴りました。と、同時に、日々の取るに足りない、けれども、私にとっての大事なトピックスも取り上げています。そこから生まれる喜怒哀楽は、大きなものでも些細なものでも、確実に私の一部を形作っている。大切な大切な人生の欠片たち。

ウイルスが世界を脅かしたこの二年間、他の人々と同じように、私も不安に怯えたり、苛立ちを抑えられなかったり、怒りがこみ上げて来たりすることが多々ありました。そんな時、何によって救われたか。言葉です。正確に言えば、言葉に宿るユーモア、そして、他者による真摯な語感です。私は、自分のなりわいである言葉を使って、これからも読者の皆さんのために、真面目にふざけて行きたい。どうか、よろしくね。

二〇二一年十一月　山田詠美

4 Unique Girls

文化的な、あまりに文化的な

コム デ ギャルソンのコレクションで白人モデルにコーンロウ風のウィッグを着けて出演させたことが物議を醸した、というニュースを新聞で知った。黒人文化を盗用したとして非難の的になったのだとか。

え？ なんで、と思った。コーンロウとは、アフリカ系の男女をルーツとする編み込みのヘアスタイル。一番はしにビーズなんか付けたりすると、とってもゴージャス。でも、あまりにも手間と時間がかかるので、誰でも出来る訳ではない。腰まであるようなロングのコーンロウは、たいていの場合がエクステンション。

しかーし、ブラックカルチャーに首ったけだった私は腰まである地毛でコーンロウにしていたのだった。三十年以上も前、日本で一番早い時期にドレッドヘアにしていたこともある。私も盗用？ そんな馬鹿な（笑）。このあたりの成り行きに関しては、前に書いたことがあるので省くが、どちらのヘアスタイルも痒みとの闘いであった。何せ、三つ編みや髪の束を壊さないように地肌だけ指を立てるようにしてシャンプーするのである。

前の結婚の時、アフリカ系アメリカ人の義母に、皆、この痒いのにどうやって対処しているんでしょう、と尋ねたら、こう返された。

「ハシ（箸）で掻くのよ！　髪に差し込んで、こんな感じに」

と、私の頭で実際にレクチャーしてくれるのであった。そして、言う。

「ハシは、あなたの国の素晴しい文化だわ！」

ダイエット プラダというファッションお目付役のインスタグラムアカウントがあるそうだ。今回のことも、その指摘によるものらしい。グッチの「ブラックフェイス」を想起させるセーターも、マーク ジェイコブスのコレクションモデルがドレッドにした際にも黒人文化に対する侮辱だと集中砲火を浴びた。

それに対してマーク・ジェイコブスは、さまざまなスタイルからインスピレーションを得るのは素晴しいことなのに……と反論したが事態は悪化。配慮に欠ける発言で申し訳ない、と謝罪。その上で、あらゆる方法で自己表現する自由を信じている、と結んだ。

この一連の流れを見ていて思い出したのは、ずい分昔に読んだ六〇年代の公民権運動に関する記事だ。白人女性のカーリーヘアは、黒人文化の模倣だ、という多くの非難意見に、自分の娘からストレートパーマをかける自由を奪いたくないと反論した黒人女性の投書。ブラック　イズ　ビューティフルを掲げて、アフロヘアこそルーツへの回帰だ、と叫ばれていた時代。

私たちは、常に、自分たちの言動が誰かを傷付けるかもしれない、と意識しているべきだ。でもね、過剰な反応が人をがんじがらめにして身動きをとれなくさせることもある。件《くだん》のコーンロウ、ブランド側はエジプトの王子からインスピレーションを得たと弁明していたが、なるほど、子供の頃観た「ジャイアントロボ」そっくり！（古くてすいません）

愛する時間の無駄使い中に……

何となーく惰性でTVを点けて、観るともなしに観ることがある。観たいものを観ている訳ではないので、時間の無駄使い感がハンパないのだが、そもそも、私は、お金にせよ、時間にせよ、無駄使いがだーい好き。

しかし、世の中には、その「無駄」ってやつが大嫌いな人たちの方が多くて、私なんかのタイプの人間のだらしなさを、いちいち自覚させてくれちゃうのね。旅行中、電車に乗るまでの十五分の空き時間にあせる道連れとか。

三十分も余っていたら、もう大変。ひとつ前の電車に変えて来る！　と窓口に走ろうとする。

でもね、私にとっては、その三十分が大事なの。ぼおっとプラットホームにいる時間が大好きなのよ。色々と空想をかき立てられたり、行き過ぎる人々を観察したり。もちろん、急を要する一大事、みたいな時は別だけど、そうでない場合はいつも、暇人の酔狂な物書きでいたい私。社会貢献、全然してません。これぞ無為徒食な輩《やから》。すまんね。

と、そんな私が、その時も、ぼんやりとTV画面をながめていた。すると、こんな文言が映って、CMに切り換わったのであった。「この後、有名俳優が今、夢中になっている女について語る！」

とか何とか。へぇ、と思った私は、CMが終わるまで、ちゃんと待ったのであった。今もまだやってるCM後までの引っ張りに素直に従った初心《うぶ》な私（ここ、笑うとこ。しかし、いまだにこれやって視聴者を画面の前にキープ出来ると信じてるTV業界って……）。

で、結論から言うと、その俳優さんが夢中になってる女って、お姉さんだかお兄さんだかのとこで生まれた姪っ子だったんです。

なあんだ、ほっとしたー、と思う訳もなく、ふざけんなーっ、と憤るでもなく、あー、やっぱりねー、と脱力した私。さすがに馬鹿馬鹿しくなって、TVを消しました。これがペットの雌でも同じ気分になっただろう。ねえ、この種の茶番、いつまでやるの？　いや、いつまでも続くんだろうなあ。

時代とか、その人の性別、年齢にかかわらずいますよね。ほら、初恋は幼稚園の時です、とかほざく奴（失礼！）。そういうこと聞いてんじゃないんだよ！　とこちらを苛立たせているとも知らずに、気の利いた切り返しと信じている人たち。これって、年齢を尋ねた時に、「いくつに見えます～？」と引っ張るリアクションに似たものがある。

誰も本当は真剣に知りたくないことをあえて尋ねてみることを社交辞令と呼ぶ。その取扱いを間違える人、最近また増えてないですか？　ＳＮＳの影響なのか、みーんな私に興味を持っている筈、と勘違いしちゃっている人。誰もが自分に興味を持っている訳ではない、と自覚することから大人への道を進み始めると思うのですが。に、しても、姪を女となぞらえる件のＴＶ局のセンス、ほんと気持悪い。

知りたい未来、知っちゃった過去

今現在、世界中が新型コロナウイルスの脅威にさらされている。この号が発売になる頃には収束のきざしが見えていれば良いが、無理かも。今朝、ニューヨーク市内の駐車場に遺体安置のための仮設テントがいくつも準備されているニュースを観てショックだった。9・11の同時多発テロ、ハリケーン以来、三度目だという。

この事態を具体的ではないにせよ、予言していた私の友人がいる。世界中を巻き込み、破壊と再生をくり返す一年になるだろう、と。年の初めに、今年、どんな感じ？　と尋ねたら、そう返って来た。

霊能というのか、彼女のその能力はすごくて、時々、すべての運命が解っているのではないかと思ってしまう。そのことで金銭を得ている訳でもなく、聞かれたこと以外は話さないので、知らない人には、アウトドア派の明るい女の子に見えるだろう。でも、時々、どっきりすることを言ってくれるので、ああ、この人には何でも見えてしまうんだ！　と改めて驚愕する。私の周囲の男共なんて、浮気相手の名前まで当てられちゃってさ、悪いことは出来ないね、ははは。

自分の未来に何が待ち受けているかを知りたい人は多い……というか、ほとんどの人が多かれ少なかれ興味を持っているのではないか。常に、明日どうなるか解んないよー、と嘯《うそぶ》いている私でも、その先の一年間に何があるのかは気になる。占い好きな人の気持もよーく解るよ。私も好き。

でも、私は、占いで未来について書かれているものも目を通すけど、もっと気になるのは、過去に占われていたもの。雑誌とかに載った何年か前の占いを読むのが大好き。だって、その占い師が本物か、ただのはったり屋か解るじゃん？　え？　性格悪い？　そうですとも。お金を取って専門家を名乗る人には厳しいよ。

あー、この人、こんなこと断言して、人の不安を煽《あお》ってる！　全然、当たってないのにさー、詐欺じゃん！　などと発見して楽しむのである。思うに、巧みな占い師はセラピストの役割を果たしているね。人々の関心事の最大公約数を押さえてる。心の誘導が上手い!!

昔、男性編集者二人と銀座をうろうろしていて、酔ったついでに街角の占い師に全員で見てもらったことがある。そのおばさん占い師によると、私の未来は向かうところ敵なしの薔薇色だとか。ヤッホーと叫んで、後の二人に順番を譲った。そうしたら、占い終わると同時に二人共、暗～くなってしまったのである。

どんよりとした男共を連れて行き付けのバーに落ち着くと、またひとり、親しい共通の知人が合流した。彼もまた絶望的な表情を浮かべて言う。「ここに来る前、魔が差して占いやってもらっちゃった……そしたら、おれもうじき死ぬらしい……」

おれもおれも！　と男たちが手を上げた。そして、お祓いを勧められたそうである。その費用、五十万円！　私が囮《おとり》!? わははははは。

占いは当たらせろ！

前回、過去の占いを読み返して、この占い師全然当たってないよ、とおもしろがる、人の悪い私……みたいなことを書いた。今もそれは変わっていないのだが、占いには、また別の見方もあったなあ、と思う。

それは、当たる当たらない、という観点からではなく、「当たらせる」「当たらせない」という個人の意志を引き出す見方。

つまり、占いで示される良い未来は「当たらせる」。悪い未来は「当たらせない」。そういう方向に自らを導いてくれる占いというものが、たまにあるんだよね。

私が小説家としてデビューしたのは、もう三十五年も前になるけれども、私に初めての小説を書き上げさせた星占いのことは、今でも鮮明に覚えている。

八〇年代半ば、日本がバブル時代に突入しようとしていた頃、世の中の華やかさを水商売の世界の片隅でお裾分けに与っていた私。誰にも秘密で作家への夢を育み、トライしてみるものの、書き始めの数行で挫折。やけになって、赤坂、六本木、そして米軍基地まわりのクラブで夜遊びに興じる日々だった。私のパーティフリーク時代ね。

楽しかったけれども、自分が何か重大なものをそこない続けているのは解っていた。フラストレーションを溜め続け、とうとうそれが飽和状態になり、田舎に住むアメリカ人の男とその息子が住むアパートメントに転り込んだ。この時、ほとんど文なし。で、男に養われながら、穏やかで地味な生活が始まったのだが、やはり、空虚な心を抱えたまま。そんな時、私は、ある女性誌の後ろのページに載っていた星占いを読んだのである。

それによると、その年は、私の星座である水瓶座の十二年に一度の幸運期。しかも、占いは、こう結ばれていた。

「大きな文学賞などに応募すると良いでしょう。幸運が舞い込みますよ」

ええーっ!! これを天からの啓示と言わずして、何と言う!! と、速攻で新しい原稿用紙を買いに走った私。そして、深夜のキッチンテーブルで、同居人たちの目を盗んで一行書いてみたら、あら不思議。一気に一編の小説を書き上げることが出来たのである。ヤッホー！

それがデビュー作。

すぐさま文芸雑誌の新人賞公募の締め切り当日の夕方に郵便局に走った私。大丈夫！ 当日消印に間に合いますよ、とにこやかに告げる局員さんの顔を見て腰が抜けた。ほら、私には、十二年に一度の幸運を逃してはならぬというミッションがあった訳よ。

あれが私の全力疾走新記録だったね。あくせくするのが大嫌いで、人生をさぼり続けて来た私をあんなふうに走らせた占い……偉い!!　そして、ありがとう!!　でもさ、後に知り合ったライターさんにその話をしたら、複雑な表情で、あれ、私が書いたのよ、と言われたの。占いと夢は使いよう?

育ちを学んで育ちで遊ぶ

『「育ちがいい人」だけが知っていること』(諏内えみ著　ダイヤモンド社)という本を散歩の途中に立ち寄った書店で目にして手に取り、そのまま購入してしまった。だって、表紙を見せる形で棚にずらっと並べてあったんだもん。しかも、奥付(最終ページに載っている出版情報)を見ると、版を重ねている! 気になるなー、この出版不況の時代に……と興味津々になったのだ。

そもそも、私は、他人の育ちを口にすること自体が、一番、育ちの悪さを露呈する行為と思う人間。「育ちがいいんだね」なんて言葉は皮肉のために使うと信じていたんだが……。よーし! この本に難癖付けてやる! とばかりに読み始めたのだったが……。

〈「育ち」を変えれば、人間が変わります。——(中略)—— そして、どなたでも、今からでも、手に入れることができます〉

というテーマに貫かれたしたたかな「モテ」の指南書であり、実践的なマナーブックだったのだ。これを読み始める段階で、その人は、たぶん、自分の育ちが他人にどう見えているか気になっている筈。そんな不安を払拭し、ちゃっかり後付けで育ちを良く見せるテクニックを伝授してくれる本なんですよっ、お嬢さん（誰⁉）。

笑っちゃうくらい具体性に満ちている。いくつかピックアップさせてもらうと。

〈和室や目上の方のお宅に、ブーツをはいて行かない〉
〈ビニール傘の普段使いはやめて！〉
〈座布団の正しい座り方〉
〈育ちのいい人に知ったかぶりをする人はいない〉

その他、食事や旅館でのマナーや立ち居振る舞いなども丁寧に教えてくれる。とりわけ、私がおおっと思ったのは「言葉遣い」の項。〈必ず「お」をつけたい4つの言葉〉に選ばれたのは「箸」「化粧」「料理」「風呂」。なーるほどねえ……プラスアルファとして、「しょうゆ」「砂糖」などの調味料の数々が……そういや、書き言葉ではともかく話し言葉では付けた方が良いかもね。「いただく」と「召し上がる」の違いに至っては、そうそうと思いっきり頷いてしまいましたよ。今、TV局のアナウンサーでも、堂々と間違ってるし。

良いこともいっぱい書いてある。〈目の前にいる方を大切にできる〉ことの重要さなどは、自分のスマートフォンに目を落とすことを優先するのが当然になっている昨今、もう一度考えてみるべきだろう。

私の場合、「お」を付けたい言葉より、絶対に「お」を付けたくない方が多いかもね。たとえば、「育ち」に「お」を付けた「お育ち」とか。これを口に出す時、その人は、本当に卑し気な顔になる。自分を「上品」と勘違いしてるけど、ただの「お上品」に堕ちてる訳よ。「品格」から一番遠いのが「お上品」と私は信じているの。参考書としては優秀なこの本にも危険は潜んでいるとみた！

読み手次第だけどね。

あなたの側のプチ・ユリコ

遅ればせながら、『女帝　小池百合子』（石井妙子著　文藝春秋）を読んでみた。発売と同時に大反響を呼び、私の友人知人が声をそろえて、読みなよー、めっちゃおもしろいよー！と勧めた評伝である。

東京都知事選を前に絶妙なタイミングで発売となったこの本、しかし、投票にネガティヴな影響を及ぼすこともなく、圧倒的勝利で小池都知事は再選を果たした。本を黙殺したTV局も多く、首を傾げざるを得なかったのだが、読んでみて解ったよ。小池さんのとてつもないパワーは、それが著者の渾身の作であろうと、一冊の本なんて、ものともしないんだね。ほんと、すごい。そして、そのすごさは、私の最も苦手とする類のものである。

親子そろっての身も蓋もない上昇志向。他人を踏み台にしてまでも権力のはしっこをつかんで離さない貪欲さ。そこには良心の呵責なんて、小気味良いくらいこれっぽっちもない。帯には〈救世主か？〝怪物か〟？〉と、ある。私は稀代のモンスターだと思った。しかし、その内側は、見事なまでに空疎《くうそ》である。作者は、そのありさまを緻密な取材を積み重ねて、貪欲なひとりの女の像を完成させて行く。

これがさあ、おもしろいんだよ！　うっかり肩入れしそう!!　聞きしに勝る圧倒的徹夜本。

父と娘が、世間から蔑みの目にさらされても、めげることなく人から人へと渡り歩いて行く。それがまるで、松本清張の不滅の名作、『砂の器』を彷彿させると評判だが、私が思い出したのは、昔、世界的ベストセラーになった、M・スコット・ペックの『平気でうそをつく人たち』。

精神科医でカウンセラーの著者が描き出す、巧妙な自己正当化のための嘘の手口と強烈なナルシシズム。この中には、〈私のせいじゃない〉と平然と責任転嫁する人間が何人も登場する。あるひとりの女性など、こうだ。

〈彼女自身にとっては、彼女は「人々の光」であり、彼女の行くところ、いたるところに喜びと幸せを発散させていることになっている。しかし、私をはじめ他人が彼女との関係において経験していることは、彼女が行く先々にきまって残していく、いらいらさせられる混乱と困惑だけである〉

どうです！　かの〈女帝〉そのものではありませんか!?　でもさ、よーく考えてみると、いませんか？　あなたの周囲にも平気で嘘をつくモンスター。

私は、何人か会って来たよ。特に水商売のバイトをしていた時に。それは、ホステスと客の間でくり返される、夜のいなせな嘘、というのではない。仲間に対しても、呆気に取られるような壮大な嘘をつくのだ。いや、恐ろしかったのは、嘘だった筈のものが、いつのまにか当人の中では真実として作り変えられていること。有名人が死ぬたびにスポーツ紙を何紙も買って来て泣き崩れる女とかさ。今で言う匂わせどころではない。彼女たちの嘘の主だったものは「人脈関係」。いまだ私が人脈自慢する女を嫌悪するのは、あの頃の後遺症かもね。

時に無駄びいきのススメ

これも新型コロナの影響だろうか、私の連載している某女性週刊誌の記事が、「実用モノ」で占められるようになって来た。節約術とか、免疫アップ法とか、コロナ太り解消とか、そんなやつね。

細々《こまごま》としたアイディアが満載の誌面をながめていると、なんだかなーと溜息が出てしまう。いや、便利なんですよ？　それに、ちょっぴり賢くなった気分にもなれるし、お得感もある。でもさー、女性週刊誌と言えば、四方山《よもやま》話とゴシップが伝統でしょ？　誰々さんと誰々さんが怪しいとか、××さんは悪に手を染めているかも、とかさ……何の役にも立たない仕様もないトピックスでごった返している、時代の徒花《あだばな》的なものであって欲しい訳よ。そして、その中に、たまーに捨てて置けない真理が潜んでいる……そんなふうであって欲しいのね。

でも、このところ、お役立ち情報ばっかり。目を通していると、すべての人が、自分だけ損をするなんて我慢ならない、と目を光らせているかのよう。すべてを効率良く、無駄を極力排除しようと戦々恐々としているみたい。

ねえ、無駄って、そんなにも悪しきものですか？

少し前、「『スーパーを週に一度』にすれば劇的にお金がたまる！」という特集があった。それによると、〈所得の高い人で、毎日スーパーへ行く人には会ったことがない〉〈お金持ちはみんな「ネットスーパー」をフル活用〉〈レジャー気分で週末に家族で大型スーパーに出かけるのは、絶対にNG〉などのありがた〜い（たぶん）文言が並ぶ。食品ロスを出さない、〝まとめ買い〟方法なんてのも懇切丁寧に教えてくれちゃったりするのだ。

なーるほど、御説ごもっとも、とーっても参考になりました……なーんて、ずぼらな私が思う筈もなく、なんだか重苦しい気持になってしまったの。読んでいて、全然、楽しくない。

ここで一番重要視しているのは、「計画化」。すべてを計画の下にこなし、献立もそれを念頭に考える。必要なものだけを買って予定通りに調理すれば、憎むべき食品ロスから解放される……このアドヴァイスしている人たち、本当に偉いです。でも、ちっとも共感出来ないし、友達にもなれないだろう。節約は本来、個人の創意工夫であるべきなのに。

私の住んでいる街は、昔からの商店街とスーパーマーケットが混在して、多岐にわたる買い物方法を選ぶことが出来る。どちらも好きだが、輸入食品を多く扱っているスーパーは、私にとってのワンダーランドにして、アミューズメントパーク。子供の頃に禁止されていた駄菓子屋さん通いが、ようやく叶うような嬉しさもあり、小さな無駄使いをくり返す。

私はね、無駄が文化を作ると信じているの。特に幸せな無駄は、人の心を豊かにする。目をつり上げて百円の得を求める人より、笑って百円損する人でありたい。お金以外のことでも同じ心持ち。

催促熱心困ったちゃん

依頼、催促だけ、とーっても熱心な人っていませんか。仕事はもちろんのこと、プライベートにおいても、真に迫ったお願いをする。ついついこちらもほだされて、なるべく相手の意に沿うよう気を使う。そして、誠意を示し、出来る限りのことをしてやる。で、あちらのリアクションを待つ。でも、それっきり。

えーっと、何か言うことはないですか、と思うのだが、それっきり。いや、ほら、何か……ともどかしい気分でもやもや。別に御礼を強要してる訳じゃないんだけどさ、でも事案がコンプリートしたら、報告ぐらいあってしかるべきなんじゃゃ……いや、ちゃんと連絡ぐらいしなさいよ!!

依頼、催促に熱心過ぎる人の中には、後の気づかいや処理なんてどうでも良いと思っている人が少なくない。欲しいものを得たらこっちのものなので後は知らない、と思っているのか、必要なもののことしか頭になく、本当に忘れてしまうのか。いずれにせよ、他者に対する想像力とリスペクトの欠如。私は、もう二度と付き合いたくない（と決意するのだが、義理やしがらみで再び頼まれごとを引き受ける破目になるんだよねー、トホホ）。

仕事では日常茶飯事。私のこの年齢だと、仕事関係者のほとんどが年下。しかも、若い頃にデビューしているから業界の仕組みなんて手に取るように解っている。何日が本当のデッドラインで、それを過ぎるとどんなふうに周囲に迷惑をかけるかなんて、じゅうじゅう承知。若い頃の他人の迷惑顧みず、な愚かさを大反省して早や三十余年、なのだ。

なのにさ、未だにトリッキーな催促をされちゃってる私。しかも自分の娘くらいの年齢の人々に。たとえば、こちらが仕事をとうに終えた時刻に、音声やメールで複数のメッセージを残す。外出から戻って、それを見つけた私は、ものすごくあせる。え？　もしかしたら、何かどうしようもない原因で、締め切りが前倒しに⁉　とか何とか。後で考えると、そんな筈ないだろ、自分のキャリアを思い出せ！　と情けなくなるのだが、その時は、慌ててしまうのよ。

で、急いでこちらから連絡を取ろうとしてもつながらない。当り前だ。彼女は、こちらではなく自分の都合の良い時間を選んでいるから。翌日、ようやく連絡が取れてひと安心……という訳にも行かないのだ。紋切り型のメッセージを返すだけで、肝心な確認事項には触れられていないから。一件落着はしたものの、きっと、うるさいババァとでも思ってたんだろう。メールの文面に表われてたものね。解るんだよ、それ。

昔、私の大ファンだという人々と対談したことがある。でも、その人たちは会うなり、どうして私（ぼく）を対談相手に選んでくれたんですかと一様に尋ねたのである。その対談の担当編集者たちは、それぞれ私の方が彼らの大ファンだと熱心に頼んだようだ。「？」の飛び交う対談になっちゃった。今もフェイクなファン同士。

夫のボーダー観察記

私の夫は洋服には、まったく無頓着。たまにはお洒落してみようよ！　などと私にハッパをかけられると、どよーんとしてしまい、周囲半径五メートルくらいは暗くなるほど。いや、大袈裟じゃないのよ、これが。本の購入にかける情熱を、ほんの少しでよいから衣類に向けて欲しいと思うのだが、無理だろう。まあ、下手にモードに目覚められても今さらこっちが困るのだが。

そういう訳で結婚してから今まで、夫の身に着けるものは、すべて私が選んでいる。しかし、ファッション音痴の彼だからといっても、ちゃんと好みはあるようで、そこが面倒臭いのだ。少しでもハイセンス過ぎたり、派手な遊び心が覗いたりしているものは、さりげなく無視して、自分なりに着心地が良いと認識したものだけを選び取っている（ようだ）。

そのひとつが、ボーダーのプルオーバー（って呼ぶのか）。ピカソが日常着にしていたセントジェームスもどきのバスク織りのやつね。あれの紺と白、もしくは、黒と黄土色と白のしましまの二種類を、部屋着に決めて交互に着ている。

毎日、毎日、それ。ほんと、飽きずにそれ。するど、どうなるか。

夫は我が家の洗い物担当なので、いつも長袖をたくし上げているのだが、ある日、気付いたの。その袖、ボーダーの形状のまま立体的になってる！　いや、これじゃ解りにくいか。うーん、作家だというのに、長年たくし上げて形状記憶をものにしたボーダーシャツを表現する言葉が見つからない。あ、そうだ！　あれだ！　掃除機のホース!!　蛇腹みたいな、ばねみたいな筒状の……。

わーっ、なんか気持悪ーい！　と私に指摘された夫は、自分のホース、いや、だんだんの付いたボーダーに包まれた腕をさすりながら、いとおし気に微笑むのであった。

「なんか……おれの……皮？」

きゃー、皮だったんかい！　見ると、薄くなった肘部分に穴が開いているではないか。そこまで愛用されたボーダーも幸せであろう……じゃ、なくてさ！

みすぼらしいから新しいのに買い替えようよ、と提案したのだが、無視され続けて今に至る。穴はどんどん大きくなり、掃除機ホース度も増す私の夫のボーダーシャツ姿。ピカソもパトリス・ジュリアン氏（ボーダーシャツ愛好家のフランス人。ライフスタイル提言者。料理本も出して大人気だったけど、最近お見かけしない）も、びっくりだろう。もう、こうなったら、とことん着倒してちょうだい！

こんなふうに書いているからといって、じゃあ、夫に服のセンスを誇る男になって欲しいかと尋ねられたら、答えは絶対に、NO！　私、旧態依然のそしりを受けてもかまわない。自分の男は保守的なファッションがいいの。昔、ヘビメタの兄ちゃん、実は案外ニュートラ女好き、と笑ったことがあったけど、私、同類？　あ、お若い方々、ニュートラの意味、解る？

マスクファッション警察誕生

　マスク装着が日常の風景と化して、まだ一年足らずだが、すっかり身だしなみのひとつとして認識されるようになった。今では、ハンカチを忘れてもマスクは忘れるな、という感じ？　自分の危機感もさることながら、他人の目が怖い、というのは多くの人が抱く思いだろう。

　人気《ひとけ》のない場所では必要ない、と解っていても、万が一、他人とすれ違う時のために顎に引っ掛けておく、なんて人も多いのではないか。

　冬の終わりくらいから、マスクが外出の必須アイテムになったが、ここで春のお洒落計画が大幅に狂っちゃった！　という嘆きもよく耳にした。何しろ、その後、外出自体が自粛を余儀なくされたのだから、私も、おおいに困惑した。春先のために新しくしたワードローブ、どうしてくれるんだ!?　と。

　ゴールデンウィーク明けに予定していた夫との旅行の際に取っかえ引っかえするのを想像して購入したアウトフィットやアクセサリーの数々も突然出番を失ってしまった。ファッシヨンにまるで興味のない夫は、別の時に着れば良いんじゃないの？　と素朴な疑問を投げかけるが、そうじゃないんだよなー!!

新しく手に入れる洋服やアクセサリーには、世の中の流行とは別に「気持の上での旬」があるのだ。あの日、あの時、あの場所で、きみに会えなかったら……と、昔懐しのトレンディドラマの主題歌に、リアルを見てしまう瞬間。そのわくわく感が、お洒落ショッピングの醍醐味なのだ。

そして、それらニューアイテムを身に着けるべき時を逸すると、お蔵入りへの道を辿る。妙に冷静な気持が甦って来て、ショップでの高揚感はどこへやら、何だか損した気持。そんなふうな状態で、新品の春物のコートがクロゼットの中で色褪せて行ってる。あーあ、なんて、溜息をついている方、いませんか？

私の夫のような人間は、春に着ないのなら秋まで待てばいいじゃん、と当り前のように思う。しかーし！　春と秋では、季節の色が違う！　空気が違う！　その中を歩くヒロインの私（笑）の心持が違うのよ！　そうでしょ!?　マイケル!!（ジャクソンではなく、B・ジョーダン。米「ピープル」誌で２０２０年最もセクシーな俳優に選出）

などと、ぼやく私だが、命あっての物種という言葉もあることだし、新型コロナ収束を待ちわびながら、他人のマスクウォッチャーと化しているのである。ファッションポリスのマスク版ね。

少しでも気分を明るく、という思いが伝わるようなさまざまに工夫を凝らしたマスクが登場している。華やかな色彩や手作り感たっぷりなものも。でもさ、水を差すようで悪いけど、よっぽどのファッショニスタでない限り、派手なマスクは似合わない。あ、それより、どうなの!?　と思うのはレースっぽい布製や透かし刺繡の白いやつ。スワトウみたいな高級品と解ってても下着みたいに見える。粘膜を覆ってるせいか？

男の訪問者問題

二〇一九年、アメリカで一番売れた本と話題になった『ザリガニの鳴くところ』（早川書房刊）という本を遅ればせながら読んでみた。私が手に取ったのは、もう増刷された後のものだったが、この新しい帯がすごいんだ。小説家、俳優を始め、何人もの書店員の人たちが、絶賛の言葉を寄せている。

内容は、と言うと、舞台は、アメリカ南東部に位置するノース・カロライナ。そこには、広大な湿地帯があり、親きょうだいにも去られた孤独な少女がひとりきりで住んでいる。ある時、そのエリアの小さな街で、浮名を流すことで有名な伊達男が殺される。住人たちは、一斉に「湿地の少女」に疑いの目を向けるが……と、こんな感じで進んで行く。

私も、アフリカ系アメリカ人との前の結婚で、南部には散々通った。だから、この作品で描かれる「広大な湿地」というのが、どういうふうかがよく解る。そうそう、こんな感じだったよなー、と読みながら何度も頷いた。

私が知るエリアは夜になると水位が上がってくるので、木の幹の地面から一メートル上にフジツボが貼り付き、高床式みたいな造りの住居もある。アメリカって広い国だけど、実用的でない土地がものすごい面積を占めているのだ。だからこそ、豊かな自然に恵まれているのだが。人を殺して放置していても解らなそうだ。映画「羊たちの沈黙」の、あの感じね。

作品の中で描かれる自然の描写が素晴しいとする書評に異論はないが、作者が動物学者のせいか、擬人化が多過ぎることを始めとして、文学的には「ん？」と首を傾げる部分も少なくなかった。

と同時に、読み終えた時にミョ～な既視感を覚えたのね。それが何であるかを思い出そうとして解った。あっ、『マディソン郡の橋』だ!!　って。

話の内容も登場する人物設定も全然違うのに、何故、私は三十年近くも前のベストセラーを思い出すのか。あえて挙げるなら二作品の共通項は、アメリカの片田舎、外の世界を知らない女、味のある黒人の脇役、意外な結末……そこまで考えて、あ、そうか、と思った。重要なのはここ。訪問者だ、男の。

小説や映画に登場する訪問者って、男が多いと感じたことはありませんか。そして、女は待つ。ずっと待つ。時に、死ぬまで待つ。心にさまざまな思いを秘めながら。アメリカのロマンス小説に、ほんっと多いのよ、そのシチュエーション。世の中がどんなに進んでも、男が訪問者。たまーに、女が訪問者になると「来ちゃった、てへ♡」のうざったがられる女か、ストーカー。なんでだろ。

そういや、『マディソン郡の橋』が大ベストセラーになった時も、一斉に著名人（主に女性）が絶賛して、「週刊文春」で特集が組まれたほどだったんだよなー。そして私は、その時も、後追いで難癖を付けてた。映画化されたラストシーンでは、雨の中のクリント・イーストウッドの髪がすだれみたいになってるのがおかしくって、げらげら笑ってた。真面目に観ろよ！　いや、読めよ!!

恋人親子　復活

少し前になるが、こんな車のＣＭがあった。

優しそうで、なおかつタフな感じで、しかも見映えの良い父親と娘がドライヴを楽しんでいる。その娘も、しゅっとした美少女。二人は行き着いた先で車を降り、絶景スポットをながめる。

「おれには格好付けたい相手がいる」

「パパより格好良い人と結婚出来るかな？」

「楽しみだな」

そんな会話を交わした後、ナレーションが。

「親子デートしよう」

……えーっと、こういう場面に出食わしたら、どうリアクションすれば良いんでしょう。

いや、笑いをこらえて、むずむずしているのは私だけで、皆、素敵な親子だわ〜〜〜と思うのだろうか。

ものすごい既視感に襲われて、世の中が色々な意味で退行しているんじゃないかと私は心配になるの。だって、バブル時代にも似たようなＣＭがあったんだよ。

それは某クレジットカードのやつ。歴史はくり返すのか、あの時もキャッシュレスが推進されていた。もちろん、今とは、社会情勢も金融状況も、そして、お金を巡るツールも、まったく異なる時代ではあったのだが。

画面では、いかにもヤンエグ（死語。ヤング　エグゼクディヴの略。ビジネスで成功した若きエリートを指す）って感じの男がスカッシュで汗を流している。そのパーフェクトな男に、こういうナレーションが被さるのよ。

「職業、エディター

恋人、娘

週末、活字を忘れる」

今の時代の男性編集者が見たら、殺意が芽生えるであろう能天気な優雅さである。でも、多くの人々が、こんなライフスタイルに憧れたんだよねー。けっ、と思ってたのはひねくれ者の女性作家（私）くらい。

その気になっちゃってた男性編集者もいっぱいいた。おれ、編集者なんて泥臭い職業と違うよ、エディターだもんね！　と言わんばかりに肩で風切って歩いてた。そんな奴らを見るにつけ、彼らの進行方向に草を結んだワナを仕掛けて転ばせたいなー、と黒い欲望が芽生えたもんです。

いや、しかし、いずれ栄枯盛衰を実感することになるであろうエディターさんは、どうでも良かったのだ。問題視したのは、この文言なんだから。

「恋人、娘」

多くの男たちが理想形ととらえた、その父と娘の関係が気持悪くて仕方なかった。いつかは娘離れしてくれるんだよね？　ね？　ね？　なんて危機感すら覚えていたら、いつのまにか「娘、恋人願望」は影を潜めた。……と、思っていたら冒頭の車のＣＭである。

「おっきくなったらパパと結婚するのお」という幼児の娘に目を細める……なら解る。でも、成長してもそれって……そして、それを温かい目で見守る社会が戻って来た日本が、私にはつくづく不気味。

髭面はお好き？

漫画家のじゃんぽ～る西さんとフランス人の妻、カリン西村さんの共著『フランス語っぽい日々』（白水社刊）を読んだ。

元々、じゃんぽ～る西さん（以下、西さん）のフランスと日本のカルチャーギャップを描いたエッセイ漫画の大ファンだったのだが、カリン西村さん（以下、カリンさん）と御結婚、そして、息子さん二人も加わって、ますます目が離せなくなって来た。

小栗左多里さんの『ダーリンは外国人』を始めとして、日本人妻と外国人夫を題材にしたエッセイ漫画は、おもしろいものが多いのだが、日本人夫の側が描くというのはあまりなかった。西さんの絵とジャーナリストであるカリンさんの文章で同じテーマを扱っているこの本、外国語と異文化の「はてな？」を知るのにもってこい。また、息子たちがほーんと可愛いの。

フランスに精通していたり、長いこと滞在していたりしたある種の男って、なーんか鼻持ちならないおフランスな雰囲気を漂わせているものだが（当社比）、西さんは、あえて馴染み過ぎないスタンスを取っていて、だからこそ私たちのような知りもせずに先入観を持っている人間を正しててくれる。

この中に、「フランスの新ヒゲ男子」という項があるのだが、当のフランス人のカリンさんも、帰国した際にびっくり。多くの若い男性が、髭を伸ばしていたから。しかも、無精髭に見えるように手入れして整えている！

これは、「三日間伸ばした髭《バーブドゥトワジュール》」と呼ばれ、イケメンの必須アイテムとして認知されているのだとか。日本人アイドルたちのツルツルの肌とは大違い。

あーねー、と読んでいて思った。でも、日本人の女って、本当に「ツルツル」が好きなんでしょうか。男の胸毛やすね毛が気持悪ーい、という街角インタビューを観たり、男の脱毛手術の広告を見つけたりするたびに、どうして⁉　と感じていた私。だって、私の周囲で、ツルツルを偏愛している女なんていないよ。だからと言って、毛深いのがたまらん、という体毛フェチも（あまり）いない。そこ、全然気にならないパーツ、という人がほとんどなのではないか。男の価値は毛の量じゃないよ、どん！（机を叩く音。そして、頭髪の量に関しては別ジャンルなので割愛）

カリンさんは、「三日間伸ばした髭」の流行は誰にでも似合うわけではないし冷静になって欲しいと書いていますが、まさにそうでしょう。日本では反対に、ツルツルが誰にでも推奨される訳ではない、と言っておきましょう。

前の結婚の時、アフリカ系アメリカ人の夫は口髭を生やしていた。周囲の男たちもほとんどがそう。性的指向にかかわらず、セクシーアイテムと認識していたようだ。でも、デンゼル・ワシントンみたいな髭なしも洗練されてるよね、とある日、剃り落としてみた前夫。それを見た彼の母親が指差してげらげら笑ったの。あんたの髭ない口許って、女のあそこに見えるー!!　って。あんまりな比喩。妻（私）も笑ってたが。

マレットヘッドがやって来る

「あまりにもダサイ髪形『マレット』、まさかの復活」という記事を見つけたよ。マレットとは、全体的にはショートヘアなのに、襟足部分だけ長く伸ばしたスタイル。側頭部は刈り上げにする人も。

グラムロック時代のデヴィッド・ボウイの髪の毛が流行の始まり。その後、トラック運転手なんかの肉体労働者に広まり、白人ブルーカラーのある種の様式美と認識されたが、知性に乏しいなどと言われてすたれて行った。そして、八〇年代の狂った流行なんていうひどい言われ方をして絶滅。

……と、思いきや、やっぱり筋の通った頑固者たちによって細々と受け継がれて行ったのね。ほら、日本にもいるじゃん。ヤンキーという種族が。彼らだって、ダサイだ何だと揶揄されながらも、その道を貫いている。りっぱ！　そんなヤンキーカップルの連れている子供の髪形も、やっぱり本家のスピリッツを受け継いだマレットだったりするのだ。

実は、マレットの歴史は古く、「ヒストリーチャンネル」によると、古代ギリシャ時代の吟遊詩人、ホメロスの作である『イリアス』には、既に、この髪形が登場していたらしい。そして、七〇年代のデヴィッド・ボウイによって広まり、八〇年代の絶頂期へ。

マレットと命名したのは、白人ヒップホップグループとして一世を風靡したビースティ・ボーイズ。「マレット・ヘッド」という曲の中で、〈サイドをカットして〜後ろは触んないで〜〉とか歌ってんのよ。ちなみに、マレットとは魚の「ボラ」のこと。なんで、ボラアタマ？

でも、彼らのおかげで市民権を得たボラアタマは、力自慢の白人男たちの間を席巻する。もう、キッチュなグラムロックだけのもんじゃない。ブルー・アイド・ソウルの大御所、マイケル・ボルトンも、ほら、あの女にキャーキャー言われてるデュラン・デュランだって、ボラアタマじゃないか！

あの頃、八〇〜九〇年代しょっちゅうアメリカに長期滞在していた私ですが、マレットヘッド族の集う場所には絶対に近寄りませんでした。それは、私のアフリカ系の前夫やその友人たちも同じ。いわく、ダセーのうつったらどうすんだ！

そう言う彼らも、ボックスカットという四角く刈り上げた髪形をしていて、それがどんどん上に建て増しして行くかのように、高さ命になっていて、すっごく妙に見えた。マレットのことなんか言えない。流行の最先端をめざして、ハイセンスから遠いところに行っちゃったって意味では、どっちもどっち。

そのマレットが甦ったっていうんだから!! この再流行を「死者の復活」と呼ぶ人もいるらしい。ゾンビか!? マレット・フェスティヴァルという大会もあるそうで、皆、ほとんど、おふざけモードで、戦々恐々。面白がっていて楽しそう。こっちもやろうよ。

日本でヤンキーの子供以外に、あれの似合う人いる？ やっぱ、安全地帯の頃の玉置浩二さんくらいかなー。か、プロレスの人？（大ざっぱですみません）

マスク有能者をめざせ！

「マスク美人」という言葉があるそうで、ある雑誌で男性執筆者がそれについて書いていた。歯科医院で会う衛生士さんたちは皆、綺麗に見える、と。イスラムのベールに隠された女性の瞳は、皆、神秘的に見えるとも。

確かにそうかもね、とは思う。「目は口ほどにものを言い」という言葉が昔からあるし、目の表情が豊かな人は、マスクで顔の下半分を隠すことによって、そのチャームポイントをますます強調することが出来るだろう。

でもね、それは、目で訴えかける能力に長けた人に限っての話。数人で楽しい会話を交わした後に、こう陰口をたたかれちゃう人っていませんか。

「あの人、目が笑ってないんだよねー」

大口開けて笑っていても、そう言われちゃう人がいる。こういう人は、どうやって好印象を与えりゃいいのか。マスクを目にかけてみる？　あ、それ、アイマスクのことか。そういや、昔、目隠しをしてる女相手だと燃えるんだよなー、としようもないことをカムアウトしていた男友達がいたが、どういう種類のフェティシズムなんだ。

いずれにせよ、新型コロナの感染拡大と共に、もう一年以上もマスク着用を強いられて来た私たちが、今一度、思い出さなくてはいけないのは「目は心の窓」という言葉だろう。

これ、目を見れば、その人の心のありようが解るという意味で、だいたいは、目の美しい人は心も美しい、という意味で使われる。

けれど、その反対も言える訳で、あの人の目を見ただけで綺麗ではない心も見えちゃうってことでもある。「目が笑っていない」と言われる人は、心から笑ってないのを見すかされてしまうのね。ある意味、正直？　演技力不足とも言えるが。

しばらく前のことになるが、新型コロナの猛威が少しだけ落ち着いた時があって、出版社でインタヴューを受けた。順番に何人かのインタヴューアーに会ったのだが、その時、いちいち観察して解ったの。マスクから出ている目は、社交辞令の必需品だって！　にこやかであれば、その印象を百倍アップし、そうでなかった場合は、百倍以上ポイントを下げるって！　どうせ半分隠れているから、と目の表情をいい加減にしている人に、良いインタヴューなんて出来ない。ええ、断言させていただきますとも。

もう二度と会うこともない仕事上だけの逢瀬だったとしても、熱心に対峙してくれている気持は伝わるのだ。マスク美人ならぬ、マスク有能者？

ひとりの若い女性インタヴューアーは、お洒落で綺麗な人だったけど、目が冷え冷えとしていて、ああ、こちらの話が楽しくないんだろうな、と私を落胆させるに充分だった。彼女は、全然、興味なさそうに尋ねた。

「『GINGER』とかのネタって、どっから拾ってくんですかー?」

はいっ! あなたみたいな女からですっ!!……っていうか、目、以前の問題か。

それ、全部捨てちゃうの？

片付けが苦手である。何しろ物が捨てられない。四十年以上も前に、下の妹からもらった誕生日プレゼントのコーヒーカップがまだ手許にあるくらいである。子供らしいメルヘンな絵柄のやつなので、さすがに使ってはいないが。

しかし、増え続ける物をどうにかして処分したい、という気持は常にあるのである。でも、「よし、今日は断捨離®の日にしよう！」などと意気込んでも、途中で、失くした筈の物を見つけたり、懐しい本をつい読み耽ってしまったり、プレゼントしてくれた人に思いを馳せたりして、全然進まず、結局、ま、今日のところは、いっかー、と中途半端に投げ出すことになる。やれやれ。

でも、こんなふうに整理整頓に対する根性なしって、私だけじゃありませんよね？　料理には、情熱を注げるのに、こと片付け関係になると、まるでやる気なし。不潔なのは嫌だから掃除はする。でも、物の処分が出来なーい！　どんどん家が狭くなって行く。床の面積が減って行く。どうしたら良いんだ！

と、思っている時に、TVでモノの処分の方法を特集していたので、参考にするべく観た。「捨てるプロ」と称する人（こんまりさんではない）が、あちこちのお宅を訪問して、その家の不用品を選んで、捨て方を指導してくれるのだ。よし、私もご教示をたまわろうではないか。

その人は、訪問家庭の押入れやらクローゼットから全部モノを出して、必要、不必要、保留、などに仕分けして行く。その手際や、お見事！　そっかー、ここまでドライに徹しないと「スッキリした部屋」なんて望むべくもないのね……と私は感心した。

と、その時、そのお宅から、子供用のパーティドレスが何着か見つかったのである。ピアノの発表会に着たもので、もうサイズは合わなくなっているのだが、思い出になるからととってあるのだと、その家の女性は言う。フリルやレースが沢山付いている、他に応用出来そうにもない、服というより衣装？

すると、それを目にした片付けのプロは、一刀両断。厳しい口調で諭すのであった。

「あのね、子供は、これからどんどん成長して新しい思い出を作って行くんです。そのたびに、古くなる思い出をためてどうするんです。捨てましょう、全部！」

はい……と消え入りそうなお母さん。

ここで、私は思ったのよ。あー、この「捨てるプロ」と自分は、根本的に違う人間なんだ、と。子供はどんどん新しい思い出を作って行く、とその人は言った。でも、私は、もしも子供が新しい思い出を更新出来ないままになったら、どうするんだろう、と思う訳。つまり、明日、死んじゃうかもよ、ってこと。そして、その時に思い出のよすがになるものが何も失くなっていたら？　せめて一年前の御衣装くらい取って置きましょうよ。お母さん！

天才は本当に時短しているか

これ、前にも書いたのだが、私が連載していた女性週刊誌で、こんな特集記事を掲載していた。いわく、

〈一流の人たちはこうやって『超時短』していた！〉

例にあげていたのは、

「ＳＮＳをいっさい見ない村上春樹」

「マクドナルドが昼食の定番のビル・ゲイツ」

「Ｔシャツとジーンズがユニフォームのスティーヴ・ジョブズとマーク・ザッカーバーグ」

「選挙期間中、紺のスーツで通したバラク・オバマ」

「ゴムのズボンと紐のない靴しかはかないＪ．Ｙ．Ｐａｒｋ」

……と、こんな感じなんだけど、ゴムのズボンって……おえーっ。ベッドサイドでそのウエスト部分見えたら、気分盛り下がるんじゃないの？　紐のない靴がスリッポンだったらまだ良いけど、この記事の趣旨から行くと、モード的意図とは別のところで選択しているみた

いだし。はっ、新種のバースコントロール法？

この記事書いたのって、男性？　女性？　え？　そう聞くのは、ＰＣ（ポリティカル・コレクトネス）に反してる？　じゃ、どちらでも良いし、ＬＧＢＴＱの方でもいいんですけどねっ。男がベルトを外す時の金具の音と、靴の紐を結ぶ時の指の動きは、セックスアピールの大事な要素なの！（当社比）だいたいねえ、ジョブズとザッカーバーグのＴシャツとジーンズは、休日のお父さんたちと質も値段もコンセプトも違う。オバマ大統領の紺のスーツもしかり。

それはともかく、身も蓋もないこと言っちゃうけど、この人たちのやってる「超時短」を普通の人がいくら真似しても、この人たちみたいにはなれないよ。

彼らは、こうして「時短」とやらを実践していたかもしれないけど、自分の本当にやりたいことには、ものすごい時間をかけていた筈だから。「ローマは一日にして成らず」ってやつね。

村上春樹さんは、ＳＮＳをいっさい見ない理由をこんなふうに語っている。

〈大体において文章があまり上等じゃないですよね。いい文章を読んでいい音楽を聴くってことは、人生にとってものすごく大事なことなんです。だから、逆の言い方をすれば、まずい音楽、まずい文章っていうのは聴かない、読まないに越したことはない〉

ここでおっしゃっている〈いい文章を読んでいい音楽を聴く〉というのは、はやりの「時短」ってものとは真逆の行為だと思う。そこには、凡人が想像も出来ないくらいの気が遠くなるような時間と手間がかかっている。そして、それらを味わう能力を持つにも、やはり時間と手間がかかるのである。

まあ、私は、〈まずい音楽、まずい文章〉の存在を知るのも重要だと思うけれども（あ、だから、私は春樹さまの足許にも及ばないんですね!?）。

そもそも、皆さん、「時短」と「手際の良さ」を混同してませんか？「時短」は、文明を進化させるかもしれないけど、確実に文化を壊すと思うね。

国際ロマンス詐欺観察記

「国際ロマンス詐欺」という犯罪、ありますよね。ネット上で交流を深めて、言葉たくみにターゲットを口説き落とし、金銭を要求するという、あれ。犯人は、SNSで軍人や医者になりすまし、被害者はある程度年齢のいった女性が多いとか。

そのニュースを見るたびに、こんなのに引っ掛かるなんてバッカじゃないの？　とか、会ったこともない男……というか、寝たこともない男に貢ぐなよ……なあんて、嘲笑《わら》っていた私。ところが！

なんと、私の友人が、それに引っ掛かりそうになったのである。

ある日、友人、仮にAとしておきますが、そのAから連絡があり、あまりにも浮かれているので問い質してみた。と、いうより、問い質して欲しくて仕様がない感じ。こういう時って、だいたい恋人が出来た時なんだよな、と思ったら、やはりそうだった。

以来、ねえ聞いて聞いてとばかりに、出会い系のサイトで知り合ったという恋人とAの熱い関係を報告される私。実際に会ったこともないのに、と呆れながらも微笑ましいな、と感じた。友達が恋にうつつを抜かすのは悪いことじゃない。私は、幸せに常軌を逸している人を見るのが好きなのだ。それが恋に落ちたならなおさらだ。後先なんか考えずに馬鹿になっちゃえばいい。そうやって、けしかけて来た。

無責任？　そりゃそうだよ。恋の終わりの相談には責任を持って対処するけど、恋の始まりは尻馬に乗ってはしゃぐしかないではないか。だってどうせ人の言うことなんて聞きゃしないんだからさ。

Aは、私に、男の写真や動画も送ってくれた。そして、見てびっくり。めっちゃいい男じゃん！　色々な血を引いて、最終的にアジア系でまとまった、というようなエキゾティックなルックス。体の線の解るシンプルな服も、多少ナルシスティックに映るけど、いい感じ。NYの地下鉄の中で撮られたスナップなんて完璧だ。

「やったじゃん！」と私。

「もう信じられない。彼、実際に会うのが待ち切れないって毎日、LINEで催促して来るのよ〜、どうしよう!!」と、A。

でも、その催促が、「会いたい」ではなく、「お金、送って」になるのに時間はかからなかった。加えて、別の友人がすぐに詐欺だと見抜いて調べた。男の写真、某ハイブランドのモデルの宣材（宣伝用写真）だったんだって。完璧な訳だよ！

危機一髪で難を逃れたAはどうしたか。なんと、その男に長々と説教して、実物の写真を送らせたそうだ。グループ詐欺でなくて良かったね……っていうか、何、その、へっぽこ詐欺師！

Aは、私より、ずっと若く聡明な人なのにそうなった。「夢を見させてもらったわ」とヒロインぽく強がるAを見て、吹き出さずにはいられなかった。同情？　しませんよ、そんなもん。

ＴＶは終わるよ、本当に

しばらく前のことになるが、私と女友達の何人かの間で、話題になっていたことがあった。朝のワイドショーのあるやり取りについてである。

皆、私と違って忙しい人たちなので、ワイドショーを観ていたのは意外だったが、朝の時計代わりにＴＶを点けっぱなしにしている人は多いらしい。通りすがりに目のはしに時刻が映るのが重要という人もいれば、あのコーナーが始まってるから、これやっとかなきゃ、とルーティンの目印とする人もあり。私は、家事やストレッチをしながら目で画面を追っている。

問題視されたのは、ＣＭ明けに交わされたゲストコメンテーターと局のアナウンサー（どちらも女性）の会話とその態度である。画面がスタジオに切り替わった時、その二人が内輪の話の笑いを引き摺っていたことの釈明を、これまた吹き出しながら伝えたのである。以下、正確ではないのだが。

「いえ、さっきのＣＭ中に、大阪の吉村知事がイケメンかどうかって話してて……」

「〇〇さん、突然、話ふるから」

「で、どうなの？　好みですか？」

「はい、好みです」

……えーっと、切迫する事態になっているコロナ対策が話題だったんですが……どんなところにでも楽しさを見出せて羨ましいです……じゃなくてさ、真面目にやれよ！

一緒に出演していた弁護士（こっちは男性）が、ぼくも好みです～と笑って言ってたけど、ウケをねらったのか。全然、おもしろくないよ。この三人、まとめて大嫌いになったので、もうこの番組は観ないことにした。ＴＶ離れとか言われてるけど、これじゃ仕様がないよっ！

ってなことを、偶然、現場（もはや！）を目撃してしまった女たちで話していたのだが……。

私は、ふと、これ、男と女が入れ替わったらどうなのかなー、と考えた。大阪府知事が女で、ゲストとアナウンサーが男、茶々を入れる弁護士が女……。

「さっきのＣＭ中に、大阪の吉村知事が、イケてる女かどうか、ぼくたちの好みかそうじゃないかって話してて……」

……あのー、国民の生き死にに関わる案件の途中の出来事だよ。たぶん、がんがん苦情は来る、ネットでは炎上する、Ｙａｈｏｏ！ニュースのコメント欄は罵詈雑言の嵐……と、まあ、そこまで行かなくても、私の近辺数人の間でも非難ごうごうなのだから、それが男女逆転したら……。

今、第何次だか解らないが、フェミニズム復興の機運が高まっている。若い人たちの熱心さが心強い。でも先走り過ぎるとおかしな方向に行き過ぎるから気を付けて、とも思う。昔の歴史を見ても、いっきに揺り戻しが来て、差別的な保守回帰が何度かくり返された。

もっとも今回のことは、フェミニズムを引き合いに出す必要もないくらい馬鹿みたいな問題。でも、確実に女たちの足を引っ張ってるよね。

親しみやすさに要注意！

最近、よく「親しみやすい」という言葉について考える。この形容詞を使われている人って怪しくないですか？

「親しみやすい」は、本当に親しい人には使われない。だいたい、その人の持つイメージとか雰囲気に使われる。なんとな〜く、気さくで良い感じ、そうだよ、だから、きっと良い人に違いない！　と初めは印象だけだった「その人像」が段々と確信に変わって行く。

これをある種の人々は巧みに利用して、利益を得ようとする。いわゆる印象操作というやつだ。ほら、パンケーキ好きを公言したり、アイドルおたくをアピールしたりする政治家さんたちのことね。

いや、パンケーキやアイドルが好きなのは、まったく問題ないのよ。問題は、それを公言して、「親しみやすい」自分を演出して、ポイントを上げようとすることなの。あんたの趣味なんかどうでも良いよ。政治家が主張すべきは、趣味より主義だろ？　と言いたくなる。党首、あるいは、そこに近い人ほどやるよね。しかも、ほとんどが男。あれ、なんで？　ギヤップ萌えとかいうの、ねらってる？　だからさ、政治家にそれいらないから。

不思議なのは、そういう時のディテイルとして、必ず、女、子供（と、若い男）が好きそうなものを持ち出すよね。で、また、これがステレオタイプなんだ。世の中にはスウィーツが苦手な女もいるし、アイドルに何の興味もない男もいる。私なんかは、居酒屋でいつもホッピーを頼んでます、というおじさんの方が、ずっと心惹かれるけど……あ、これ、趣味じゃなくて、習慣を述べているだけね。

あと、女性蔑視発言をした男性が、謝罪する時、必ず、いやあ、女房に怒られちゃって、とか、娘に叱られました、と言うのは何故だろう。

私は、家族の中の女を引き合いに出すことによって「ポカやっちゃった（死語）ぼくちゃんだけど、家の中はリベラルでしっかりしてるの。皆に、いっつも叱られちゃう」という親しみやすさを醸し出したいんだなあ、と感じてしまう。これまた、印象操作ってやつね。奥さんも娘さんも使われちゃって気の毒だ……って言うか、日頃から家庭内に男も女も同じ人間という当り前のモラルが欠けているからの蔑視発言になるのでは。当人の言ったことが本当だとしても、公の発言で飛び出すまで叱れない妻と娘……。面倒臭いのか、見捨てているのか、うっかりさんの男を本気で可愛いとでも思っているのか。

「親しみやすい」とセットの言葉で、「庶民的」というのもある。本物の庶民には使われない言葉である。どちらもイメージとしてしか存在しない人物を表わしている訳。

よって、「庶民的で親しみやすい」人には気を付けましょう。

昔、夜の六本木で、一緒に遊んでた超美人が言っていた。もてるコツは、絶対に高嶺《たかね》の花に見せないことよって。すごく腹黒かったよ、その女。

男の好きな天衣無縫《フシギチャン》

某PR誌で「プロが勧める、秋に相応しい映画」の特集を組んでいた。秋の映画と言えば、やはり、ロマンティックでせつない恋愛物が定番。

ある〈プロ〉のおひとりが、何度も観返していると絶賛していたのが、「スウィート・ノベンバー」。キアヌ・リーヴス、シャーリーズ・セロンという美男美女が出演。〈エンヤが奏でるラブストーリー……11月は「運命の恋」の月〉という宣伝コピー。……エンヤ……なんか嫌～な予感がしたのだが、勧め方の熱心さにほだされて、つい観てしまったのである。ちなみに、その〈プロ〉の方は男性。ううん、映画の感動に男女は関係ない！

二〇〇一年製作だから、古い映画の部類に入るのだが、心を揺さぶる恋は普遍。古いも新しいもないもんね！という訳で、早速、チェック イット アウト！

で、感想を述べますが、やはり、これは、ある種の男たちが大好きな映画だった。げー。

仕事一辺倒の業界人間の男、ネルソン（キアヌ）が、風変わりで、とことん自由なサラ（シャーリーズ）と出会って、最初は反発し拒否していたものの、いつのまにか真剣に恋をしてのめり込んで行く。しかし、実は、女には秘密があり……（以下略）。

この、女の「とことん自由」ぶりというのが、かつて日本ではやった「不思議ちゃん」なのよ。ものすごく感情豊かで、彼の前で突飛な行動に出ること多し。時に天衣無縫、純粋無垢。男は、あらがいながらも振り回されて行く……あのねえ。

「天衣無縫」を辞書で引くと、〈人柄が天真爛漫で飾り気のないさま〉とある。女の魅力のひとつとして、よく取り上げられるけど、これを映像でやると、たいていの場合、失敗する。けっ、ただの迷惑女じゃん、と観ている女の側には感じさせてしまうのである。

サラも、まさにそのタイプ。ネルソンは腕時計を外され、携帯電話を捨てられ、仕事だけが人生じゃないと諭され、価値観を破壊されて行くのだが、実は、これ、ぜーんぶ自分のため。でも、男、好きだよね、この手の女。

大きな口を開けて笑うサラ。目隠しを強要して鬼ごっこを仕掛けるサラ。そんな彼女に翻弄されるネルソン。お約束の、豪雨の中のキス。

そりゃ、シャーリーズ・セロンみたいな美人にそうされりゃ、男は天国なのかもしれないけどさ。彼女のファッションも、下北沢の古着屋で調達したみたいにわざわざ庶民的だし、ギャップ萌えか……って、ごめんよ、下北沢。

その昔、「ぶりっこ」という言葉がはやったけど、その上に付ける言葉によっては今も使えるよね？「自然体ぶりっこ」とか、「空気読めないぶりっこ」とか（今は男にもいる）。中でも私は、「天然ぶりっこ」と「ユニークぶりっこ」が大の苦手。

後で調べたらこの映画、その年の一番の駄作に贈られる、ゴールデン・ラズベリー賞に複数部門ノミネートされてた！　男のプロの勧める恋愛映画なんて信じないよっ。

予定のない日に何思う？

TVを観ていたら、「あなたは予定のない日に何を感じるか」という特集をやっていた。街頭インタビューで、その問いを投げかけられた人々が、自分なりに答えて行くのだが、一番多かったのが、「不安でたまらなくなる」。

無理矢理、予定作って出掛けちゃいます、という人もいれば、あちこちに連絡して誘い出しますという人も。他の人々が、インスタで、わいわい楽しんでいるのをアップしていたりすると、取り残されたみたいで絶望的な気分になる、なんて嘆いている若い女性を見ると、私などは、ほんまかいな、と呆れてしまうけど、「ほんま」らしいのである。どうやら、予定ギッシリ＝充実という等式が多くの人の定説になっているみたい。

一方、「予定がない日は、予定がないこと自体が予定なんです！」と、きっぱりと言う人も、少ないながら、いた。私は、どちらかと言えば、こちら側だが、「予定がない日」という予定に囚われ過ぎているようで、もっと肩の力抜いてみたら？　とお節介をやきたくなる。

この、予定がないのが怖い、と感じてしまうのを、「空白恐怖症」と呼ぶそうである。スケジュール表の空白、という意味ね。私の周囲にも沢山いる。編集者など、特に多いのではないか。まあ、仕事でそうなのは、有能の証であることも多いのだが、無駄な労力を使ってない？　と感じることも少なからず。難しいところである。忙しそうにしているくせに勘どころを外していたりして。

私は、と言えば、毎日、ほとんど予定がない。何しろ、一番幸せな日は、何もしなくて良い日。退屈上等。退屈は、想像と創作の世界への扉だ。予定？　知らんよ、そんなもん。何しろ、私、スケジュール帳だって、持ったことないもんね。スマホで管理？　まさか。それらしきもんは、冷蔵庫にマグネットで留めた小さなカレンダーだけ。それに、仕事の事務的な外出予定だけを書き込む。二週間に一度くらいだが。新型コロナの感染拡大後は、いつも真っ白だった。

だって、あんた執筆予定とかはどうすんの？　と疑問に思う人も多いだろうが、私、自分の頭の中に記憶出来る以上の仕事は、スケジュールに入れないことにしているのだ。忘れていることは、書かなくて良いこと。これに徹している。

へえ？　いい御身分だね、とムカムカする人も多いだろう。でもね、こう出来るまでに、私は何十年もかけて来たのだ。

デビューして二年後、直木賞を受賞した前後の狂乱の日々は、仕事においても私生活においても、私を疲弊させて行った。誰の、何のために書いてるの？　と自問する日々。まあ、あの、若さで乗り越えた毎日あっての今なんだけどね。苦あれば楽ありの実証実験。

その代わり、原稿を渡すのは、締め切りよりうんと早い。予定のない日々を作るために、私は時々忙しいのである。これって、本末転倒？

「素敵世代」に追い付けない！

「GINGER世代」というと、二十代の終わりから三十代の初めくらいを指すのだろうか。ファッションやライフスタイルを扱った女性向けマガジンは、世代によって、きっちりとターゲットを絞っていて、その読者層に雑誌名を付けて「○○世代」と呼ぶ。

これ、男性誌では、あまり聞かない気がする。むしろテイスト別になるような感じ。雑誌××の「××スタイル」とか。調べてみたら、一応、購読層は設定しているものの、女性誌のように「○○世代」と雑誌名で特定していないもよう。

実は、私、「○○世代」的なカテゴライズが得意ではなく、あれ？　自分てどこの世代だっけ？　と常に混乱しているのである。年相応という言葉にも、え、どうすりゃいいの？　私の年齢だと……と困惑して立ち止まってしまう。

かといって、昔、アメリカの大スターだった故・アリーヤが歌って大ヒットさせた曲名のように〈年齢なんてただの数字〉と開き直ることも、「我が人生に悔いなし」と生前の石原裕次郎氏みたいに胸を張ることも出来ない。日本は成熟していないから年齢を気にするのよ！　と自信に満ちてるマダムもいるけど、少しは気にしないと妙なファッションの人になっちゃうよ？　と、もう少しばかり真面目に自分の年齢を気にしてみるべく、私くらいの世代が読む雑誌を購入してみました。そして、見つけてしまったのよ。この言葉！

「素敵世代」

宝島社から出ている「素敵なあの人」という月刊誌にいくつも登場するのであった。どうやら六十歳以上の女性を、そう呼ぶようだ。そっかー、そうきたか。「シニア世代」とは死んでも言わせない！　そんな意気込みが聞こえてきそう。

イメージモデルは、結城アンナさん。まさに素敵ライフスタイルの達人だ。他には、浅丘ルリ子さんと加賀まりこさんの対談や風吹ジュンさんのインタビュー、ファッションに夢中の若い頃を通過してきた人なら誰でも知っている、スタイリスト山本ちえさんやイラストレーター石川三千花さんの連載も。

うーむ、確かに皆、素敵だ……というか、素敵過ぎるではないか。よし！　私も御教示をたまわって素敵世代を目指そう！　っと。でもねえ、読み進めるうちに思ってしまったの。なんか、私には大人っぽ過ぎるんじゃない？　なんて。だから！　あんたは、正真正銘、その世代なんだよ！　素敵かどうかはともかくとして！

萩原朔美さん（詩人の萩原朔太郎のお孫さん）の『劇的な人生こそ真実　私が逢った昭和

の異才たち』(新潮社)という本に〈年齢同一性障害〉という言葉が出てくる。年齢に反比例してどんどん派手にキラキラしてくる作家の母親、萩原葉子さんの服と年若い恋人についての文章だが、彼は言う。〈自分の歳が心とずれている結果〉だと。若作りなんかじゃないって。膝を打ったよ。私、これだ。年相応ってのが、どうしても解んない。

夫とお洒落WAR

さあ、もう少しお洒落してみようよ！　そう提案するたびに薄暗〜い表情を浮かべる私の夫のことは前に書いた。ファッションに気をつかっているとは絶対に思われたくない、と言いたげな彼。妻（私）が着ろって言ってうるさいから仕方なくこれ着てる、という意識で体裁を保っているようだ（誰に!?）。

これも一種の自意識過剰。「私を見て見て」も「私を見ないで見ないで」も、出所は限りなく似ているような気がするよ。

妻の私は、そんな彼の心中を理解すべく、こざっぱりとして、悪目立ちしない服を選んでやっているのだが、少しでもモード寄りのアイディアを出すと、すみやかに逃げる。または、さり気なーく無視する。

この間、女性ファッション誌をめくっていたら、パリのマダムたちの街角スナップが特集されていた。

やっぱ、格好良いなー、パリの大人たちは。これなら若者のリスペクトを勝ち取る筈だ、などと感心してながめていたら、パリジャンのスタイルも紹介されていたのであった。題して「粋なおしゃれ心が魅力、パリのムッシュスタイル」。カフェや街並みに溶け込むような、けれども、何とも言えぬ味わい深さで、存在感の際立つムッシュたち。

これまた格好良いなー、と思った私は、側のソファに寝っころがって本を読んでいる夫に、そのページを見せた。

「ねえ、この人たちを見てごらん。素敵だと思わない？」

「ほんとだ。わー、ナチュラルボーンお洒落さんたちだね」

自分と無縁と思っているから、素直に誉める。しかし、ひとたび私がこう口にすると慌てるのである。

「ねえ、自分もこういう格好してみたいと思わないの？」

「そ、そ、その人たちは、おれと違う人間なんだ！　生まれつきの洒落もんなんだよ！」

「いいえ、違います！　彼らだって、ブルターニュの田舎から出て来たばかりの時には、いかにもの野暮ったいルックスだったんだよ。それが、パリの人々の視線に磨かれてこうなって行く訳！」

知らんけど。と、いうか、ごめん、ブルターニュ、行ったことないのに。

「でも、ここ、パリの人の視線ないし」

「その代わり、私の視線があるでしょ!!」

「うわっ、それ、こえー」

つい最近、眼鏡を新しくする必要にせまられた夫。あろうことか、買いに行くのが面倒臭いと、結婚前にしていた古いやつをかけようとしていた。それさあ、いかにもその筋の人に見えるからって、付き合い始めに買い替えさせたやつだよね？　銀のフレームに薄い色が入ってる。私の夫って、ちょっと間違えるとインテリやくざのルックスになっちゃうの（一応気をつかってインテリと付けとく）。黒縁のウェリントン型と、ダッフルコートを強要して夫のやばい見た目を阻止してる妻の苦労、解ってよ！

喪服で大慌て

二〇一九年に亡くなった作家の安部譲二さんとは気の置けない親しい間柄で、いつもの言いたい放題のお喋りの延長で、対談集まで出してしまった。

ある時、対談場所にやって来た安部さんは、落ち込んだ顔をして、ふうっと溜息をつくので、訳を尋ねた。すると、こう答えたのである。

「あー、おれ、自分が情けなくってたまらないんだよお」

え？　どうした、と先を促すとこう続ける。

「すごく世話になった恩人の方が亡くなってね。これは、ちゃんと送って差し上げなきゃと思って」

元ヤクザの言葉づかいは丁寧である。

「それで、喪服を引っ張り出して着ようとしたら、おれ、すっかりデブになっちまいやがって、ズボンが入んないし、上着のボタンがとまんない！　こんちくしょう!!」

元ヤクザの言葉づかいは突然、豹変する。

「仕様がないから、これ（奥さんのこと）に大急ぎで、新しい喪服を買いに行かせたんだよ！　ああ……、ご恩返しを贅肉が邪魔するとは、何てこった！」

奥さんを、これ、なんて呼んじゃいかん！　と、いつものように二十歳以上も年上の男を叱りつけた後に、つい吹き出してしまった。亡くなった方には悪いけど。重要な局面にデブになっていたのに気付くとは、なんと間抜けな……。

と、思っていたら、それは、そっくり自分へのブーメランとなって、私自身に返って来たのである。それも、父の通夜、告別式の段になって。

悲しいけれど、誰もが通る道。娘や孫たちに囲まれて九十年の人生を終えた父を、礼儀正しく送ってやろう。迷惑と心配ばかりかけた私だけど、山田家の長女だもん！

なあんて、生まれてから一番殊勝になった私だった……のだが、うわーん、久し振りに引っ張り出した、喪服が全然入らなーい！　何、どうして、いつのまにか、こんなにデブになってるの!?　身体的事情で、喪に服することが出来ない喪主って……ヘルプ・ミー!!

と叫んでも、誰も助けてはくれないので、黒のベルベットのお洒落系ドレスを着て、通夜、告別式の二日間を乗り切りました。まあ、家族葬だし、許してもらおう。妹たちには、太っちゃってさー、と言い訳することしきり。あー、笑ったりして、安部さん、ごめん。心から反省。

この間、ものの本で読んだのだが、白やグレーだった喪服が黒くなったのは、第二次大戦以降なのだそう。戦没者が相次いでお葬式が急増し、汚れが目立たない黒の需要が高まったからだとか。そんなトリヴィアを披露しつつ、喪主の面目を保った（つもりの）私。幸福も不幸も、いつ何どき訪れるか解らない。備えあれば患《うれ》えなし。こういう不測の事態に備えて、黒真珠のアクセサリー一式はそろえて置いたんだけどねえ。皆さんも、もしもの時のために体重管理は怠りなきよう。

アカデミー賞ハプニング

毎年、アカデミー賞とグラミー賞の授賞式はライヴ中継で観ることにしている、と前に書いたことがある。何故なら世界レベルのエンターテインメントの最大公約数がそこにあるから、と。

私自身の偏屈なテイストは、じゅうじゅう承知しているので、少しでも心を柔らかく広い視野を持たねば、と心がけようとしているつもり。観たり聴いたりする前から、え〜、SF？　現実に有り得なーい！（当り前だ）とか、うへ〜、ロック？　変なビート！　とぶつくさ言ってると、世界がせまくなるかも、だもんね。

と、いう訳で、今年も第九十四回アカデミー賞授賞式の生中継を観ました。日本映画では初めての複数ノミネートを果たした「ドライブ・マイ・カー」は、国際長編映画賞の受賞のみにとどまったが、それでも快挙。出席していたチームも楽しんでいる感じが良かった。

驚いたのは、黒人コメディアンのクリス・ロックのスピーチ中に、激怒したウィル・スミスが壇上につかつかと歩いて行って殴りつけたこと。かろうじてジャストミートはしなかったのだが、マイクは確実にかすめた音を拾っていた。

呆気に取られたクリスは、冗談だよ、映画のパロディだよ、と言い訳していたが、ウィルの気持は収まらない。今度は、客席から四文字言葉で、罵倒したのであった。あー、びっくりした！

何故、こんなことが起ったかというと、それは、クリスが、ウィルの隣にいた愛妻ジェイダ・ピンケット・スミスの髪形をからかったから。

ジェイダは、近頃、スキンヘッドに近いくらいに髪を短くしているのだが、それには理由があった。なのに、クリスは、ステージ前に座るスミス夫妻に向かって、次は「GIジェーン」の続編を楽しみにしているよ、と言ったのだった。おもしろくなーい。そもそもアカデミー賞の司会者のジョークはおもしろくないのだが。

「GIジェーン」とは、九〇年代終わりに製作されたリドリー・スコット監督作品。デミ・ムーアが、頭を丸刈りにして海軍特殊部隊の訓練に挑むという、観てるだけで筋肉痛になりそうな映画。そのデミのスタイルとジェイダの（ほぼ）スキンヘッドが共通してる、こりゃいじり甲斐あり、とクリスは思ってしまったのかも。

でも、実は、ジェイダは、深刻な脱毛症を抱えていて、そして、そのことを公表していたのだ。それ、クリス・ロックが知らない訳はないのだが、どうしちゃったの？

結局、主演男優賞を受賞したウィル・スミスは、泣きながらのスピーチの中で、自分の無作法を謝罪したが、クリスにはひと言も謝らなかった（後に謝罪）。暴力は非難されるべきだけど、私はフレッシュプリンス（ラッパー時代の名前）の頃からのウィルの味方。でも、うちの洗面台には、若かりし頃のクリスの写真も飾ってあるのよ。複雑。

祝、マーリー・マトリン復活！

前回、アカデミー賞授賞式の中継を観て、ものすごくびっくりした、と書いた。言うまでもなく、主演男優賞受賞者のウィル・スミスによる、プレゼンテーター、クリス・ロックへの殴打事件に関してだが、騒ぎはどんどん大きくなり、非難ごうごう。ついに、ウィルは公式謝罪。そして、アカデミー関連のイヴェントには十年間出席禁止という処分がくだされた。で、九〇年代前半に放映されていた「フレッシュ・プリンス・オブ・ベルエア」というシットコムドラマからのウィルファンで、彼がジャジー・ジェフと組んでいた頃の「サマータイム」がいまだに愛聴盤という私は、はらはらし通しだった……ついでに、歯磨きするたびに目に入るクリス・ロックのフレーム入りどアップの写真（雑誌「ＧＱ」に載っていたもの）をながめて、イライラしっぱなしだった……いや、しかし、暴力はいけないですよね〜（と、無責任にまとめる）。

この騒ぎで水を差された感のある作品賞、脚色賞、助演男優賞の三部門でウィナーとなった「コーダ　あいのうた」だが、妻、母親役を演じたマーリー・マトリンが健在だったので、すごく嬉しくなった。

このマーリーさん、この間亡くなった名優、ウィリアム・ハートと「愛は静けさの中に」という八〇年代なかばの映画で共演していて、実生活でも恋人同士だった。彼女は、これが映画デビュー作。にもかかわらず当時の史上最年少（二十一歳）にして、初の聴覚障害者の女優として、アカデミー賞主演女優賞を受賞したのであった。

あの時の万感の思いのこもった彼女の手話でのスピーチは素晴しく、そして、その表情は豊かで美しかった。しかし、その時既に、マーリーはウィリアム・ハートから虐待を受けていたそうな。授賞式から帰る車の中で、「自分がオスカーに値すると思っているのか？」と責め立てられていた、と回顧録で語っている。本のタイトルは“I'll Scream Later”（私は、時が過ぎてから叫ぶだろう）。ああ、ここにもハラスメントの犠牲者が……蜘蛛男のキスだったのね……（ちなみに「蜘蛛女のキス」は、ウィリアムのアカデミー主演男優賞受賞作。傑作）。

と、色々あったマーリーさんですが、私が彼女に釘付けになったのは、ＬＡのレズビアン人間模様を描いたドラマ「Ｌの世界」でのこと。彼女は、著名アーティストの役で、ジェニファー・ビールス（「フラッシュダンス」で一世を風靡した人）演じる大学学部長を翻弄していた。もう、ハートと暮らしていた頃のシャイな感じは跡かたもなく、骨太でアグレッシヴなたたずまいを獲得していた。性格は良くないけれども魅力的なジョディという女を素敵に演じていて、私は、観るたびにドキドキしていた。英語の手話の卑猥なスラングも教えられちゃったしね。

日本では、こういうスタンスで、ドラマや映画を作れないのかなあ。腫れものにさわるような描き方でなく。

このアルバムジャケット愛！

またもや、アカデミー賞授賞式で狼藉を働いたウィル・スミスの話からになって、ほんと、しつこくてごめんなさい……なのだが、前回のこの連載を読み返して、あれ？　と思ったのだった。それは、この部分。

〈彼（ウィル・スミス）がジャジー・ジェフと組んでいた頃の「サマータイム」がいまだに愛聴盤という私─（以下略）─〉

あ、今、愛聴盤といっても解らない人、多いかもなー、と気付いたのだった。生前のプリンスが、グラミー賞のプレゼンターを務めた時、ステージ上でこう言ったしね。

「アールバム！　きみたち、アルバムというものを覚えているかい？」

アルバムという代物への鎮魂みたいなメッセージだったけど、結局、アルバムよりも先に、御本人が鎮魂されてしまったという……R．I．P．紫の王子……（プリンスのニックネーム）。

愛聴盤というのは、大好きで何度もくり返し聴いているレコードやCDのこと。「盤」という漢字が示す通り、平たい板を指す。アルバムというのは、そこに何曲かを収めた、小説で言えば、短編集のようなもの。特にLPレコード。

え？　今の時代にLPレコード？　と思う人も多いだろうが、実は、私の住む吉祥寺近辺は、LPレコードと、とても親しいエリアなのである。ディスカウント系もマニア系もDJお仕事系もお洒落系も、それぞれ専門のショップあり、レコードをかけながらなごむラウンジ系のカフェあり、いまだ無言で音に聴き入るジャズ喫茶あり。

私の家にもDJ用のターンテーブルがある。前はよく皆で集まって御近所迷惑にならない程度に（たぶん）パーティをした（今は、寄る年波で大人しくなったが）。ファンクなクラブになったり、ゲイディスコになったり、昭和歌謡大会になったり。イン・ザ・ハウスのレコードで楽しんだ夜は数知れない。

特に私は、LPレコードの紙ジャケットが大好き。いわゆる「ジャケ買い」という言葉は、あれがあってこそ。中の本体を抜いて、うちの壁には、ずらりと並べて飾ってある。イメージとしては、昔、ニューヨークのブロンクスでよく通ったブルース・バー。好きなR&Bシンガーのジャケットを中心にピックアップしている。ジャズなんかは、ジャケットがクールなら、中身もクールで格好良い。

で、あれこれと、我が家のコレクションをチェックしていて思うのよ。昔のソウルミュージックやラップのジャケットって、やたら服脱いでいるなあ、って。まあ、ほとんど男性ミュージシャン絡みのものですが。男は上半身裸、女は尻を強調。

　イラストレーターのテリー・ジョンスン氏こと、湯村輝彦さんとその御仲間が監修した『THE BEST OF EROTIC JACKET』（P-Vine BOOKs）という三百枚超のエロジャケ写真集があるのだが、この御時世には絶対に発売出来ない、コンプラ的には憤死もの。でも、私は、この俗悪っぷりが大好きなのよ〜。

壁ドン教育推進（笑）

しばらく前の話になるが、内閣府の「人生100年時代の結婚と家族に関する研究会」なる場で「恋愛支援」の教育が提案されたそうである。そのひとつが、いわゆる「壁ドン」。壁ドンの練習を教育に組み込むそうな。

このニュースを見た時、唖然としてしまいました。マジですか？　とても正気とは思えなかった。こんなこと、真面目に討議してるのって、日本だけじゃないの？

壁ドンについての説明は不用だろうから、ここではぶくが、わざわざ練習した壁ドンで何か得られるとでも？　いや、そもそも、そうやって、何が欲しいの？　恋のチャンス？　恋人？　結論から言うと、何の興味もない相手から、何の前触れもなくされる壁ドンなんて、恐怖以外の何ものでもないではないか。

この研究会は、社会学、経済学、人口学の専門家六人で構成されているそう。社会、経済、人口……恋愛は、そういうところから逸脱しているから、楽しいんじゃないか。古今東西、アート〜や文学、音楽、演劇、映画……あらゆる芸術分野に共通項を持たせて来たんじゃないか。それを、壁ドンの練習とは……しょぼい……あまりにもしょぼ過ぎる……大丈夫なのか、日本。

そしてね、私は、恋愛小説を書く立場ではあるが、あえて言わせてもらうよ。恋愛しなくたって、素晴しい人生は、数限りなく存在しているのだ。

結婚を促し、少子化に歯止めをかけようとして、こんな馬鹿みたいなこと話し合っているんだったら、これも大きな間違い。恋愛と結婚が子供を作るのではなく、セックスが子供を作るのだ。子を産んだ後の社会保障を整えるのが先決なのでは？

さらに恐ろしいことには、この研究会の配布資料には〈ハンサム、美人ほど恋愛経験豊か〉とあるそうな。〈男性は（体重）80キロ、女性は60キロ超えたら、もう恋愛の資格ないでしょ〉というキャバクラ嬢のコメントも付記。

……いやはや、色恋の何たるかを解ってない人々って、役人まわりに集中していたんですね。その割には不倫話も少なくないけど。はーっ、もっと芸術に親しんでみましょうよ。特に、文学。日本文学は、恋愛作法の宝庫ですよ。「アイ・ラブ・ユー」を「月が綺麗ですね」と訳したと言われる夏目漱石の心意気を見習ってみましょうよ。

そして、女性たち（いや、男性もだが、あ、ＬＧＢＴＱ＋の人たちも）、国のこんな恋愛指南に怒った方がいいよ！　ジェンダーフリーだ多様性だ何だと、物分かりの良いふりして、このトンマ（死語復活！）な議論。この世に、恋愛適齢期も結婚適齢期もないのです。あるのは、出産適齢期だけ。その本来の適齢期をサポートしないでどうする⁉

そういや、壁ドンってさあ、相手より自分の背丈が高い時のみに可能だってこと、解ってんのかなあ、内閣府。教えるのなら、そこもお願い。踏み台のスマートな置き方とかさ。

「ELITƎ《エリート》」に夢中！

Ｎｅｔｆｌｉｘ配信によるスペインのドラマ、「ＥＬＩＴƎ（エリート）」に夢中になっている。舞台はマドリードの文字通りのエリート高校。とんでもない金持の子女たちが通っている。そして、そこに、奨学金を得て、貧しいスラム街の住人である数人が入学し、さまざまな軋轢を生んで行くというストーリー。

この金持の御子息御令嬢たちの傍若無人ぶりがものすごいのである。この世は選ばれたおれたち私たちのためにある！　太陽は、我らを照らす方向からのぼって来る！　と言わんばかり。しかし、当然、光が濃ければ濃いほど影もまた濃くなる、という訳で、鼻持ちならない彼らにも、実は、さまざまな事情があるのだった……と、まあ、こんな感じ。

そこに飛び込んで来た異質な奨学生たちは、元からいたエリートたちとおおいに反目し合うが、やがて、少しずつ少しずつ解り合って行き、愛し合い、友情を育んで行く。

その内に、観ている私たちも、最初の先入観はどこへやら、彼らの行く末を案じてしまうようになる。

ここには、解りやすい差別がある。しかし、それは、人種や性的指向とは、まったく関係がない。差別のポイントは、自分たちの流儀に合うか否か。それは、一見、経済力やクラスに深い関わりがあるように見えるが、実は、本質的なところで、そうじゃない。それぞれが隠し持っている心の傷に対して、見て見ぬふりを出来るかどうかがポイントなのだ。

貧しい区域で育って来た生徒たちは、家族や周囲の人々に、ありったけの愛や憎しみをぶつけて来たから、ガラスのようなプライドを守ろうとする体面第一の家の掟が解らない。そして、金持の家で育った子供たちの心許なさを理解出来ない。しかし、校内で起きた殺人事件をきっかけに、壁は壊れて、カオスの中から、新しい人間関係が生まれて行く。

と、色々な意味で考えさせられるドラマではあるのだが、びっくりなのは、このエリート校の生徒たちのゴージャスな遊びっぷり。シャンパンや高級ワインをたしなむなんて当り前。食事の時には、親が子のグラスに注いでやっている。え？　飲酒ＯＫの年齢って？　と思って調べてみたら、なんとスペインでは、十六歳から許されているそうな。へー。

制服の着崩しも注目だ。切ったり、足したりの大胆さは、え？　いいの？　と思ってしまうが、制服というフォームありきなので、どこか納得してしまう品の良さを、ギリギリキープ。どの子も、その個性を生かし切っていて、ほんと、可愛いの！　まあ、ラテン系らしくセックスアピールを前面に押し出しているので、日本の高校生には、あまり参考にならないかも……ですが。

　この中で、人種も育ちも違うゲイカップルが誕生するのだが、いじらしくて目が離せない。

私、昔、スペイン語を習っていたんだが、「テ・キエロ（愛してる）」がこんなにせつなく響くなんて、初めて知ったよ！

R・I・P・三宅一生さん

世界的ファッションデザイナーの三宅一生さんが亡くなったのをTVのニュースで知った。ああ、そうか、もう新刊をお送りすることはかなわなくなったんだなあ、と寂しい気持に包まれた。

実は私、一生さんと連れ立って、そぞろ歩きをしたことがあるのだ！（自慢）

それは、二〇〇〇年度の日本芸術大賞を一生さんが受賞なさった時のこと。私は、その時、同じ新潮社主催の山本周五郎賞という文学賞の選考委員席にいた。新潮四賞と言われた賞の受賞者たちは、スピーチのための壇上をはさんで、反対側にいる。

一生さんが、挨拶に立った時、日頃、ファッション関係の方たちとは接点のない私たち側は、ほおっ、あの方が……と興味津々な感じで注目した。

すると、受賞の喜びを語る一生さんが、何故か、こう付け足したのである。

山田詠美さんともご一緒出来たし、だったか、山田詠美さんもそちらにいらっしゃるし、だったか……正確ではないがそんな感じ。

隣にいた別の賞の年配の選考委員が、ど、どうしたんだ、三宅さん！　と呟いた。私は、と言えば、ぎゃーっ、嘘!!　嬉し過ぎるっ、という訳で、式が終わってパーティに入る前に、一生さんに御礼を言いに近寄った。

実は、その昔、私は、フランス版「ヴォーグ」の日本特集に載ったことがあるのだった。三宅一生のピックアップした気になる若手みたいな記事だったと思う（フランス語が読めないので詳しくは解らない）。それは大きな写真ではなかったけど、ものすごいゴージャスなドレスと巻き髪。別人のようなメイクで孔雀の羽根なんか持って撮影されちゃってさ。我ながら夢見心地で、非日常に連れて行ってもらった感じ。

結局、その時は、お会いすることはなかったのであるが、とうとうお話しする機会がやって来たという訳。

「ちょっと、散歩しませんか？」

一生さんは、そう言ってくれて、私たちは、ホテルオークラの広いパーティ会場を歩いた。私には伝えることがいっぱいあった。ずい分前に、ジャズ・ディフェクターズというジャズで踊る黒人のグループが、原宿でパーティを開いて、彼らと踊る一生さんがめちゃくちゃ格好良かったこと。大学の時に付き合った男子が突然ファッションに目覚めて、一生さんのコピーみたいになっちゃったことなどなど。

たった十五分か二十分くらいの間だったけど、楽しいやり取りだった。それでは、と別れる際に、一生さんは言った。

「最近、小説はどうなのよ？　ちゃんと書いてよ」

はい！　と小学生の子供のように元気に返事した。そして今、あの後に送ってくださったのに、しまい込んだままになっていたイッセイミヤケのドレスをながめている。水色のジャージーの反物。自分で鋏を入れて完成させる、まさに4 Unique Girls。

そのカテゴライズに異議あり！

しばらく前の話になるが、お笑いコンビ「メイプル超合金」のカズレーザーさんが自身のＹｏｕＴｕｂｅチャンネルで、視聴者とこんなやり取りを交わしたそうだ。ざっくりと要約させてもらうと。

視聴者「自分は二〇〇〇年代生まれのＺ世代。いつまでも、昭和の価値観で物事を判断する老害が多過ぎて嫌になります。Ｙ世代のカズレーザーさんは昭和の価値観についてどう思いますか」

それに対して、カズレーザーさんは、こんなふうに返したのであった。

「Ｚ世代とかＹ世代って、上の人が勝手に作った枠組み。本当に今の価値観にアップデートしたいならこういう言葉は使わない方がいい。古臭く見られます」

ナイス！　っと私は思いましたよ。元々、コメンテーターなどをやっている時の彼の発言を聞いて、ほーっ、この人、頭良いなー、勉強になりますっ！　とＴＶの前で頷くこと多し……ではあったのだが、この時は、我が意を得たり！　と膝を打ってしまったのよ。

私も前々から、○○世代とか××ジェネレーションとか、いかにも時流に乗ってると言わんばかりの大人がくくろうとするキャッチー（笑）な呼び名に関して、「ダサイ！」と思っていたのよ。こういうカテゴライズって、すぐ古臭くなっちゃうのになーって。そして、死語化する。

しかし、いつの時代も、ある種の若者は、こういう命名に弱い。おれたち、ジェネレーションXだし、ゆとり世代だし、ロスジェネ世代だし……掘り起こせば、いっぱいある。ちなみに本来のロスジェネ（ロスト・ジェネレーション）とは、第一次世界大戦後に活躍した、ヘミングウェイ、フィッツジェラルド、フォークナーなどアメリカの作家たちに代表される世代のことを言う。日本では、バブル崩壊後の「失われた十年」に社会に出た若者たちのこと。なんか貧乏臭い……あ、いや、ほんまもんの貧乏なのか。

老害と言うけれど、年老いた側からすると若害ってのもあるのよ。若者の素晴しさは、主にフレッシュな肉体（脳みそも含めて）のそれ。そこに絶大なる価値を認めたままで止まりたい人は、早死にするしかない。自分のことをZ世代なんて何の疑いもなく口にしていると、その内、Z世代自体が老害になる。何故、世代論から解放された自由の身になりたいと思わないのだろう。個人のフリーダムは、そこからしか始まらないよ。

に、しても、昭和の価値観って、どの昭和？　戦中？　戦後？　高度成長期？　バブル期？　どれなのかはっきりしてくれー。そして、平成が実は激動の時代だったことを忘れている人が多いのにも驚く。字面と違って、「太平の世」では決してなかった。

そういや、その昔、女性の間では「〜症候群」って言葉が流行ったのよ。「クロワッサン症候群」とか「結婚しないかもしれない症候群」とかさ、…おまえはもう死んでいる……。

不機嫌アピール男

近頃、不機嫌な人、増えてませんか？　いや、いつの世も不機嫌な人というのは存在するか。では、不機嫌をわざわざ表明する人、と言い直すべきか。自分、今、気分を害してるんで、そこんとこヨロシク的な？

もう三年近くも、新型コロナの蔓延による行動制限が続いていることも関係しているかもしれない。不況で、この国が貧乏になってしまったせいもあるだろう。しかし、それだけでもない。なんか、タガが外れちゃったんだよなあ。遠い国で起きている戦争に反対したり、皮膚の色による人種差別には声を上げられる人々が、隣の弱者には何の気づかいも思いやりもない。何故なんだろう。

この間、コンビニのレジの列に並んでいた時のこと。一列に並んで、二つあるレジの空いた方から会計をすませてもらうというシステム。

次は、私だなあ、右か左か、なんて思って順番待ちをしていたら、背後から憤懣《ふんまん》やる方ないという感じで、舌打ちやら、溜息やらが聞こえて来る。それも何度も何度も。その内、貧乏揺すりめいた動きをし始めて、靴の爪先をパタパタと鳴らすのだ。

どうやら、私の前の番にレジに向かったおじいさんに苛立っているらしい。セルフレジにとまどっていたのだ。

店員さんは、とても親切で、あ、そしたら、そっちを押してくださいねー、なんてやってる。おじいさんは、おじいさんで、あ、そっか、ありがとねー、なんて丁寧に御礼を言って支払いを進めている。

私には、微笑ましく思える光景だったが、今度は、後ろから、こんな声が聞こえたの。

「ちっ、何なんだよ、いい加減にしろよ、じじいっ」

声が上の方から聞こえて来たので、振り返って見上げてみた。どこかの会社員だろう。白いシャツに、ダークなパンツ。どこから見ても、ごく普通の若い男。でも、顔にものすごーく、邪悪な雰囲気が漂っている。いや、そんな御大層なもんじゃないか。普段は卑屈な小心者のくせに、弱い者いじめだけはしっかりやって自身をアピールするタイプと見た。

私がわざとらしく呆れたように目を合わせると、彼は、慌てて別な方向に視線をずらした。でも、私は、咎めるように見詰めるのを止めなかった。そしたら、彼、ずっと上を向いたきりになっちゃった。

その内に、私の番が来て、彼も支払いをすませたおじいさんの後に続いた。その間、三分

ほどだったか。そんな短い間も待てないの？　お兄さん、よっぽど「イラチ」だったんだね

……っていうか、私、イラチな男が大嫌いなんだよ!!

コンビニを出て、後ろを歩く私をちらちらと振り返って見て、ついには小走りになったお兄さん。いわゆる「イケメン」って種類だったのが惜しい。だいなしじゃん。大人の義務として機嫌は良くあるべし。あ、私、尾行した訳じゃないよ。単に同じ方向。

木洩れ日は好きですか？

新刊『私のことだま漂流記』の発売記念トークショウというのに出演したのである。実は、私は、人前で話をするということが大の大の大の苦手。話している間に、自分、ものすごくつまんないことを言ってない？　聞いている人をうんざりさせてない？　などと卑下し始めて、逃げ出したくなってしまうの。講演なんてもってのほか。何故かライヴハウスでの朗読会やブックカフェでの公開おしゃべりなどは平気なのだが。観客の数の問題だろうか。会場の広さの問題だろうか。

今回は、池袋の大でもなく小でもない、中くらいのイヴェントホール。お相手してくださったのは、今、一番忙しいライターさんと思われる武田砂鉄くん。エッセイやコラムでその名を見ない日はなく、その上、午後のラジオでも大活躍。そんな売れっ子の彼が、わざわざ時間を作ってくれた。

……で、この緊張しいの私が、硬くなることなく、とてもリラックスして話せたんですね。武田くんと初対面ではないというのもあるが、何というか、彼は、人をくつろがせて本音を引き出すプロであるなあ、と思ったのだった。「北風と太陽」の寓話で言うなら、太陽の方法論。しかし、書かれたものからは、台風の目ならぬ北風の目がいくつも生まれている、というただならない書き手でもあるのだ。おお、こわ。彼の本を読むと、刺さっていたのに気付かないでいた棘が正体を現わして、疼いたり痛んだりし始めるのよ〜。そして、我が意を得たり！　という快感もやって来る。

そのトークショウでも話題にのぼったのだが、本格自伝小説と銘打たれた今回の新刊には、こんな一文がある。

〈人には木洩れ日を必要とする者たちとそうでない者たちがいる〉

予想だにしなかったが、ここの部分、読者から、ものすごい賛同を得たのですね。ええ、「木洩れ日が大好き！　それ、重要案件!!」とする方々の間で。もちろん、そもそも私の本を手に取ってくださる段階で、木洩れ日愛好家の可能性（？）が高いのであるが。

今、東京のあちこちで木洩れ日が危機に直面している。トークの途中、私は「大嫌いな言葉、それは再開発！」と言ったのだったが、わざわざ、その場に足を運んでくださる段階で再開発嫌悪の（……以下略）。

あのさ、今まで保たれつつある私の感受性って、小さな頃から自分をちらちらと照らす木洩れ日によって培われて来たものなの。言わば、私の心のルーツなの。再開発という名の下に、根こそぎ奪われようとしている木洩れ日に代表されるはかなく美しいものよ！　そういうものを守るためにこそ、技術を進化させるべきでは？　もう、遅いのか。自然を壊して商業施設をまだ増やそうとする行政、自治体、すごく田舎臭く思えるけれど？

でもいいの。私、トークショウに来てくださった読者の方たちを極私的木洩れ日として幸せに浸ることにする。皆さん、ありがとう!!

より掛からない人

稲垣吾郎さんと対談した。目がすごく綺麗だった。何というか、美少年が口に入れていた黒い飴玉をひょいと手の平に出した、まだ濡れたままのやつ……みたいな黒目をしていた……あわわ、小説家とは思えない変な比喩……すみません。

その時に、若い書き手の才能と可能性をどこに見出すか、というような話になって私は、こう言ったのだった。

「う～ん、若い人の風俗を描きながらも、若さにより掛からない人、ですかね」

すると、稲垣さんは、こうつなげた。

「そして、ベテランなのに熟練により掛からないというのも大事ですよね」

うわっ、この人、解ってる！　と思った。まさに、その通り。若さも熟練も、どーだ！自分は、こんなに知ってるんだぞ、とこれ見よがしにアピールした段階で、周囲をうんざりさせるただのアイテムに成り下がる。

私は、公募の新人賞も含めた選考委員歴が三十数年に及ぶという古株。若者には、こんなの流行ってんですよ、ま、年寄には解んないかもしれないですけどね〜、と得意がってる若僧の小説も、経験が作り上げた技巧って、こういうものですよ、とこれ見よがしな面倒臭い中堅の小説も選考して来た。

　運悪く、それらを読む破目になると、閉口しながら思ったものだ。ねえ、その「ドーダ！」もう止めようよ、と。この「ドーダ！」は東海林さだおさんの命名による、何かを見せつけて鼻息を荒くする状態を指す用語。あからさまな「ドーダ！」もあれば、控え目にしようと努力する「ドーダ」もある（たいてい失敗している）。

　そして、私自身を振り返って考えてみる。自分、大丈夫か、と。もう芥川賞選考委員の中でも一番、長く務めている人になった今、キャリアにより掛かっていやしないか、と。

　理想は、「新人の頃の心持ちを残したままのベテラン」なのだが、常にその状態を保つためには、感覚をアップデートさせながらも、経験値を元手に技を磨いて行くしかない。それをさりげなくやってのけた、今は亡き偉大な先輩たちのことを、時々思い出す。少年と老獪《ろうかい》、少女と百戦錬磨を同時に持ち合わせていたあの人たちのことを。

　どなたもたぶん、若い時には若さを少し恥じ、熟練者になってからは、自分の技巧に照れていたのだと想像する。やっぱり、「含羞」（恥じらいとかはにかみのことね）って大事だなあ、と、厚顔無恥になりがちな私は、深く反省するのである。含羞は人を魅力的な年齢不詳に仕立て上げる。そうだ、私も、年齢を受け入れつつも年齢により掛からず……いや、何事にも倚《よ》りかからず……と、何だか茨木のり子さんの詩みたいになっちゃったが。

話は稲垣さんに戻るが、今、役者の仕事に邁進している彼には、宴の後に残された確かなものを感じた。まさにより掛かってない感じ。

プチ老害な幸せ自慢

しばらく前の話になってしまうが、年が明けて、二〇二三年を迎えた時のこと。古くからの友人からメッセージが届いた。作家になる前からの付き合いで、その当時は、うんと親しかったのだが、今では、数年に一度、会うか会わないか。特に、新型コロナの感染拡大が報じられてからは、たまにメールなどで近況報告をするだけになっていた。だからといって、友人であることに変わりはない。ひんぱんに会うことと、信頼関係にあることとは必ずしも結び付かないと思う私。今だって、大事な友達……そう心に留め置いていた……いた筈なのだが……。

彼女は、新年の挨拶もそこそこに、孫が二人生まれたと報告したのであった。長男と次男に続けてベイビーがやって来て超ハッピー！　そう書いた後に、幸せいっぱいの写真が何枚か。で、それに続く文言が……何と言うか、えっと、私、こういうの好きじゃないって知ってるよね!?　と問いたくなるもの。

私のことは、ぜーったいバアバなんて呼ばせなーい！　〇〇〇（気恥ずかしくて書けない）って呼ばせるもんねー、とか何とか。ええ、例のやつです。親バカならぬ、「バババカ」全開の、あれ。

いや、でも、孫が可愛いのは解るのよ。私だって、温かい気持にはなる。ただし、うちが喪中じゃなければ、ね。

昨年、私は、父と母をなくした。気を使わせてしまうのが嫌で、よほど親しい人たち以外には報告しなかったのだが、件の女友達にはたまたま連絡があったので、父の死については知らせてあったのである。

彼女からのメッセージに、素直に喜べなかった私は、心の狭い奴なのか。それでも、父に続いて母もひと月ほど前に他界したばかりなので、新年おめでとうとは言えないけれど、御孫さんの誕生で幸せそうなのは良かった、というようなことを返信したのだが、なんと、それっきり。

あんたの親が死んだ話、幸せな今、聞きたくない、ってことなのか。あるいは、いっけない、まずいことしちゃった、と慌てたのか。それとも、なーんにも考えていない幸せアピールだったのか……たぶんこれでしょう。

何だろう、この相手をイラッとさせる孫自慢……どこかで聞いた……と思っていたら、昨年読んだ内館牧子さんの『老害の人』にあったな、と。空気を読まぬ孫自慢は老害の始まり……まあ、小説内では最終的に良い後味を残すのであるが。途中は「イライラ」の「あるある」。

ところで、私、そこに出て来る「老害」と呼ばれるお年寄りは、許せない老害じゃない気がするの。何故なら、本物の老人だから。真の老害は、まだ老人には至っていない人間からもたらされるような。若さを残しているから、忌々しさを込めて老害と呼びたくなるのね。

若いみなさんも他人事ではないよ。相手の情況を無視した幸せ自慢は、皆に愛想をつかされて、プチ老害へとまっしぐら。ぶるぶる。

共感と反感のスピーチ

たびたび書いていることだが、毎年、二月三月に開催されるグラミー賞とアカデミー賞の発表と授賞セレモニーをライヴで楽しみに観ている。なんたって、音楽と映像における世界的な人気、才能の最大公約数がそこに集結しているから。

グラミー賞でゲイのサム・スミスと共に、トランスジェンダー女性として初めて受賞したキム・ペトラス。その二人のためのスピーチに立ったマドンナが、やはり圧巻で格好良かった。

「反逆者たちに感謝を！」とパワフルに声を上げた彼女の出立ちは、大昔の寄宿舎の校長先生みたいな黒のスーツ（でもロングスカートには足の付け根までスリットが入っている）で、片手には革の鞭。今にも、厳しい調教が始まりそうな雰囲気の中、論争が起きますよ、準備は出来てますか？　とＬＧＢＴＱを始めとするマイノリティの人々にエールを送ったのだった。

ひゃー、相変わらず、格好いいです！　マドンナ姐《ねえ》さん（同い年だが）!!　と心の中で拍手を送った私であったが、驚いたことにネットでは、彼女の整形疑惑や年齢による衰えなどをあげつらって炎上騒ぎになったらしい。

なんでなのかなあ。私、年を取って容貌が変化するのを「劣化」と呼ぶ人間が大嫌い。これは、容貌に関してだけではないが、自分も、やがて年を取って変化するという事実を踏まえていない奴って馬鹿だと思う。それこそ、ブーメランになって自分に返って来るのにね。早死にする予定なら別だけどさ。

話は変わり、ずい分と規模の小さい世界のことになるが、この間、某文学賞の贈呈式があった。

そして、そこでのある受賞者のスピーチに、ちょっと待てよ、と思ったのだった。何故なら、その人が「ムカツク」という言葉を連発していたから。「むかつく」ではなく、「ムカツク」という表記が相応しかったんだよ、これが。

その方、少し前にも大きな文学賞を受賞していて、スピーチの前に女性の同時受賞者がこう嘆くのを聞いていた。

「こんなことしないですむために作家になったのに、ムカツク〜」

で、今、ようやくその意味が解って云々……とかいう内容。あんまり嬉しくないんだよ、と言わんばかりのアピール。

……ふ～ん。私は、さっくりとこう思ったの。そんなに「ムカツク」ならもらうの止めればいいじゃん、って。「むかつく」ではなく「ムカツク」は、若者用の言葉でしょ？　公の場で、もう若くない輩が使うと、それこそ「劣化」が目立つよ。

ちなみに、別のジャンルではあるが、祝辞を述べた選考委員のひとりが私。隣に座るやはりスピーチ担当の選考委員の方と一緒に、緊張の極致で、草稿に目を通して励まし合ってたんだよね……精一杯の祝いの言葉の後にあれだもん、私らの立場ないよ。リスペクト、まるでなし。ムカツク……じゃなくて、むかつく！

前向きになりたいあなたへ

若い女性向けのエッセイやインタビューの依頼を受けた時に、かなりの頻度で言われるのが、これ。

「何か前向きな気持になれる言葉をください」

えー？　とそのたびに思う。そんなに皆、前向きになることに苦労しているの？　と。そもそも前向きって、どういう状態だろう。たぶん、明るい未来を信じて進もうとする姿勢のこと。

でも、一寸先は闇という言い方もあるし、未来なんてどうなるか解らないよ……なあんて言ってしまうと、そこで思考停止になってしまうので、少し考えてみよう。

その昔、アメリカで「ポジティブ・シンキング」という概念が大流行した。日本での提唱者は、斎藤澪奈子氏。バブル末期に突如、登場して、その華やか過ぎる容姿と自ら身を置く（らしい）ハイソサエティなライフスタイルで人々の度肝を抜いた。

〈私はミナコ・サイトウ。ヨーロッパの上流社会ではよく知られた名前です〉

というキャッチフレーズが躍る『ヨーロピアン・ハイライフ　青春のロンドン、フィレンツェ』でデビュー。その後も『愛のポジティブ・シィンキング』『超一流主義』などベストセラーを連発。確か、あの時ぐらいからだよなあ。日本に、特に女性たちの間でポジティブという言葉が認知されたのは。

　女性誌では特集が組まれ、多くの信奉者たちが生まれたが、男性マスコミには嫌われ、今で言う文春砲も大活躍（？）。彼女の虚飾に満ちた過去を暴いて叩きまくった。大嘘ついて、女を先導してんじゃねえよ、と。

　私は、その時、つまんないことするなあ、と感じていた。彼女の披露する華麗過ぎる遍歴のすべてを信じてる女なんている訳ないじゃん。皆、虚構混じりのビッグマウスを楽しんでいたのにさ。それを邪魔する男供の無粋なことと言ったら！　周囲の女たちは、「〇〇様（さる高貴な御方）を妹君のように思っておりますの」と言ってのけるミナコ・サイトウを新種のキッチュなエンタメのように受け入れていたというのに。それって、まるで叶姉妹が本物の姉妹じゃなかった！　と糾弾するようなものではないか。

　数冊の著作を残しただけで、ミナコ・サイトウは表舞台から姿を消してしまった。数年後、新聞の片隅に彼女の訃報を見つけた。まだ四十代なかばだったという。願わくはその死が彼女の壮大なギミックの仕上げだったらなあ、なんてつい不謹慎な呟きを洩らした私と友人たちなのであった。もうポジティブをからかえない。

他人の言葉で手っ取り早く前向きになりたいと願うのは、「コスパ」とか「タイパ」が重要視される今の時代、致し方ないのかもしれない。でもさ、元手かけずに前向きになっても、前のめりになって倒れるだけだよ。

時間や手間を無駄と思うなら、せめて、「ただ」の他人ではなく、「大好きな」他人の言葉を選ぼう。ああ、ポジティブを笑いとばせた時代が懐しい。ええ、私、後ろ向きで前に進んでいます。

恋は旅のともだち

猛威をふるっていた新型コロナもようやくしずまり（本当にそうかは疑問が残るが）、穏やかな季節を迎えて、人々の旅行熱も復活。TVで休日の空港の様子などを見るにつけ、ああ、皆、脱出したかったんだなあ、と思う。何からの脱出かって？　日常の閉塞感からの、である。そのためには、場所の移動が一番手っ取り早い。長かったよね。コロナ自粛。

私も旅行は大好き。昔は、特にひとり旅を愛していて、色々な場所に行った。さまざまな南の島も、大都市のダウンタウンも、とにかく、自分の価値観をぶち壊される快感を思う存分味わった。自分は何者でもないのだ、と気付かされる瞬間は、若い時の貴重な学びとなる。それをくり返すことで存在感を増して行く若者を、私は旅先で何人も見た。フレンドリーなのに超然としたたたずまいを獲得しているのね。性別にかかわらず、国籍不明なスーパークールっぷり。格好いい奴らがいっぱいいた。

旅の思い出としてしまわれている記憶が、宝物になるような旅をしよう。では、どうやって？　私は、旅先の恋をお勧めするよ。ひとり旅のロンリネスは、恋ととっても親和性が高い。そして、恋は、初めて出会う景色を自分だけの舞台に変える。こういうのを「ひとりうっとり」とか言って馬鹿にする人も多いけど、旅という装置が手助けする恋の恍惚を知っているといないとでは、人生の味わいが全然違うんだから。そして、心が柔らかくなる。

私の初期の作品集で、『24・7（トウェンティフォー・セブン）』というのがあるのだが、その中で、

〈濡れた心というのはいいものだ。いつでも涙ぐめる心を持っていると、女の瞳は美しくなる〉

と書いた。今でも、ほんと、そう！　と思う。旅は心に湿り気を与えやすくなる。身も心も、できれば腰もお尻も軽くして、旅を楽しもう。え？　顰蹙《ひんしゅく》？　そんなもんは、一番先に自分で買い占めて、その先の反省の元手とするのです。

……と、好き勝手なことを言っている私ですが、もう年を食ってしまったので、今は夫と散歩に励んでいます。それを「○○散歩」（○○は夫の呼び名）と称して、知らない街を歩いているのですが、これが新発見に満ちているのよ！　かつて南アフリカはヨハネスブルグのヒルブロウ（世界で一番治安が悪いと言われた街）を歩いていた自分が、武蔵野ではけと呼ばれる小川のほとりに沿った道に同じように心動かされているとは。これ、子供の頃に覚えた自転車の乗り方は大人になっても忘れないっていうのと似てない？

若い時に、うんとひとり旅をしておけば、大人になっても、すぐに濡れた心を取り戻せるってことかもしれない。

ちなみに私たち、日帰り可能な場所に、わざわざ泊まるというのに凝っている。お勧めは大森近辺。海も文士村も見学は出来ないが、故・三島由紀夫邸もギョーザもある！　電車で通りかかるタイヤ公園も超シュール！

書くか話すか、言葉のチョイス

この間、朝の情報番組を何となく点けっぱなしにしていたら、「本当に胸が締め付けられる思いです」と聞こえたので、家事の手を止めてＴＶ番組に目をやった。

若い女性コメンテーターだ。日本からは遠い遠い国の政情不安について言っている。その後、何らかの考察が続くかと思いきや、それだけのコメントを言いっぱなしで終わって、はい、次の話題に。アイドルのデビュー何周年だかの記念コンサートが何たらかんたら。

うーむ、空疎である。

「空疎」とは、形だけで中身がないことを言うが、私、ＴＶのコメンテーターで、「胸が締め付けられる」とか、「心が痛む」で、発言を締めくくろうとする人を観るたびに思うのよ。

「空疎だなあ。好感度、急降下してるよ」

今回の場合、その若い女性コメンテーターが、遠くの某国に何の興味もないのが丸解り。彼女は、「心や胸の痛み」を、被災地や戦争や難民に関しても便利使いするのだろう。

と、相変わらず他人の言葉に難癖を付けている私なのだが、何故だろう、「胸が締め付けられる」も「心が痛む」も、書かれたものを目で読む分には何も思わない……どころか、共感したりするのである。

これって、どうして？　と考えてみたのであるが、もしかしたら、話し言葉と書き言葉の問題かも、と思い付いたのである。自分の意見や感想を述べる場合、話すのに合う言いまわしと、書くのに相応しいフレーズは違うのではないか、と。それを、うっかり間違えただけで、胡散臭い人認定されるかもしれないな、と。つまり、「胸が締め付けられる」や「心が痛む」は、書き文字にしといた方がいいかもよ、ってこと。

反対に、書くと嘘っぽくなる言葉もある。ほら、SNSなんかでよく見る誉め言葉で、「お」を付けてるやつ。「お美しい」「お上手」「お似合い」「お優しい」「お綺麗」などなど。これらは、口から発せられた場合、「育ちの良い人による丁寧な誉め言葉」と認定されるが、書かれた字を目で読んだ時、そこはかとな～く、嫌味なニュアンス、滲みませんか？　もしくは、何か魂胆あんの？　と勘ぐりたくなるような。

ちなみに、小説では、会話以外の地の文で「お」の付いた誉め言葉を使うのは、作者の企みによる。それが成功しているか否かは別にして、不穏な空気がいっきに漂うのよ。

話し言葉と書き言葉の使い分けに御注意である。汚い言葉も乱暴な言い回しも、TPOとその人のキャラクターに合っていれば、それで良し。しかし、選び方を間違えると、浅はかで心ない人間に見えたり、媚びへつらう卑しい人間と思われたりする。

そういや昔、仲間内のアメリカ人の男が、どこで覚えたのか恥ずかしいの代わりに「オモハユイ！」と連呼していたっけ……面映ゆい……書いてよ、意味解んないから！

今井真実さんに会ったよ！

西荻窪の今野書店で、料理家の今井真実さんの新刊記念トークイヴェントが開かれた。お招きいただいて、私も参加して来ました。

新しく出た御著書の題名は『今井真実のときめく梅しごと』（左右社）。梅干しを漬ける基礎から始まって、定番の梅酒やシロップはもちろんのこと、ピュレやハーブオイル漬け、梅こうじなど、アイディアもいっぱい。そして、それらを使ったレシピのバラエティも満載。でも、私が何よりもいいな、と感じたのは、おいしそうな写真に控え目に添えられた今井さんの文章。読むと、日々、少しずつ幸せになる。

『いい日だった、と眠れるように　私のための私のごはん』『フライパンファンタジア』など、特別な食材や凝った手順なども必要とすることなく、気分を上々にしてくれることには定評のある今井さんの本。この梅しごとのアイディアの数々もしかり。

本の帯に〈もっと気軽に、もっと自由に〉とある。そうして風通しを良くした自分の手許には、「好き」という気持が流れ込んで来る。ページをめくるたびに、そんなことを感じさせてくれる。それは、人に対しても、食材の扱い方に対しても、自分の置かれた場所に流れる時間に対しても、伝えることを惜しまない「好き」。
そこには、無垢な子供のような、感情の発露として思う「好き」だけではなく、大人になる道のりで、捨てざるを得なかった苦い想いと共にある「好き」もある。それは、彼女が、阪神・淡路大震災をくぐり抜けて来たという経験も関係しているのだろう。
驚いたのは、その地震の後の神戸のサイン会に、中学生の今井さんが足を運んでくれていたというのを聞かされた時。ええーっ、と叫んじゃったよ。『アニマル・ロジック』という私の中で最も長い小説。人種差別とセックスとパンデミックを愛という名の下に集結させた……と、ブックレビュー風に紹介するとそんな感じになるのだが、中学生であれを読む!?しかも、サイン会に行こうと思うのは……すごい！　早熟にもほどがある。今井さんは、サイン会の後、私がどこに行くのか知りたくて、まったく未知の世界であるウェイティングバー付きレストランをガイドブックで探してみたそうだ。あんなに、ほかほかした愛くるしいルックスなのに隅に置けない……っていうか、中学生！　山田詠美なんか読んでると不良になっちゃうよ!?（ならなかったみたいですが）
まだ元町のアーケードの屋根がなく、神戸の街は復興途上だった。運命の過酷さと、この世のはかなさと、しかし、それにもめげない人々の力強さを痛いほど感じた。私にとっても大事なサイン会であった。

そして、あれから三十年近くの時を経て、あの大変な時に駆け付けてくれた今井さんと再会した私。まさに〈いい日だった、と眠れるように〉一日を過ごすことを教えてもらった。

ドラマティック　カップル

ジェーン・バーキンさん、亡くなりましたね。イギリス出身にして、フレンチロリータの系譜。女優や歌手というさまざまな活動カテゴリーを軽々と飛び越えて、文化的アイコンであり続けた人。彼女の現役時代を知らないお若い皆さんも、エルメスのバーキンは御存じでしょう。

飛行機に搭乗中のジェーン・バーキンと偶然居合わせて目を留めたエルメスの会長が、彼女のために作らせた大きめのバッグ。それが、バーキンの由来。元々、彼女は、大きな籠に、私物を放り込んでいたとか。

なんて、知ったふうに書いている私、ではあるが、実は、ジェーン・バーキン単独の活動は、ほとんど記憶にないのである。私が常に気を引かれて来たのは、彼女の二番目のパートナーである、セルジュ・ゲンスブールとの共同ワークなのだ。二人がカップルでいるという事実だけで、アートな気分をかき立てられた。セルジュ・ゲンスブールに見染められたイギリス女って、どんなの？　あのフランスきっての色男が選んだんだから、すごい魅力を持っているのかもって。

ヘビースモーカーにして、大酒飲み、無精髭だらけの崩れたセックスアピールに、まだ小娘だった私もまいっていた。だってさー、日本は、いや、アメリカにしたって、清潔な、性格の良さげ（フェイクだとしても）な男ばっかりもてはやしてるじゃん？　つまんないよ、そんなの！　と生意気にも思ったのだった。一度はドラマティックな男に恋しなきゃ！

後に、やっぱり男はクリーンな方が付き合いやすいですね、とあっさり宗旨替えした私だったが、もう小説家になっていた一九八八年の初来日コンサートには足を運んだ。あれは、三軒茶屋の昭和女子大の人見記念講堂だった。

で、感動したかというと、実は、そうでもなかったのである。セルジュさん、ずっと煙草を吸い続けていて、当時、ヘビースモーカーだった私は、外に出て一服したいという飢餓感がつのり過ぎて、歌どころではなくなってしまったのだ。だいたい彼の歌、ほとんどつぶやきに近くてまるで聞き取れず、フランス語も解らない私には猫に小判ってやつ。まあ、晩年に近い頃だから、パワーも落ちてたのかも……。

後で、その時、セルジュをアテンドした編集者の方に聞いたのだが、彼は常に、ルイ・ヴイトンのアタッシェケースを携行していたそう。そして、それを開けると、愛煙していたフランス煙草ジタンの青いパッケージだけがぎっしり。

ヴィトンのモノグラムに目立つ傷が付いていたので尋ねると、喧嘩の時、ジェーン・バーキンが怒って蹴り飛ばしたのだと語ったそうな。おお、バッグの傷にもドラマのある二人……さすがです。

あ、余計なお世話だけど、人が亡くなった時、ご冥福をお祈りしますって言うＴＶの人！冥福とは冥土の幸福。そして、冥土は仏教徒にしかない……のです。

お茶目さんな日本人女たち

この号が出る頃には、少し前のことになってしまうが、総勢三十八名の自民党女性局員がフランス研修に行き、三泊五日の行程の中で、エッフェル塔前で両手を伸ばしたポーズやレストランの食事の写真をSNSに投稿して大炎上した……というニュースが。

税金を使って観光か！　とか、台風被害が甚大で日常生活に戻れない人もいるのに、とか、大批判を受けて、女性局長の松川るい議員はとうとう局長辞任に追い込まれた。

賛否両論あったけれども、どの御意見もいちいちごもっとも。いや、しかし、某学者さんの日本人はユーモアに関して寛容さがない、という指摘には、え？　あれがユーモア？　と首を傾げてしまったのである。ま、人それぞれか。

私は例によって、意見する人々とは別のところを問題視しているのだが、もう一度、投稿された写真を見てみよう。

三人の女性がエッフェル塔の前で、両手を上げて手の平を合わせて、ヨガみたいなポーズを取って、にっこり笑って写っている。エッフェル塔を模したらしい。すごーい！　素敵な時間を過ごしたんですね、と言いたいところだが、なんで？　なんで日本人の女たちは、グループで同じポーズ取りたがるの？　ピースサインとかさ。格好悪いと思わないの？　あのマチュアなパリの街で、さ。

たったひとりでやってるなら、いいの。ただのお調子者だから。そして、それを単独で引き受けているから。

何故、三人でやる！　しかも、いい年齢《とし》した……いかん、この言葉、エイジズムに引っ掛かるのか。じゃ、成熟した（……く、苦しい）女たち三人が、あの妙ちくりん（死語か）な格好で並んで、ハイ、ポーズ！　オッケー、ナイスショット！　これで、パリの魅力も充分伝わったわね……の、訳ない。

私、ある年齢以上の女たちによるお茶目さんアピールって、大嫌いなの。やるなら、ひとりでやりなよ。そうしたら、街角のコメディエンヌになれるから。社会的地位が高い私たちなのに、こーんなにお茶目さんなの！　というギャップ萌え（これも死語？）ねらいを写真の彼女たちに感じてしまうのは私だけ？

この間、私の『血も涙もある』という本が文庫化されたのだが、不倫の三角関係を描いたこの小説の中で、色事の達人である老人が言う。

「男は、味方のいっぱいいる妻より、自分ひとりしか味方のいない女の方に欲情するもんなんだよ。多数、対、単数の構図。単数の方がはるかにセクシーではないか」

解説をくださった平松洋子さんも、この彼の台詞に注目してくれて、本当に嬉しかった。そう。パリを歩く女に必要なのは、単数のセクシーさなんだよ。いや、二人連れでも、三人連れでも良いのだ。それぞれが独立したシックな振る舞いを身に付けていれば。間違っても全員で同じポーズを取った「お茶目さん」にならないよう。頼みますよ！

終わり近くにまだぶつくさ

二〇〇九年の創刊準備号から十四年続いたこの連載も、もうすぐ終了である。十四年！　当時、誕生したお子さんが中学生になってしまったんですよ！　私だって、その間に、ちゃっかり再婚してしまったんですよっ!!

この先、読者の皆さんに、これ、どうなんです？　と告げ口したり、聞いてくださいよっ、とぶつくさ愚痴を言ったりすることもないと思うと、寂しい限り。で、今回は、思い残すことのないよう、問題視している事柄をピックアップしてみようと思う。

まずは、これを書いている時点で放送を終了したばかりの、「真夏のシンデレラ」問題である。

地上波のドラマは、ほとんど観ないのだが、これはコンプリートしちゃった。だって、あの懐しの「月9ドラマ」復活みたいな宣伝文句だったし……私、バブル期の頃、TVを持っていなかったので、友人の家にお邪魔して、いわゆるトレンディドラマってやつを、野次を飛ばしたり、時には、ほろりとしたりして観ていたのよ。有り得ない設定や脚本であっても、存分にお金をかければ、鑑賞に堪え得るものになる。無駄づかいも、まあ、いいじゃん、という余裕があった。

でもさ、今回のって……全然、お金をかけてもらえない男女の恋物語。たかが東京と湘南で遠距離恋愛扱い、東大卒の建築家に海の家の女の子が見染められたらシンデレラ……住む世界が違うとか何度も言うし……案の定、月9史上最低視聴率とか、昭和かよ、とかボロクソ書かれてたし（違います！　何でもかんでも昭和のせいにされるけど、その昭和って戦前、戦中、戦後？　バブル？　どれ？　昭和は盛り沢山なの）。

しかーし、私が問題視したのは、そこではないのである。ライフセーバーが何故、まったく陽に灼けていないのかってとこなんである。私の知るライフセーバーは、皆、真っ黒に灼けて、笑うとのぞく真っ白の歯が胸キュン（死語）の筈なのだが。そして。どうして寝てもいないのに「付き合ってる」ってことになるのか。バブル時の海辺の人間模様を知る者としては、どっちの男にしようかと迷った女は、どちらとも寝ていたよ、と言いたい……え？　昔話？　ほんと？　今はもう、お試し必須じゃないの？

俳優さんたちの腕の見せどころがなくて気の毒でした……あっ、ぶっきらぼうな大工さん役だった美しい神尾楓珠《ふうじゅ》くん、昔、ジュリー（沢田研二さん）が出た作品みたいなのに出演するのはどうでしょう。「悪魔のようなあいつ」とかのリメイク。ピッタリだと思うけど。

話は変わるが、時々通ってた蕎麦屋さんがリニューアルしたので行ってみた。ライヴ後のミュージシャンなんかが集う町場の居心地良い場所。そしたら、お運びの若いお兄さんの白衣の胸に車の初心者マークのバッジが付いていた。こういう趣味大嫌い。お金もらってるプロだろ？　店も勘違いの勝負系に大変身。もう行かない。

サイン会でLong time no see

新型コロナのせいで、ストップしていた書店での新刊発売記念サイン会がおよそ三年ぶりに開催された。日頃、じみ〜に小説を書いているだけの私。久々に陽の当たる場所に出たような気分で、ほんと、嬉しかった……ええ、とても嬉しかったんです……でもでも……。日頃、夫と散歩に出るくらいしか出掛けない私は、きらきらした読者の皆さんにお会いして、極度の緊張とまぶしさの余り、目眩《めまい》がして倒れそうになってしまった。あー、私には華やか過ぎる！

作家の中には、人前に出るのが得意で、TV出演や講演会などをそつなくこなす人と、そうでない人がいる。私は、明らかに後者。常に、自分ごときが、そんなに興味持たれてるかなー、という思いを持っているので、たまに注目されると何だか居心地が悪くなるのである。え？　私ですよ？　私なんかに関心を寄せてくれちゃっていいんですか？　って感じ。

ところが、新作の書評がなかなか載らなかったりすると、久し振りに書いたんだから読め！　読むんだ！　そして、それについて忌憚《きたん》のない御意見（ここで、急に下手に出る）をお願いしますよっ、と思う。しかし、忌憚がなさ過ぎると、え〜、もっと遠慮してもいいんじゃない？　とぶつくさ言う。あー、ほんっと、面倒臭い奴。

そんな自分の面倒臭さが、見る間に払拭されて行くひとときがサイン会なのである。読者の方たちの笑顔や涙を見ている内に、もう、「私ごときに？」なんて言っていられなくなる。こんな私でも、読んでくれた人の心に影響を与えることが出来るんだ、と胸がいっぱいになると同時に、責任重大だと気が引き締まる。

「私の成分のかなりの部分は詠美さんで出来ているんですよ」

と言ってくれた人がいた。ええっ、私の血はワインで出来ているの、な故・ナオミ・カワシマ的な？　それとも、私のデビュー作「ベッドタイムアイズ」で自分のピアスを酒と一緒に男に飲ませちゃった的な？（読んだ男友達から、そのダイヤモンドが永久にあんたの体に棲みつきますように、とか言ってたけど、そりゃ無理だね、翌朝、トイレに行ったら、さっさと出ちゃって、はい、さよーならだね、と言われた。ほんと嫌な奴）

それはともかく、自分の書いた本が、読んでくれた人の成分になるなんて、たとえ、それがほんの数パーセントの成分だとしても、物書きとして、何と幸せなことだろう。

若くて、もっと不遜だった時期があった。まるで、たったひとりで世間の荒波に耐えているような心持ちで生きていた頃が。

でも、今、思うと、誰かが必ず私に栄養を注ぎ込んで、自分の成分を補ってくれていたんだなあ。本や映画や音楽を通して。そして、友情や恋とか愛とかに導かれて。これからもそれを忘れないくらいに、人生に対して律儀でいようと思う。皆さん、長い間、ありがとうございました。

文庫本のためのあとがき

二〇二四年、一月一日、私と夫は、前の晩の大晦日から二泊の予定で浅草のホテルに滞在していました。新型コロナのパンデミックも、ほぼ収束し、人々が街に戻って来た二三年。もうマスク着用を強制されることもない。疑心暗鬼を生じさせた視線を他人に向けたりもしない。素晴しい年越しでした。

街歩きが趣味の私たち夫婦は、目のはしでスカイツリーを見ながら、界隈をずんずん進んで、新しい年を迎えようとする賑わいを肌で感じたり、隅田川の水面に映るライトをながめて感傷的な気分に浸ったりしていました。良かったね、また、こんなふうに二人で年を越せて！　なあんて、呑気に喜び合って、乾杯したのでした。

しかし、翌日、初詣での人混みから早々に退散して、ホテルの部屋でごろごろしながらTVを観ていた私たちは、緊急地震速報発表で飛び起きると同時に切り変わった画面を見て愕然としたのでした。

そう、石川県北部を中心に甚大な被害をもたらした、令和六年能登半島地震です。次々と映し出される壊滅状態の土地を見て、まさか、一年の最初の日に、こんな災害が……と暗澹《あんたん》たる気分を引き摺ったまま翌日帰宅。すると、今度は、羽田空港で飛行機の衝突事故が！　新型コロナの流行が収束したと喜んでいる場合じゃなかった……いったい今年は、どんな年になっちゃうんだろう。重苦しい年明けです。でも、被災地の人たちの苦しみを考えたら、どうってことはない。しかし、だからと言って、被災者のことを考えてみろ！　と、関係のない人間に命令されたくはない。

海の向こうでは、もう長い間、複数の国や地域で、戦争や戦闘が続き、罪のない人々が命を落としています。悲惨すぎる。でも、TVのコメンテーターよろしく、安易に、心が痛みますねえ、などと口にしたくない。ええ、私は、常にアンビバレントな思いを抱えた面倒臭い人間。

しかし、そんな私にもひとつだけ良い点があるのです。それは、人に嘘はついても（ほら、小説家だから、笑）、自分には嘘をつかないこと。

自分に正直であり続けようとすると、周囲との軋轢《あつれき》が難しい事態を呼び寄せたりもするのですが、忌憚《きたん》ない、きっぱりとした気持で、好きなように、あれこれ書きました。本来、「忌憚のない意見」は、他者から頼まれて発するべきものですが、自主性を重んじる性質《たち》の私は、率先して「忌憚なし」を貫いています（↑笑うとこ）。

女性週刊誌の連載を単行本化した『吉祥寺ドリーミン』と、ファッション誌「GINGE

R」連載の、まだ書籍化されていない部分をひとつにまとめて、最強のペーパーバックに仕立てていただきました。

日々、生まれては消える喜怒哀楽、そして、コロナ禍下の人間模様について、それこそ「忌憚なく」綴っています。

改めて読み返してみて思うのは、人は忘れる動物だということ。そして、そういう社会の中で生きている。時代のスピードに流されて、忘れてはならない極めて大切なものが抜け落ちて行くのに気付かない。

そこに目を付けようとする、ひとりの作家の取るに足らない、しかし決して捨てては置けない四方山話の数々をお楽しみください。きっと胸のつかえも降りて、溜飲も下がりますよ。ええ、私、嘘はつきません（笑）。

二〇二四年　春　山田詠美

イラスト　100%ORANGE
JASRAC出2400795-401

この作品は二〇二一年十二月小学館より刊行されたものに、雑誌「GINGER」（小社刊）の連載「4 Unique Girls」（二〇二〇年四月号〜二〇二四年三月号）を加えたものです。
※「女性セブン」に「日々甘露苦露」として連載されたエッセイには見出しの下に年月日を入れています。
本文中の肩書・年齢・組織名などはすべて各誌掲載当時のものです。

吉祥寺《きちじょうじ》ドリーミン

てくてく散歩《さんぽ》・おずおずコロナ

山田詠美《やまだえいみ》

令和6年4月15日　初版発行

発行人――石原正康
編集人――高部真人
発行所――株式会社幻冬舎
〒151-0051東京都渋谷区千駄ヶ谷4-9-7
電話　03(5411)6222(営業)
　　　03(5411)6211(編集)
公式HP　https://www.gentosha.co.jp/
印刷・製本―中央精版印刷株式会社
装丁者――高橋雅之

幻冬舎文庫

ISBN978-4-344-43376-2　C0195　や-1-16